Caima

AF130208

Bibliografische Information der Deutschen Nationalbibliothek:

Die Deutsche Nationalbibliothek verzeichnet diese Publikation

in der Deutschen Nationalbiografie. Detaillierte bibliografische

Daten sind im Internet über dnb.dnb.de abrufbar.

TWENTYSIX - Der Self-Publishing-Verlag

Eine Kooperation zwischen den Verlagsgruppen Random House und BoD -

Books on Demand

Herstellung und Verlag:

BoD - Books on Demand, Norderstedt

ISBN: 9783740735425

Julia Banaszek

CAIMA

1

Es passierte, als der Himmel von Rauch und Asche bedeckt wurde und Mond und Sterne verschwanden.

Atemlos betrachtete ich das Desaster, welches ich angerichtet hatte. Die Tränen in meinen Augen ließen mich alles nur verschwommen wahrnehmen.

Heruntergebrannte Bäume umgaben mich, auf Schnee, der nun geschmolzen war.

»Ich bin ein Monster.«, flüsterte ich mit den Händen im nassen Boden vergraben.

Der Rauch zerstreute sich im Wind und zum ersten Mal erblickte ich die Leute, die wahrscheinlich gerade mein Leben gerettet hatten.

»Du bist kein Monster.«, lächelte ein Junge und hielt mir seine Hand hin.

»Also ich denk' schon.« Ein anderer trat in den Matsch, der mir daraufhin ins Gesicht spritzte.

Ich wischte mit der Hand über meine Wange, was den Dreck nur weiter verschmierte.

Zögerlich nahm ich die helfende Hand an, die mich hochzog und mit zitternden Beinen stolperte ich vorwärts. Schwer atmend ließ ich meine Augen über die drei Jungs gleiten, während sie sich vorstellten.

Geb war ein kleiner, aber breit gebauter Junge mit Augen, schwarz wie die Nacht und gleichzeitig warm, wie ein Sommertag.

Dylans Haltung, hatte die eines alten Mannes. Seine Schultern hingen nach vorne und seine goldenen Locken verdeckten die Hälfte seines Gesichts.

Und Blake, dessen Kombination aus schneeweißer Haut, rabenschwarzer Haare und eisblauen Augen ihn wie die einschüchternste Person auf der Welt wirken ließ.

Ich rieb meine Hände aneinander. Sie brannten.

»Das wirst du bald unter Kontrolle haben, das verspreche ich dir.« Dylan klopfte mir auf die Schulter.

Zitternd nickte ich, aber ich glaubte ihm nicht.

»Wie wär's, wenn wir unsere Ärsche wieder nach Hause bewegen. Mir ist verdammt kalt.«, knurrte Blake.

»Aiden, richtig?«, fragte Geb, »Wie wäre es, wenn du erst einmal mit uns kommst. Dann können wir dir erklären, was da eben mit dir passiert ist.«

Wieder nickte ich. Für mich gab es keine andere Wahl, als ihnen hinterher zu laufen, wie ein verlorenes Hündchen, weil es genau das ist, was ich war. Verloren und hilflos.

Immer wieder drehte ich mich um, bis der Wald um uns herum,

wieder weiß wurde.

Mein Kopf pochte und fühlte sich an, wie benebelt. Wie ein naives Kind, folgte ich diesen fremden Leuten durch den Wald, jedoch wusste ich, dass sie mir helfen konnten. Wären die drei nicht zur richtigen Zeit da gewesen, wäre ich mit den Flammen eins geworden.

Ich hab den Wald nicht extra in Brand gesetzt. Da war bloß wieder diese Gefühl. Mein Blut brannte, meine Hände zuckten und das Nächste, an das ich mich erinnern konnte, war helles Licht und Hitze, die mich umhüllten.

Das war nicht das erste Mal, dass so etwas passiert war. Ständig fingen Dinge, um mich herum, an Feuer zu fangen.

Alle nannten es Pech. Ich war zur falschen Zeit am falschen Ort gewesen. Das war was sie mir erzählten, das war was ich glaubte. Ständig erhitzte sich meine Haut so sehr, dass jeder andere bereits innerlich verbrannt wäre. Alle nannten es Glück.

Meine leiblichen Eltern, sollen kranke Leute gewesen sein. Kranke Leute, die ihrem Kind ein Tattoo verpasste hätten. So erklärten sie mir die Markierung, auf meinem Handgelenk. Ich kannte meine Eltern nicht und wurde direkt nach ihrem Tod adoptiert, aber sie waren gewiss nicht dermaßen verrückt gewesen. Für mich sah es stets nur aus, wie ein komischen Muttermal, in Form einer Flamme.

»Ist dir das zum ersten Mal passiert?«, fragte Dylan.

»Nein.« Ich schüttelte den Kopf. »Ist schon öfters vorgekommen. Nur nicht so schlimm.«

Er verlangsamte seinen Gang, um neben mir zu laufen. »Wusstest du denn, dass du Feuer beherrschen kannst?«

Ich rieb meine Hände aneinander. »Ich hab's vermutet, um ehrlich zu sein, aber das kam mir zu verrückt vor.«

»Kann ich gut verstehen. Trotzdem müssen wir bei dir wohl bei Null anfangen.«, lachte Geb.

Der Dreck in meinem Gesicht war bereits getrocknet, als wir am Haus ankamen. Es sah nicht ganz so aus, wie ich es mir vorgestellt hatte. Ich meine, es war ein Haus im Wald. Mein erster Gedanke, war eine heruntergekommene Hütte, wie in Horrorfilmen, doch ich wurde vom Gegenteil überrascht. Es war zwar ein Holzhaus, jedoch waren die Wände hoch, die Fenster groß und es gab mindestens zwei Stockwerke.

Bereits beim betreten der Türschwelle, fingen alle an zu stöhnen und ihre Schuhe in eine Ecke zu werfen, als wären wir Stundenlang gelaufen. Ich zog meine Schuhe aus und stellte sie vor einen Schrank.

»Weißt du, du kannst dich echt glücklich schätzen, dass wir dich gefunden haben.«, lächelte Dylan.

Lautlos folgte ich ihm den Gang runter, ins Wohnzimmer. Ein sehr einfach ausgestatteter Raum. Sofa, Fernseher, Tisch. Nicht viel Dekoration, aber genug damit man sich wie zu Hause fühlen konnte.

»Ja, stell dir vor, die Anderen hätten ihn gefunden.« Ein kleiner, blonder Junge sprang vor mich, mit einem lächeln, heller als die Sonne. »Ich wette, sie hätte mit deiner Kraft angegeben.«, fügte er, nach einem Blick auf mein Handgelenk, hinzu, »Hi, ich bin Tate.«

»Aiden.«, nickte ich.

Unser Größenunterschied war mehr als amüsant. Er wirkte wie ein kleines Kind, jedoch war er nicht viel jünger als ich gewesen.

Tate starrte mich einige Sekunden lang an, bevor er mich auf das Sofa schubste.

»Mach's dir doch bequem.«

Dylan verkniff sich das Lachen und setzte sich neben mich. »Also, nur um die Grundlagen aus dem Weg zu schaffen - wir haben alle Kräfte hier. Alle unterschiedliche, aber wir können dir trotzdem helfen, dein Feuer unter Kontrolle zu kriegen. Deshalb würde ich vorschlagen, dass du für einige Zeit hier wohnen bleibst. Nur wenn du möchtest natürlich.«

»Das ist wirklich sehr nett von euch.«

Meine Dankbarkeit, konnte ich kaum in Worte fassen. Und das es noch andere wie mich gab, ließ mein Herz höher schlagen.

Ich war nicht blöd gewesen. Ich wusste ganz genau, dass ich Feuer beherrschen konnte. Wenn einem Flammen aus den Händen kommen, kann man das nicht übersehen. Jedoch hatte ich es immer unterdrück, mit der Angst jemanden weh zu tun. Wiederum, von heute auf morgen bei völlig Fremden einzuziehen, ist wohl ziemlich leichtsinnig.

»Willkommen in deinem neuen Zuhause.«, grinste Tate.

Neues Zuhause.

Dylan stand auf und ließ mich mit Tate alleine. Er pikste mir in die Brust und näherte sich meinem Gesicht.

»Aber pass auf, die Leute hier sind alle etwas verrückt.«

»Was du nicht *sagst*.«, flüsterte ich.

Bis jetzt war er der Einzige gewesen, der verrückt wirkte, aber ein lächeln konnte ich mir nicht verkneifen.

Ich legte meine Hände auf meinen Schoß. Sie waren kühler, aber immer noch warm.

»Was denkst du über deine Kraft? Magst du sie? Naja, scheint nicht so, als könntest du gut mit ihr umgehen.«

»Der Wald ist fast wegen mir niedergebrannt.«

»*Nice!* Ich wünschte ich könnte sowas machen. Meine Kraft ist relativ langweilig.« Tate hielt seine Hände vor mein Gesicht.

Ein heller Lichtstrahl schien mir direkt in die Augen und blendete mich. Ich schlug seine Hände weg.

»Oh Gott! Bist du jetzt blind?«, schrie er, »Das wollte ich nicht! Wirklich!«

Ich schüttelte den Kopf. »Alles gut.«

Schwarze Punkte tanzten vor meinen Augen.

»Also, ja, meine Kraft ist Licht.«, murmelte er und setzte sich auf seine Hände.

»Ist doch auch ganz nett.« Ich rieb mir die Augen. »Schaden kannst du, auf jeden Fall, damit anrichten.«

Geb brachte mir ein Glas mit kaltem Wasser und einen Waschlappen, damit ich mir endlich den Dreck vom Gesicht wischen konnte. Alle paar Minuten fragte er mich, ob es mir gut ginge und Tate entschuldigte sich wiederholt dafür, dass er mich fast erblinden ließ.

Ich fragte mich, wie lange ich wohl bleibe würde. Leute mit meiner Anwesenheit zu belästigen, war nicht so mein Ding gewesen.

»Weißt du, wenn du schon hier bist, solltest du wissen was die Anderen so können.« Tate stieß meinen Arm mit seiner Schulter und riss mich somit aus meiner Trance. Er hob den Zeigefinger. »Dylan ist *Mister Splish-Splash*, Blake ist die *Wind Prinzessin*, Geb ist *Lord Erde* und ich bin der *Meister des Lichts*.« Er zeigte auf mich. »Dann bist du der *Feuer König*.«

Ich presste meine Lippen aufeinander. Feuerteufel passte wohl eher.

»Hey, jetzt guckt nicht so. Ich arbeite noch an meinen Spitznamen.«

★★★★★★

Die Wanduhr tickte vor sich hin und ich saß immer noch auf dem Sofa. Seit meiner Ankunft war dies mein Platz gewesen.

Aufstehen war keine Option gewesen. Wenn ich das getan hätte, hätte ich mir meinen nächsten Schritt überlegen müssen. Und was wäre der gewesen? Rumstehen?

Ich wusste nicht, wie ich mich verhalten sollte.

Tate ging schon vor einer Stunde nach oben und ließ mich alleine im Wohnzimmer. Ja, gut, er hatte mir angeboten, mit nach oben zu gehen, aber ich hatte abgelehnt, aus welchem Grund auch immer.

Ich spielte mit meinen Fingern, während ich den Geräuschen der anderen lauschte.

Wie Blake nörgelte und Dylan ihm eine Standpauke hielt, Gebs summen aus der Küche, Tates lauter Musik von oben.

Die beste Möglichkeit wäre gewesen aufzustehen und mit jemanden zu reden, aber stattdessen saß ich und wartete, bis etwas passierte.

Dylan konnte also Wasser kontrollieren, Tate das Licht, Geb die

10

Erde, Blake den Wind und ich das Feuer.

Ich hatte keine Vorstellung davon, was ich mit diesem Feuer anstellen konnte. Es machte mir Angst und verunsicherte mich.

Leise Schritte kamen aus dem Flur in meine Richtung. Als ich meinen Kopf drehte, stand Dylan schon im Türrahmen. Seine Hände waren in seinen Hosentaschen.

»Alles okay bei dir?«, fragte er.

Ich nickte.

»Du wusstest also, dass du Kräfte hast, hm?«

»Ja aber ich hab's jahrelang ignoriert.«

»Hätte ich, an deiner Stelle, wahrscheinlich auch gemacht. Mach dir keinen Kopf. Das wird schon.«

»Will ich hoffen.«, lachte ich, aber lustig fand ich es keineswegs.

Ich wollte ihn fragen, wie er mir helfen wollte, aber ich traute mich nicht.

»Du wirst dir solange ein Zimmer mit Tate teilen, wenn das in Ordnung ist. Ich weiß, er kann manchmal anstrengend sein, aber er ist nicht immer nervig.«, lächelte er, »Es ist das letzte Zimmer oben links.«

Ich bedankte mich und wartete, bis er wieder weg ging, bevor ich aufstand. Vom ganzen sitzen taten mir die Knie weh und beinahe wäre ich weggeknickt. Gut, dass keiner zugesehen hat.

Um ehrlich zu sein, war ich erleichtert mir ein Zimmer mit Tate zu teilen. Wahrscheinlich hätte ich mich jede Nacht in den Schlaf geweint, hätte ich in dem selben Raum wie Blake schlafen müssen.

Sein Zimmer stellte ich mir dunkel wie die Nacht vor. Vielleicht ein paar Totenköpfe zur Dekoration irgendwo. Wohl eine Übertreibung, aber zu seinem Charakter passte es abermals.

Die Holztreppe knackte unter mir, als ich sie auf Zehenspitzen hoch ging. Oben gab es nur einen Gang, mit vier Türen. Am Ende war ein kleines rundes Fenster, welches gerade genug Licht hergab, um den Weg zu erhellen.

Langsam ging ich auf die letzte Tür zu und klopfe.

»Immer hereinspaziert.«, hörte ich von der anderen Seite. Tate erwartete mich bereits, mit einem breiten Grinsen. »Willkommen in Tates Königreich.«, prahlte er voller Stolz, während er mit ausgebreiteten Armen auf seinem Bett stand.

Er trug eine Brille, die zu groß für seinen Kopf war und ein weißes Shirt, zu groß für seinen Körper.

Ich lächelte und schloss die Tür hinter mir. Mein Blick schweifte über das Zimmer. Es war klein, aber durch das große Fenster, war es getränkt in Licht Zwischen unseren Betten war gerade genug Platz, damit wir beide dort stehen konnten. Es lagen Zeitschrift auf dem Boden, ein Haufen Klamotten in der Ecke und leere Wasserflaschen rund um sein Bett herum. Das Chaos erinnerte mich an mein Zimmer.

»Fühl dich wie zu Hause, Aidi.« Er ließ sich auf seine Matratze fallen und beobachtete mich, bei meinem Blick durchs Zimmer.

Mir fiel ein Bild, von einem Symbol, über seinem Bett auf. Ich runzelte die Stirn.

Tate drehte sich zu dem Bild um und dann wieder zurück zu mir.

»Das ist mein Zeichen.« Er hob sein Handgelenkt, auf dem das gleiche Symbol zu sehen war.

Es war an der gleichen Stelle, wie meins und gab mir Gewissheit, dass es sich nicht, um ein normales Muttermal handelte.

»Ich hab für alle ihr Symbol über die Betten gemalt. Dir mach ich auch eins.«

Lächelnd setzte ich mich auf mein Bett. »Danke.«

»Und *sorry* für die Unordnung. Wenn ich gewusst hätte, dass ich mein Zimmer ab jetzt mit jemanden teilen muss, hätte ich aufgeräumt.«, zwinkerte er.

Ich erzwang mir ein Lachen.

Zum Glück quietschte das Bett nicht, denn das hätte mich wahrscheinlich in den Wahnsinn getrieben.

»Hock da jetzt aber ja nicht so rum, wie unten im Wohnzimmer.« Tate setzte sich gegenüber von mir. »Das ist jetzt auch dein Zimmer. Tu was du willst. Spring rum, schrei, mal die Wände an. Stört mich nicht.« Er grinste. »Natürlich, solange du es auf deiner Seite tust.« Mit seinen Fingern, zeichnete er eine Linie zwischen den Betten.

»Ich sollte wahrscheinlich zuerst meine Eltern anrufen, was?«

Tate hielt sich eine Hand an seine Wange. »Ich glaube, das wär eine ganz gute Idee. Soll ich solange raus gehen? Manche Leute hassen es, wenn jemand ihnen beim anrufen zuhört. Und ich bin einer dieser Menschen.«

Ich nickte. »Endlich jemand, der dieses Problem versteht.«

»*No Problemo*!« Und schon sprang er auf und verschwand aus dem Zimmer.

Seufzend nahm ich mein Handy aus meiner Hosentasche. Mehrmals versuchte ich mir das Gespräch in meinem Kopf vorzustellen, um zu entscheiden, was ich sagen würde.

Ich bin's Aiden und ich bin ein Feuerteufel.

2

Der nächste Morgen war grau und stürmisch. Genauso, wie ich mich innerlich fühlte.

Gestern hatte ich meinen Eltern erzählt, wo ich war. Bei Freunden, sagte ich. Mit wackliger Stimme, versuchte meine Mutter genaueres aus mir herauszubekommen und es tat mir im Herzen weh sie abwimmeln zu müssen.

Sie hasste die Vorstellung mich außer Sicht zu haben und ich hasste es auch. Wir beide wussten, ich war eine Katastrophe.

Ich versprach mir selber zurück zu gehen, sobald ich gelernt hatte meine Kraft unter Kontrolle zu haben.

Das Ding mit 20 ist, dass deine Eltern nichts dagegen tun können, wenn du sagst, du ziehst aus. Sie müssen dich gehen lassen, ob sie wollen oder nicht.

Da ich also praktisch ausgezogen war, ohne auch nur Unterwäsche dabei zu haben, musste ich mir etwas leihen und das von Blake. Er war der Einzige im Haus gewesen, der meine Kleidergröße trug. Ich hatte Tate dazu bekommen, ihn für mich zu fragen. Lieber hätte ich die selben Klamotten für den Rest meines Lebens getragen, anstatt Blake selbst zu fragen. Seine Blicke konnten töten und ich wollte noch etwas länger leben.

Alle saßen bereits am Tisch, als ich das Wohnzimmer betrat. Es waren noch zwei Stühle frei. Einer, an der Tischkante und einer, gegenüber von Blake. Ich ging auf den Stuhl an der Ecke zu.

»Sorry, das ist Gebs Platz.« Tate warf sein Bein auf den Sitz.

Ich seufzte ein leisen *oh* und zwang mich auf den anderen Stuhl.

»Gefällt dir mein Shirt?«, fragte Blake und starrte auf das schwarze T-Shirt, dann in meine Augen.

»Es ist schön.«, nickte ich, »Danke, dass du's mir leihst.«

»Gerne doch.« Er nahm ein Schluck von seinem Tee. »Das letzte Mal, hab ich es auf einer Beerdigung getragen.«

Ich räusperte mich und sah zu Tate, der bloß mit den Schultern zuckte. Eine Welle von Erleichterung überkam mich, als Geb uns dann das Essen brachte und Blake seinen Blick endlich senkte.

Obwohl mein Magen wehtat, aß ich alles auf. Geb hatte sich Mühe gegeben und heute eine Mahlzeit mehr zubereitet als sonst. Ich nahm einen Schluck von meinem Tee und sah in die kleine Runde.

Ob ich mich daran gewöhnen würde jeden Tag, mit diesen Leuten, an einem Tisch zu sitzen? Noch hatte ich keine Antwort darauf. Einerseits fühlte ich einen Funken von Zugehörigkeit. Endlich waren da Leute, mit denen ich mich identifizieren konnte. Leute, die so waren wie ich. Leute, mit Antworten zu meinen Fragen. Andererseits wollte

16

ich so schnell wie möglich wieder nach Hause. Ich vermisste meine Eltern.

Ich seufzte leise, und zog somit Blakes Aufmerksamkeit wieder auf mich. Vergeblich versuchte ich ihn zu ignorieren, indem ich in die tiefe meines schwarzen Tees starrte.

Vielleicht hätte ich mich wohler ohne Blake gefühlt. Nein, ich war mir sogar sicher, dass ich mich wohler gefühlt hätte. Er machte mich nervös. Bei jeder Gelegenheit warf er mir Blicke zu, um mich wissen zu lassen, dass ich in seiner Gegenwart unerwünscht war. Er beobachtete wie ich aß, wie ich redete, wie ich ging. Wenn er mich ansah, fingen meine Hände an zu schwitzen.

Ich schlang das letzte Stück Omelett runter, stand als erster auf und verließ den Raum, ohne zu sagen wohin ich ging.

Nicht, dass es irgendjemanden interessiert hätte. Tate war der Einzige, der mich mit fragenden Augen ansah, aber ich ignorierte ihn. Ich wollte alleine sein, um nachzudenken ohne. Außerdem musste ich mir die ganze Nacht Tates Geschichten anhören, da kam ein bisschen Ruhe gelegen.

Ich beschwerte mich jedoch nicht. Die Geschichten wanden sich von lustig und persönlich zu Informationen, die mir halfen, die Lücken in meinem Kopf zu schließen. Ich wollte, dass er mir alles erzählte, was er wusste. Alles. Kaum hatte ich gefragt, fing er an zu reden, wie ein Wasserfall. Es war schwer, um zwei Uhr morgens, mit ihm mitzuhalten.

Er fing damit an alle Kräfte aufzuzählen: Feuer, Wasser, Erde, Luft, Telekinese, Blitz, Heilung, Eis, Licht und Flug. Das war schon einmal ein Anfang gewesen.

Dann erwähnte er ein Königreich. Es gab ein richtiges Königreich, wo Leute wie wir lebten. Mit einer richtigen Königin und einem richtigen König. Natürlich wussten normale Leute nichts darüber. Es war wie ein Insider - irgendwie.

König und Königin wurden *gewählt*. Ich meine, wie verrückt ist das denn? Aber wie sie gewählt wurden, wusste Tate nicht.

Wo genau das Königreich lag, wusste er auch nicht. Also fragte ich, ob es in einer anderen Dimension läge, aber daraufhin runzelte Tate die Stirn und sagte mir, ich sei bescheuert und hätte zu viel Fantasie. Für mich war das eine berechtigte Frage gewesen, nach alledem was gerade passierte.

Die Leute im Königreich mussten alles geheim halten. Ich fragte mich, wie man so etwas geheim halten konnte. Nun war ich hier und es ist auch zu meiner Aufgabe geworden. Ich meine, wenn das auffallen würde, würde der Himmel aus allen Wolken fallen.

Meine Leute - das Feuer Volk - hatten, laut Tate, keinen guten Ruf. Er war sogar alles andere als gut. Den Grund, wollte er mir nicht verraten und wahrscheinlich war es auch besser so. Unwissenheit ist nicht immer schlecht.

Ich nahm mir die Zeit, um das Haus zu erkunden, was in ein paar Minuten erledigt war. Es gab nicht viel zu entdecken, alles war uninteressant. Nicht einmal Bilder lagen herum, die man sich hätte anschauen können. Nur Leere und halb sterbenden Pflanzen.

Ich ging in die Küche und schnappte mir einen Apfel. Dies hier war Gebs Territorium, also versuchte ich keinerlei Dreck zu hinterlassen. Am vorherigen Tag, hatte ich gehört, wie er Blake anschrie, weil dieser

Yoghurt auf die Platte hatte tropfen lassen.

Ich schaute mich etwas um und sah eine Tür, neben dem Kühlschrank. Meine Zähne sanken in den Apfel, als ich auf sie zuging. Neben der Tür, hing ein Kalender. Ich blätterte durch die vergangenen Monate, aber nirgendwo wurde etwas eingetragen.

Meine Finger umklammerten den Türgriff und mehrere Versuche später, gelang es mir sie zu öffnen. Die Tür führte zu einem kleinen Wintergarten. Er war umgeben von Glas, ein zerlumptes, mintgrünes Sofa stand in der Mitte und leere, kaputte Töpfe an den Seiten, in denen vermutlich einmal Blumen blühten. Ich klopfte auf den Stoff und zuckte, als mir eine Staubwolke ins Gesicht flog. Hustend stolperte ich zurück. Schien, als wäre seit Jahren keiner mehr hier gewesen. Als die Wolke verschwunden war, setzte ich mich und genoss die Ruhe.

Der Schneesturm hatte bereits wieder aufgehört. Nun lag es an mir darüber nachzudenken, wie lange ich bleiben wollte und wie ich mit dem Feuer und Tates Informationen umgehen sollte. Aber meine Gedanken waren leer. Wie vor einer Mathe Klausur. So leer waren sie.

Ich sah nur den Schneeflocken zu, wie sie langsam zu Boden glitten und mit den anderen eins wurden. Den Apfel hielt ich immer noch fest in meiner Hand. Für die Zeit in der ich hier bleiben würde, wollte ich versuchen mich wie zu Hause zu fühlen, aber das war leichter gesagt als getan. Ich seufzte und warf den Kopf zurück, nur um eine neue Staubwolke zu formen.

Was ich brauchte, war Zeit um mich anzupassen. Ich kannte diese Leute keine 24 Stunden, natürlich würden sie nicht alle sofort zu meinen besten Freunden werden.

Meine Gedanken flogen erneut zurück zum Königreich. Ich lächelte. *König und Königin.* Zuhause hatte ich immer mein eigenes Reich gehabt. In unserem Hintergarten. Ich hatte ein eigenes Schloss und war der König, der von jedem geliebt wurde. Mit jedem meine ich meine Plüschtiere. Hört sich vielleicht peinlich an, aber diese Plüschtiere waren treuer als die meisten Menschen. Wie oft betrügen Menschen und wie oft betrügen Plüschtiere? Ja, genau das habe ich mir gedacht. Man kann darüber denken was man will, aber ich schämte mich nie für diese Dinge. Gut, für einige mag das komisch sein, sogar mehr als komisch, aber das machte mich glücklich und schließlich habe ich ja niemanden damit wehgetan.

Mir fiel nicht auf, wie lange ich auf diesem Sofa saß, bis der Apfel braun wurde und Tates Stimme mich zum Mittagessen rief. Ich schloss die, beinahe zerfallende, Tür hinter mir und schmiss den Rest vom Apfel in den Müll.   Geb stand mit Dylan am Herd. Es roch nach Entenbrust in Orangensauce.

»Du würzt das Fleisch zu stark. Geh weg.« Geb schubste Dylan leicht zur Seite.

»Ich will nur helfen.«

Geb sah zu Dylan und dann kurz zu mir, bevor er sich wieder dem Essen widmete.

»Geht schon einmal raus. Es ist gleich fertig. Ich mach das schon alleine.«

Dylan zuckte mit den Schultern und ich folgte ihm ins Wohnzimmer.

»Geb kümmert sich also immer um's Essen, hm?«, fragte ich.

»Es gibt keinen besseren Koch als ihn.«, rief Tate laut genug, damit

Geb es hören konnte.

Er saß mit Blake auf dem Sofa, mit Controllern in den Händen. Keine Ahnung, was für ein Spiel sie spielten, aber sie erschossen sich gegenseitig. Davon gab es so viele Spiele, es war schwer sich alle zu merken.

Sie waren so vertieft, dass ich zu Dylan ging und ihm half, den Tisch zu decken.

»Ach ja, frohen 1. März.«, lächelte er.

Ich runzelte die Stirn und nahm ihm die Servietten aus der Hand.

»Ist heute was besonderes?«, fragte ich.

Er stoppte, als er mein Gesicht sah. »Heute ist für uns ein Feiertag. Ich dachte, das wüsstest du, nach Tates Geschichtsstunde.«

»Hab vergessen dir davon zu erzählen.«, rief Tate, »*Rana amandla* nennen wir das!«

»Heißt sowas wie *Tag der Kräfte*.«, meinte Dylan, »Wir feiern heute den Frieden, der zwischen uns *allen herr*scht. War nämlich nicht immer so gewesen, weißt du.«

Ich nickte. Es gab also auch eigene Feiertage.

Langsam fühlte ich mich, als wäre meine vorherige Lebensweise und alles, an das ich glaubte, nur eine Lüge gewesen.

Vermutlich hatten sie auch einen eigenen Gott, an den sie glaubten, oder mehrere Götter und eine eigene Sprache und Gerichte, von denen ich noch nie gehört hatte, aber Entenbrust in Orangensauce hörte sich dann doch sehr vertraut an.

»Macht mal Platz da!«, rief Geb und kam mit dem Essen aus der Küche.

Dylan und ich traten beiseite, damit er die Teller vorsichtig auf den Tisch platzieren konnte.

»Endlich.«, stöhnte Blake und warf den Controller hinter sich.

»Pass ja auf, wo du hinwirfst! Die waren teuer.«, meckerte Tate.

»Was auch immer.«

Ich setzte mich auf meinen neuen Stammplatz, auch wenn dieser mir nicht so ganz zusagte.

»Frohen 1. März!«, rief Tate und stach mit seiner Gabel in das Fleisch.

»Frohen 1. März.«, lächelte ich.

3

Die Wochen flogen vorbei, bis ich sie nicht mehr zählen konnte. Der Schnee war bereits geschmolzen und die Vögel fingen wieder an zu singen.

Mittlerweile fühlte ich mich so wohl, dass ich an einigen Tagen vergaß, dass ich noch Eltern hatte, die darauf warteten mich wieder zu sehen. Hin und wieder traf ich mich mit ihnen, schrieb ihnen, hielt Kontakt. Einige meiner Sachen hatte ich auch schon abgeholt und musste somit nicht mehr den Kleiderschrank mit Blake teilen. Eigentlich führte ich schon wieder ein normales Leben, nur das ich nicht mehr zu Hause wohnte.

Heute war es wieder soweit - der Besuch bei meinen Eltern. Diesmal jedoch, bestanden sie darauf meine neuen Freunde kennenzulernen und Tate bot sich sofort an.

Ich lieh mir Dylans Auto und fuhr extra langsam, damit ich keinen Unfall baute. Komischerweise passierten mir die meisten Unfälle, wenn ich langsam fuhr.

Kurz bevor wir Toronto erreichten, standen wir im Stau. Was auch sonst. Ich hatte es bereits erwartet und eingeplant, doch kamen wir über eine Stunde zu spät, da Tate unbedingt noch einen Blumenstrauß kaufen wollte.

»Ich weiß, was sich gehört, wenn man die Eltern eines Freundes trifft.«, meinte er, während wir ausstiegen.

Und da stand ich nun. Vor dem Haus, in dem ich jetzt nur noch ein Gast war. Ich klingelte und es dauerte nich einmal zehn Sekunden, bis meine Mutter uns schon die Tür öffnete.

»Ich freue mich so, dich wiederzusehen.«, sagte sie und umarmte mich, »Es ist komisch, dich nicht jeden Tag hier zu haben.«

»Ich weiß, was du meinst.«, nickte ich und ließ sie los.

»Und du musst Tate sein.«

»Der bin ich.«, grinste er und reichte meine Mutter den Blumenstrauß.

Mit großen Augen nahm sie ihn entgegen. »Wie aufmerksam. Lilien sind meine Lieblingsblumen.«

»So ein Zufall.«

Zufall. Ich hatte ihm den Tipp gegeben.

»Wo ist Dad?«, fragte ich.

»Im Garten.« Sie lächelte. »Spielt wieder den Grill-Meister.«

»Wie immer.«, lachte ich.

Um ehrlich zu sein, war es noch etwas zu kühl, um zu grillen, aber das waren meine Eltern. Sie liebten es zu grillen, egal zu welcher Jahreszeit. Somit saßen wir mit Jacken draußen im Garten und

24

genossen die erste warme Frühlingssonne und den kühlen Wind.

»Also, Aiden sagte, er hätte euch beim Eishockey getroffen.«

Tate hob die Augenbrauen und sah zu mir. »Ah, ja, genau.«

»Macht er sich denn gut? Das letzte Mal, als ich ihn spielen gesehen habe, hat er sich fast die Schneidezähne rausgehauen.«, lachte mein Vater und legte die Grillzange beiseite.

»Ach, Aiden spielt fantastisch.«, meinte Tate.

»Das höre ich doch gerne. Und in welcher Position spielst du?«

Tate kratzte sich an der Stirn. »Torwart?«

Ich kippte beinahe mein Glas um. Als Torwart wäre Tate wohl gestorben. Mein Vater musste das Selbe gedacht haben, denn er runzelte die Stirn und reichte Tate langsam das Essen.

»War nur ein Spaß.«, sagte ich, »Er ist Außenstürmer.«

»Genau.«, nickte Tate, »Genau das.«

»Das macht natürlich mehr Sinn.« Er ging zurück zum Grill. »Ich hoffe, er macht keine Probleme.«, grinste er und drehte den Kopf wieder zu uns, »Unser Junge hat ein Talent dafür, Dinge in Brand zu setzen.«

Ich verschluckte mich an meinem Wasser. Jedes Thema wäre gut gewesen, außer dieses.

Tate schielte rüber zu mir. »Und gerade *er* spielt Eishockey, was?«, lachte er mit meinen Eltern zusammen, »Nein, sein Feuer behält er schön für sich.«

Meine Mutter legte ihre Hand auf meine. »Es gab mal eine Zeit, in der ich fast geglaubt habe, das Feuer würde aus seinen Händen kommen.«

»Das ist verrückt, Ma.«, meinte ich und legte meine freie Hand über ihre.

Tate lehnte sich zurück. »So verrückt ist das gar nicht, weil-« Ich trat gegen sein Bein, bevor er weiterreden konnte.

»Dann hat es sich hoffentlich gelegt.«, lächelte sie und strich meine Haare zurück.

Viel zu reden hatte ich mit meinen Eltern nicht. Bei mir war im Moment viel los, aber ich konnte ihnen nichts davon erzählen, egal wie sehr ich es auch wollte. Tate war einige Male kurz davor gewesen, sich zu verplappern, weil er vergaß, dass meine Eltern nichts von dem Feuer wussten.

Der Abschied war schwer. Wie jedes Mal. Aber ich wusste, dass es nicht für Lange sein würde.

»Ich habe dir noch einige deiner Sachen aufs Bett gelegt. Vielleicht guckst du mal durch und nimmst noch was mit, bevor ihr geht.«

»Klar, mach ich.« Ich griff Tate beim Ärmel, zog ihn die Treppe rauf, in mein Zimmer und schloss die Tür.

»Hey, wow, krieg ich wenigstens erstmal ein Date?«

Ich schlug ihn gegen den Oberarm. »Halt die Klappe. Du solltest echt aufpassen, was du sagst.«

Seufzend drehte ich mich um und ging zu meinem Bett, auf dem einige Stapel T-Shirts und Hosen lagen.

»Früher oder später finden sie's eh heraus.«, meinte Tate und zupfte an meiner Gitarre herum, »Ich wusste nicht, dass du spielen kannst.«

»Nur ein bisschen.« Ich legte die Stapel aufeinander. »Und nein, sie werden das nicht erfahren. Nie.«

»Was wäre so schlimm daran?« Er sah sich die Mischung, aus Band Postern und Hockey Trikots, an meinen Wänden an. »Ich meine, du bist ja nicht gleich ein Freak oder sowas.«

»Lass mich raten.« Ich drehte mich zu ihm. »Ich bin *besonders*.«

Tate schnippte mit den Fingern. »Genau, mein Freund.«

Besonders war ich, kein Zweifel, aber ob das etwas Gutes war, ist fraglich. Die Entscheidung, meinen Eltern nichts zu sagen, fiel mir mehr als leicht. Wer würde sowas schon gerne erzählen? Was hätte ich getan, wenn sie angst vor mir gekriegt hätten? Das konnte und wollte ich nicht riskieren.

»Ich wär lieber normal, als besonders.«

Tate schlug, mit dem Gitarrenkörper, gegen meinen Hintern. »Sag sowas nicht. Normal ist langweilig. Das, was wir können, ist super cool und macht Spaß.« Er hielt seine Hand auf und ließ sie leuchten.

Ich hob eine Augenbraue. »Soll ich mal? Meine Hände fühlen sich schon, seit zwei Stunden, wieder heiß an.«

Tate nahm seine Hand runter und legte die Gitarre weg. »Das kriegst du noch unter Kontrolle.«

»Ja, aber wann?«, fragte ich und legte ihm einen Stapel Kleidung in die Arme.

»Bald.« Er öffnete die Tür, mit seinem Ellenbogen. »Versprochen.«

Ich folgte Tate die Treppe runter. »Wir sind fertig.«

»Das ging aber schnell.«, meinte mein Vater, während er im Türrahmen stand.

»Dauert ja nicht lange ein paar Sachen zu nehmen.« Ich hob eine Augenbraue.

Meine Mutter begleitete uns zur Tür und nahm mich nochmals in den Arm. »Und schreib mir, wenn ihr wieder zu Hause seid.«

»Mach ich.«, versicherte ich ihr.

Sie schloss die Tür hinter sich und Tate und ich machten uns auf den Weg zum Auto, das ich eine Straße weiter geparkt hatte.

»Deine Mutter ist sowas von süß.«, meinte Tate.

»Sorry, sie ist vergeben.«

Meine Zeit verbrachte ich sonst größtenteils mit Tate. Wir streiften entweder den ganzen Tag durch die Wälder, spielten Kartenspiele in unserem Zimmer, oder nervten die anderen.

Ich hatte lange nicht so viel Spaß mit einem Freund gehabt. Um ehrlich zu sein, war es das erste Mal, dass es sich anfühlte, als hätte ich überhaupt einen Freund.

Zu Hause hatte ich nie wirklich welche gehabt. Früher, als ich noch Eishockey gespielt hatte, war ein Junge namens Mitch mein bester Freund gewesen. Als er dann ein Angebot von der Profiliga bekam, hatte ich nie wieder von ihm gehört. Danach war ich für jeden, mit dem ich Freundschaften schließen wollte, zu komisch gewesen.

Ich weinte oft deswegen, weil ich mir viel zu Herzen nahm, bis sie mich in der Schule als *Heulsuse* abstempelten. Kinder können so grausam sein. Aber ich sah ein, dass es das nicht Wert war. Ich vergoss Tränen über Leute, die mich von Anfang an nicht hätten interessieren sollen.

In der Schule saß ich also alleine und in meiner Freizeit, war ich zu Hause. Meine Ma machte sich sorgen, um meine sozialen Kontakte, also brachte sie regelmäßig fremde Kinder zu uns, in der Hoffnung ich würde Freundschaften schließen. Als ich älter wurde, brachte sie die Töchter von Freundinnen rüber und hoffte auf ein Date für mich. Aber ich musste einsehen, dass ich ein Desaster war. Nicht so wie Tate, der mit allem flirtete was sich bewegte,

aber das ist eine andere Geschichte.

Die Geschichte jetzt geht darum, dass ich mir fest vorgenommen hatte, meine Kraft zu trainieren, aber mehr als ein Gespräch mit Tate, kam dabei nicht rum. Er hatte es bereits vergessen und ich wollte es nicht wieder ansprechen. Vielleicht, weil ich ihn nicht bedrängen wollte, aber vielleicht, hatte ich auch nur Angst und den Drang, mich davor zu drücken.

Zeit mit Tate zu verbringen ließ mich sehen, dass Feuer und Licht gar nicht so verschieden waren. Feuer war nur gefährlicher. Zu gefährlich. Ich wünschte, man hätte Kräfte tauschen können. Tate wollte Feuer, ich wollte Licht. Licht ist nicht so schädlich. Feuer schmerzt und zerstört. Beides Dinge, die ich hasste. Tate nutzte sein Licht ausschließlich nur zu Entertainment Zwecken. Er kreierte in der Nacht Lichtershows auf der Decke, die unglaublich waren. Die verschiedenen Farben, tanzten auf der weißen Fläche und nahmen alle möglichen Formen an. Manchmal erzählte ich Geschichten und er würde sie mit dem Licht nachstellen. Hätte ich das versucht, hätte ich wohl das ganze Haus niedergebrannt. Klingt nicht nach so viel Spaß.

Der Wintergarten wurde mein neuer Lieblingsplatz. Die Anderen verbrachten keine Zeit dort und ich fragte mich, ob sie überhaupt wussten, dass er existierte.

Ich holte tief Luft und schloss die Augen. Der Schnee war

geschmolzen, aber dafür regnete es die meisten Tage. Doch ich liebte es dem Regen zuzuhören, während er auf das Glas prasselte. Es half mir, mich zu beruhigen. Ist es nicht komisch, wie jeder Mensch bestimmte Geräusche hat, die einem helfen zu entspannen?

Ein klimperndes Geräusch traf meine Ohren und weckte mich aus meiner Trance. Ich bewegte meine Augen durch den Raum und versuchte auszumachen, woher das Geräusch kam. Es hörte auf, nur um wenige Sekunden später erneut anzufangen. Es war, als würde jemand gegen das Glas kratzen. Ich versuchte es auszublenden, aber es fand immer wieder den Weg in meine Ohren.

Ich sprang auf und lauschte. Sachte schlich ich herum und blieb schließlich an der Glasscheibe stehen. Kurz bevor meine Nase die Oberfläche berührte, verstummte das Geräusch.

Fein gezogene Linien breiteten sich über das Fenster aus. Es war komplett mit Rissen versehen. Risse, die ein Bild formten.

Ich ging einige Schritte zurück, um es betrachten zu können. Das Bild hatte die Form von etwas, das ich bereits einmal gesehen hatte.

Der Vegvísir, ein nordisches Symbol. Zu Hause hatte ich ein ganzes Buch über Runen und Symbole. In diesem stand: *Wenn dieses Symbol getragen wird, wird man nie den Weg im Sturm oder Regen, selbst wenn man den Weg nicht kennt, verlieren.*

Ich streckte meine Hand aus, um es zu berühren. Meine Finger fuhren entlang der Linien und ehe ich den Kreis erreichte, zersprang das Fenster zu Millionen Scherben.

Ich sprang zurück und hob meine Arme zum Schutz. Mein Herz raste und meine Beine zitterten.

»Was ist passiert? Ich hab was lautes gehört.«, rief Dylan aus der Küche. Er stoppte in der Tür, seine Augen wanderten vom zersplitterten Fenster zu mir.

»Ich war das nicht!«

Aber er winkte ab. Nicht auf die gemeine Weise, es war mehr, als hätte er gewusst, dass ich es nicht gewesen war.

Dylan ging an mir vorbei und kniete vor dem Schlamassel nieder. Er hob ein paar größere Scherben auf und hielt sie ins Licht, als würde er hoffen, etwas dadurch zu sehen.

Ich wartete, bis Dylan etwas sagte, irgendetwas, aber er blieb stumm. Die Scherbe, die er in der Hand hielt, ließ er fallen. Dabei schnitt er sich. Ohne mich auch nur anzugucken, ging er wieder in das Haus.

Ein Luftzug, gemischt mit Schnee, traf meine nackten Arme, aber es war nicht kalt. Ich hob die gleiche Scherbe auf, die Dylan zuvor in der Hand hatte und hielt sie ebenfalls ins Licht. Nichts auffälliges, keine Kratzer. Aber meine Sinne täuschten mich nie: Irgendetwas hat ihm zum nachdenken gebracht. Mit wackligen Beinen, fegte ich die Splitter zu einem Haufen, bevor jemand noch drauf treten und sich verletzen würde. Die Luft konnte mich immer noch nicht abkühlen.

Das Bild von dem Symbol verließ mein inneres Auge nicht. Ich hätte Dylan sofort davon erzählen sollen. Etwas sehr merkwürdiges war gerade passiert und dieses Symbol war schuld daran.

Meine Hände brannten und meine Venen juckten, aber ich ignorierte es. Immer wenn ich dieses Gefühl ignorierte, hörte es nach einer Weile auf.

Kleine Funken tanzten auf meinen Händen. Ich rieb sie aneinander, um sie erlöschen zu lassen, aber sie fingen Feuer.

Flammen kamen aus meinen Handflächen.

Ich nahm einen scharfen Atemzug und schloss meine Augen, während ich meine Hände soweit wie möglich von mir Weg drückte.

Komm schon. Du kannst es kontrollieren. Du kannst es!

Als ich meine Augen wieder öffnete, waren die Flammen jedoch immer noch da. Panik breitete sich in mir aus, was die Flammen nur größer werden ließ, also rannte ich durch das kaputte Fenster und legte meine Hände in die nächst gelegene Pfütze. Mein Körper entspannte sich, bevor ich ganz auf den Boden fiel. Trotz der Kälte war mein Körper heiß.

»Aiden! Geht's dir gut?«, hörte ich Tate rufen, »Du hast fast das Haus runtergebrannt, Mann!« Er kniete sich neben mich.

Ich hob meinen Kopf vom Boden und sah über meine Schulter. Der Wintergarten war komplett verbrannt, es sah so aus, als wäre er nie da gewesen.

Heiße Tränen liefen meine Wangen herunter und mein Kopf fiel zurück auf den Boden. Mein Körper fing, vor Wut, an zu zittern. Ich hatte Angst, vor dem Schaden, den ich anrichten konnte.

Die anderen Sprachen mit mir, aber ich hörte sie nicht. Das Blut in meinen Adern floss zu laut.

»Wir sollten wieder reingehen.« Blakes Stimme rang in meinen Ohren.

»Und ihn hier liegen lassen? Bist du bescheuert?« Geb schlug ihn gegen den Oberarm.

Ich spürte wie Blake meine Schulter mit seinem Fuß antippte. »Steh schon auf, ich hab nicht den ganzen Tag Zeit.«

»Komm, Aiden.« Tates Hände griffen meine Arme und zogen mich nach oben.

Ich wischte mir die Hände an meiner Hose ab und drückte mich leicht von Tate weg, der versuchte mich zu stützen.

»Alles wieder in Ordnung. Wirklich.«, log ich.

»Dafür bin ich dann also rausgerannt?«, schnaufte Blake.

»Geh schon.« Geb rollte die Augen und schubste ihn in Richtung Tür.

Der Tag konnte nicht noch schlimmer werden.

4

»Ich hab dir gesagt, komm lass uns trainieren und jetzt ist das hier passiert. Du hättest mich erinnern sollen.« Tate schlug mit einem Kissen in mein Gesicht, bevor er es unter meinen Kopf legte.

Er hatte mich, nach dem Vorfall, in mein Bett gebracht und in vier Decken eingewickelt. Aus irgendeinem Grund verstand er nicht, dass ich nicht fror, sondern innerlich kochte. Er war so gestresst, daher ließ ich es über mich ergehen.

Tate rannte rein und raus und brachte immer neue Decken und Kissen mit sich, bis ich wie ein menschlicher Burrito aussah. Ich mochte Burritos, aber ich wollte nicht unbedingt einer sein.

»Wir fangen, so früh wie möglich, an zu trainieren, hast du verstanden?« Er starrte mich an.

Ich versuchte zu nicken, konnte aber nicht.

Es klopfte an der Tür und Dylan trat ein. Er nickte Tate zu, der mir nochmals auf den Kopf schlug und dann in Richtung Tür ging. Ich stöhnte, aber ich wusste, ich hatte es verdient. Training hätte mir auf jeden Fall dieses Desaster erspart.

Tate stoppte und machte ein Foto von mir. »Das werd ich benutzen, um dich beim nächsten Mal zu *blackmailen*, du Idiot.« Er schloss die Tür hinter sich.

Dylan seufzte, wie eine gestresste Mutter, die genug von ihren Kindern hatte.

»Mach dir keine Sorgen, er hat etwas, um uns alle zu blackmailen.« Er lächelte und setzte sich auf die Ecke meines Bettes. »Geht's dir besser?«

»Mir ist nur etwas warm.«, murmelte ich und wackelte in meinem Kokon herum, »Könntest du mir helfen?«

Dylans Mundwinkel bogen sich nach oben, als er wieder aufstand und mich entwickelte.

Ich streckte mich, sobald die letzte Decke entfernt war. Es fühlte sich nach purer Freiheit an.

»Also, was genau ist mit dem Fenster passiert?« Dylan faltete die Decken zusammen.

»Ich bin mir nicht sicher.« Ich zuckte mit den Schultern und half ihm. »Ich hab was gesehen und als ich das Glas angefasst habe, ist es kaputt gegangen.«

»Was hast du gesehen?« Er hörte auf zu falten, sah mich aber dennoch nicht an.

»Ich bin mir nicht sicher. Ich dachte, es wäre ein *Vegísir*. Das ist ein nordisches Symbol, weißt du. Es soll einen Kompass darstellen.«

Dylan nickte, aber ich war mir nicht sicher, ob er wirklich verstand, was ich sagte.

Er starrte nur auf den Boden. In der ersten Minute waren seine Augen ruhig, in der nächsten glänzten sie.

»Sag allen, wir treffen uns in 20 Minuten unten im Wohnzimmer.« Und schon war er verschwunden.

Ich versuchte ihm hinterherzulaufen, um zu fragen, was er vorhatten, aber er schloss sofort die Tür hinter sich.

Seiner Bitte ging ich sofort nach und rief alle zusammen. Das erwies sich, als schwierig.

Tate war beschäftigt damit, in sein Notizbuch zu schreiben, Geb versuchte sich an einem neuen Rezept, welches er aus dem Internet hatte und Blake ignorierte mich, aber das war ja nichts neues gewesen.

Es brauchte schon mehrere Anläufe, bis sie mir überhaupt zuhörten, aber selbst Blake bewegte sich, als ich sagte, dass Dylan mit uns reden wollte.

Wahrscheinlich wussten sie, dass es nichts gutes war, was er uns mitteilen wollte.

Man konnte über Dylan sagen was man wollte, aber die Leute hörten auf ihn. Schließlich schafften wir es alle ins Wohnzimmer.

Blake lief im Raum rauf und runter, während wir anderen auf dem Sofa warteten.

»Ich frag mich was er will.«, flüsterte Tate.

Geb zuckte mit den Schultern. »Er wird uns wahrscheinlich nicht sagen, dass wir in den Freizeitpark fahren.«

Schwere Fußstapfen kamen die Treppe herunter und wenige

Augenblicke später, trat Dylan ein. Er hielt etwas in seinen Händen. Ein zusammengerolltes Stück Papier, welches von einer roten Schnur zusammengehalten wurde. Die Ecken bröselten bereits und fielen, wie brauner Schnee, zu Boden. Dylan hielt es fest umgriffen, als würde sein Leben davon abhängen. Sein Mund fing an Wörter ohne Ton zu formen.

»Leute.«, fing er dann an, »Ihr müsst mir jetzt alle zuhören.« Er mied unsere Augen. »Wie ihr wisst, ist das Glas im Wintergarten kaputt.« Dylan fasste sich mit den Fingern an die Lippen. »Bevor das passiert ist, hat Aiden etwas gesehen.« Er sah mich an und hielt mir das Papier hin. »Sah es so aus?«

Meine Augen senkten sich und inspizierten die Fläche, unter dem Knoten der Schnur. Dort war ein kleines, fein gezeichnetes Symbol. Ich sah schnell wieder hoch zu ihm und nickte mit leicht geöffnetem Mund.

»Dann sollten wir es öffnen.«, seufzte Dylan, »Wisst ihr, mein Dad hat mir das hier gegeben, bevor er starb. Er hat gesagt, ich soll es erst öffnen, wenn ich denke, dass ich es muss. Aiden hat das gleiche Symbol gesehen, also denke ich, das könnte was heißen.«

»Ich weiß grad nicht was hier abgeht.« Tate runzelte die Stirn.

»Wie hat Aiden das Symbol denn gesehen? Wer hat es dahin gemacht? Magie oder was?«, fragte Blake und sah mich mit einer hochgezogenen Augenbraue an.

Ich schluckte. »Es war einfach da. Keine Ahnung.« Ich zuckte mit den Schultern und kratzte mich an der Stirn. »Da war ein Geräusch. Als würde jemand etwas ins Glas kratzten und dann hab ich's gesehen.«

Geb lehnte sich etwas weiter vor. »Also hat irgendjemand anders das gemacht? Das ist aber nicht möglich, wenn du keinen gesehen hast.«

»Oder Aiden hat sich alles ausgedacht.« Blake legte den Kopf schief.

Hitze stieg mir in den Kopf. Das fehlte mir noch, dass er versuchte, mich als Lügner darzustellen. Ich wusste ganz genau, was ich gesehen hatte.

»Jetzt mach mal halblang.«, schnauzte Tate.

»Wir müssen jede Option in Betracht ziehen oder?« Er zuckte mit den Schultern.

Ich sah zu Dylan, der sich die Situation in Ruhe ansah. Für einen Moment befürchtete ich, dass er auch der Meinung war, dass ich log.

»Ich denke, ich schau mir das mal an. Dann sehen wir weiter. Es bringt nichts zu spekulieren.« Dylan sah auf das Papier in seinen Händen.

Unsere Augen klebten an ihm, während wir warteten, dass er die Schnur löste. Aber er starrte es nur an und bewegte es von Hand zu Hand. Er hatte uns gesagt, wir sollen nicht spekulieren, aber das war genau, was er gerade tat.

»Du brauchst zu lange.« Blake streckte seine Hand aus und zog an der Schlaufe.

Sie fiel zu Boden und das Papier entrollte sich. Dylan trat zurück, bevor Blake einen Blick darauf werfen konnte. Er hatte das Ding jahrelang aufbewahrt, natürlich wollte er der Erste sein, der diese Zeilen sah.

Wir waren alle neugierig gewesen, aber wir mussten respektvoll und ruhig bleiben. Wenn man gehetzt wird, übersieht man oft wichtige Details und wenn man das dann irgendwann realisiert hat, denkt man sich: *Hätte ich doch bloß nicht gehetzt.* Man muss immer versuchen ruhig zu bleiben, auch wenn es schwer fällt. Ich weiß wovon ich rede.

Blake stand nun gegenüber von mir. Er tippte seinen Fuß auf den Boden, seine Arme hielt er gekreuzt. Es machte mich wahnsinnig, dieses gewackelt von seinen Beinen.

Endlich hielt Dylan uns das Manuskript hin, sodass wir drauf sehen konnten. Ich konnte kein Wort lesen. Nicht etwa, weil die blaue Tinte langsam verblasste, sondern weil ich eine Anreihung von Buchstaben sah, die ich nicht kannte. Was auch immer das für eine Sprache war, sie war nicht üblich.

»Sieht aus wie ein Rätsel.« Tate kaute auf seiner Unterlippe rum.

Meine Augen weiteten sich. Rätsel. Ich liebte Rätsel. Ich muss sagen, dass ich sehr gut in Rätseln war. Egal was für eine Art. Ich machte sie alle.

»Das ist doch kein Rätsel.«, merkte Geb an, »Das ist *Caima.*«

Wir drehte unsere Köpfe zu Geb, der uns amüsiert ansah.

Caima. Davon hatte Tate mir auch erzählt. Es war eine sehr alte Sprache, aber im Königreich wurde sie mittlerweile kaum noch gesprochen werden.

Ich sah über Gebs Schulter auf den Text. Das Einzige, das ich erkennen konnte, war eine schlecht gezeichnete Welt Karte in der oberen, rechten Ecke und der Buchstabe B unten links.

»Kann das hier etwa keiner von euch lesen?«, lächelte Geb.

Wir schüttelten unsere Köpfe und Geb nickte immer noch schmunzelnd. Ich denke man konnte Caima mit Latein vergleichen.

»Darf ich?«, fragte Geb und hielt seine Hand offen.

Leicht zögernd legte Dylan die Schriftrolle in seine Hände.

Während Geb seine Augen über die Wörter schweifen ließ, beobachteten wir ihn, solange bis er seinen Blick wieder hob.

»Also, im ersten Teil steht sowas wie, *Findet die Einen, deren Worte ihr vertrauen könnt, die Einen, die sich in der Menge verstecken und sich dennoch über sie erheben.*«

»Du sprichst wirklich Caima?«, fragte Blake.

»Ich kann viele Dinge, von denen du keine Ahnung hast, *amicaus*.« Er zuckte mit den Schultern.

»Was soll das denn heißen.« Dylan kratzte sich am Kopf.

Nun war die Zeit gekommen, meinen inneren Sherlock Holmes raushängen zu lassen, aber selbst ich stand auf dem Schlauch. Wobei ich mir sicher war, war, dass es etwas mit den Kräften zu tun hatte. Offensichtlich.

Ich versuchte die Diskussion um mich, so gut wie möglich, auszublenden und fokussierte mich darauf, was Geb gerade gesagt hatte.

Die Einen, deren Worte ihr vertrauen könnt. Jemand, der einen nie anlügen würde. Jemand, der weiß wovon er spricht.

Die Einen, die sich in der Menge verstecken und sich dennoch über sie erheben. An diesem Teil blieb ich hängen.

Wer versteckt sich in der Menge und hebt dennoch ab? Etwas, dass mit den Kräften zu tun hatte.

Dann rief mein Gedächtnis alles auf, was Tate mir erzählt hatte und mir ging ein Licht auf.

Ich drehte mich zu Dylan. »Im Königreich, gibt es da sowas wie einen Rat oder so? Irgendwelche Leute die Ahnung haben und Weise sind, verstehst du was ich meine?«

Ich biss mir auf die Lippe und studierte Dylans Gesicht.

Er runzelte die Stirn und starrte auf den Boden, dann hob er eine Augenbraue.

»Du bringst mich da auf eine Idee.« Er schmiss die Schriftrolle auf meinen Schoß und rannte die Treppe hoch, in sein Zimmer.

Es war auch das Einzige gewesen, an das ich denken konnte. An Leute mit Kräften, die eine Menge wissen. Und weil sie diese Kräfte nicht zeigen können, verstecken sie sich in der Menge, aber erheben sich für Leute, die ebenfalls Kräfte haben, wie uns. Hört sich logisch an oder? Ich hoffte, das tat es für Dylan.

Keine Minute später, kam er auch schon wieder die Treppe runtergeflogen, mit einem dicken Buch in den Händen. Er haute es auf den Tisch und ließ sich neben mir fallen.

Ich sah Tate seine Zunge rausstrecken. »Nicht dieses Buch.« Er setzte sich auf den Boden. »Wird uns wohl unser Leben lang verfolgen.«, lachte er und sah in mein verwirrtes Gesicht, »Das ist unser tolles Geschichtsbuch. Da steht alles drin, was man über uns wissen kann.« Sein lächeln verschwand. »Hätte ich dir vielleicht geben sollen oder?«

Ich presste meine Lippen aufeinander und nickte, während ich Dylan beim Blättern zusah.

»Tut mir leid.«, flüsterte er.

»Schon okay.«, antwortete ich.

Ich war nicht sauer auf ihn. Er hätte zwar darauf kommen können, aber er hatte es ja nicht extra gemacht. Manchmal vergisst man eben Dinge. Auch wichtige Dinge.

»Hab es.«, sagte Dylan, als er die richtige Seite fand.

Meine Augen schweiften über die Überschrift.

Hüter des 21. Jahrhunderts

»Hüter?« Blake lachte.

»Könnte es doch sein oder?«, fragte ich.

»Das wir unsere Hüter suchen sollen?« Dylan knabberte an seiner Unterlippe herum.

Ich nahm das Papier in die Hand und sah mir die Karte etwas genauer an.

Geb versuchte, neben mir, den Rest des Textes zu übersetzen. Blake wartete und Tate war so durcheinander, dass er in der Mitte des Raumes saß und von Person von Person schaute.

Die Karte wurde mit blauer Tine gezeichnet, die nun verblasst war. Kleine Symbole waren in Frankreich, Nord- und Südamerika, Deutschland, China, Australien und England eingezeichnet. Zehn insgesamt. Es traf mich wie ein Blitz.

»Zehn Symbole wurden an verschiedenen Orten auf dieser Karte eingezeichnet.« Ich zeigte darauf und drehte meinen Kopf zu Dylan. »Und der Text sagt, wir müssen irgendwen suchen. Könnten doch die

Hüter sein. Anders könnte ich mir das nicht erklären.«

Wir sahen zu Geb rüber, der wie gebannt auf die fremden Wörter fixiert war. Währenddessen, versuchte ich zu entziffern, was das B bedeuten sollte.

»Hast du eine Ahnung, auf was das hinweisen soll?«, fragte ich Dylan.

Er blinzelte einige Male und schüttelte dann den Kopf.

»Ihr wisst auch gar nichts über eure eigene Kultur oder?« Geb runzelte die Stirn. »Wenn man im Königreich von diesem gewissen *B* redet, geht es um einen Ort, an den nur wichtige Leute kommen. Ich schätze es werden Geheimtreffen dort gehalten, weil keiner sich zu diesem Ort B äußern darf, wenn er wieder zurück ist.« Er blickte wieder auf den Text. »Warum, weiß ich dann leider auch nicht.«

»Weißt anscheinend doch nicht so viel, wie du vorgibst.« Blake zuckte mit den Augenbrauen.

Ein Ort der nur *B* genannt wurde? Schien mir zu mysteriös, um es zu verstehen. Geb schlug im Buch eine Seite über Ort B auf und rückte näher an mich heran.

Meine Augen glitten über den Text, aber ich entnahm keinerlei Information. Dort stand fast genau das Gleiche, was Geb bereits gesagt hatte.

»Mein Vater hat mir was darüber erzählt.« Dylan presste die Lippen aufeinander. »Er ging dort ein paar Male im Jahr hin und er meinte, dort werden wichtige Gespräche geführt und Entscheidungen getroffen.«

Ich versuchte den Text wiederholt zu lesen, aber nicht ein Satz sagte etwas vernünftiges aus. Wo war dieser Ort? Wie groß war es? Nichts. Ein ganzes Buch, über die Geschichte unserer Leute, aber die wichtigsten Dinge wurden uns enthalten. Sowas bringt nun wirklich keinen weiter.

Tate war wieder aufgestanden und zwängte sich zwischen Dylan und mir.

»Geb, du verstehst den zweiten Teil oder?« Dylans Unterlippe blutete.

Geb seufzte und nahm das Papier aus meiner Hand. *»Die, die das Geheimnis im Inneren wollen, brauchen zuerst die Schlüssel.«*

»Das würde sich alles besser anhören, wenn es sich reimen würde, findest du nicht auch?« Ein Grinsen bereitete sich auf Tates Lippen aus, während er sich zu mir lehnte. »Es gibt nichts besseres als Reime. Ich steh total auf Rap.«

Ich hustete, um ein Lachen zu unterdrücken. Es war mir ein Rätsel, wie er in solchen Momenten in der Lage war, so herumzualbern. Aber ich war dankbar dafür.

»Macht's dir was aus?« Dylan sah zu Tate und hob eine Augenbraue.

Tate schüttelte den Kopf und legte ihn dann auf meine Schulter. Den Blicken der Anderen zu urteilen, wusste keiner was mit dem Satz anzufangen, der gerade aus Gebs Mund gekommen waren.

Dylan biss weiter auf seiner blutigen Lippe herum, Blake starrte aus dem Fenster, Tate spielte mit einem losen Faden seines T-Shirts und Geb und ich lasen in dem Buch. Geb blätterte und blätterte und wir wurden nicht schlau daraus. Ich schloss meine Augen und versuchte mich zu konzentrieren. Mein Gehirn ratterte, bis ich das Offensichtliche vor meinem inneren Auge sah.

»Ich hab eine Idee, was das alles hier bedeuten könnte.«, sprach ich dann.

Alle Blicke waren auf mich gerichtet, selbst die von Blake.

»Der erste Teil sagt also aus, dass wir diese Hüter finden sollen, das ist der Grund, warum die Symbole auf der Mappe sind.« Ich zeigte auf die Karte. »Und der zweite Teil könnte bedeuten, dass wir zur diesem Ort B müssen und die Schlüssel dazu, kriegen wir bei den Hütern. Ich meine, warum sonst sollen wir zu ihnen, richtig?«

»Klingt einleuchtend.« Dylan hob eine Augenbraue und ließ endlich von seiner Unterlippe ab.

»Ja, das ist schön und gut, aber ein Problem hätten wir da noch, ihr Idioten. Wir sind zu fünft. Es gibt zehn Kräfte.«, stellte Blake fest, »Wir brauchen alle. Das steht sogar in dem dummen Buch da.«

Ich lehnte mich zurück. Blake hatte recht gehabt. Nur wir fünf konnten nichts erreichen.

»Wir könnten so tun, als hätten wir die anderen Kräfte auch und sie reinlegen. Was gibts besseres als ein guter Streich?«, schlug Tate vor.

Ich hatte nichts dazu gesagt, aber welcher Hüter wäre so bescheuert uns zu glauben, wir wären jemand anderes? Wir waren wortwörtlich gekennzeichnet mit unserer Identität.

»Wir haben keine andere Wahl.« Dylan ignorierte Tates Vorschlag.

Mit einem Stirnrunzeln schaute ich die Anderen an, die so aussahen, als wüssten sie wovon Dylan sprach.

»Ist nicht dein Ernst oder? Du willst sie wirklich fragen?«, stöhnte

Blake.

Mit fragenden Augen, drehte ich meinen Kopf zu Tate, der nur vor sich hin schmollte.

»Also würdest du lieber sterben, als sie um Hilfe zu bitten?« Geb verschränkte die Arme.

»Von sterben hat hier keiner geredet. Mach mal halblang.« Blake rollte die Augen. »Wir haben doch keine Ahnung worauf wir uns da einlassen.« Er setzte sich auf die Fensterbank. »Wir stellen hier Vermutungen auf, dabei wissen wir nicht, ob die überhaupt richtig sind. Das da drüben, ist ein dummes Stück Papier, das wahrscheinlich keinerlei Bedeutung hat.«

Still beobachtete ich das Gespräch, während ich anfing an meinen Nägeln zu kauen. Keine gute Ablenkung.

»Ernsthaft. Ich denke nicht, dass Dylans *Vater* ihm die Schriftrolle ohne Sinn gegeben hat.« Geb sah zu Dylan.

Ich nickte vor mich hin. Geb hatte da wirklich einen wichtigen Punkt. Wenn Dylans Vater ihm die Schriftrolle persönlich überreicht hat, wird sie wohl von Bedeutung sein. Eltern sorgen sich um ihre Kinder.

Was oder wer auch immer uns an Ort B erwartet, es war ihm wichtig, dass Dylan wusste, wie er hinkommt und was er dafür tun muss.

Blake lachte. »Jetzt mal ehrlich. Nur weil Aiden angeblich dieses, wirklich schlecht gezeichnete, Symbol da gesehen hat und so ein Schwachsinn auf diesem Papier steht, dreht ihr alle so durch? Wir sind uns doch gar nicht sicher, was das überhaupt bedeuten soll. Ihr seid echt leichtgläubig, Leute.«

Ich knirschte mit den Zähnen. Das was ich gesehen hatte, war keine Einbildung gewesen. Vielleicht hatte ich eine Menge Fantasie in mir, aber so etwas ging dann doch zu weit.

Warum sah Blake nur immer alles so kritisch? Manche Dinge waren so leicht zu durchschauen und zu verstehen. Er machte sich sein Leben viel zu kompliziert, auch wenn er selbst es nicht sah.

Dylan rollte die Schriftrolle wieder zusammen. »Wir gehen zu den Anderen rüber. Es ist das Beste, noch eine zweite Meinung zu hören, meinst du nicht, Blake?« Er sah ihn mit brennenden Augen an.

Blake schüttelte den Kopf und sah wieder aus dem Fenster. »Unglaublich.«

Geb schlug das Buch zu. »Warum bist du immer gegen alles und jeden? Wir sind deine Freunde, hör auf dich ständig gegen uns zu stellen.«

Geb fand immer die richtigen Worte. Blake stellte sich immer gegen uns, das war wahr. Nie war er sich einig mit uns, nie glaubte er was wir sagten, nie passte es ihm was wir taten. Und trotzdem, war er immer noch Teil unseres Freundschaftskreises.

»Tu ich nicht.« Blake verschränkte die Arme.

»Doch.«, murmelte ich so leise, dass keiner es hören konnte.

Ich wollte wirklich keinen Streit entfachen. Wirklich nicht. Deswegen behielt ich das, was in mir brannte, meistens für mich selbst. Konfrontationen waren nicht so mein Ding.

Das letzte Mal, dass ich mich gestritten hatte, war mit einem Typen namens Trevor McFarlane, auf dem Schulgelände. Er hatte einen anderen Jungen, wegen seiner Segelohren, runter gemacht und ich bin dazwischen gegangen.

Sagen wir es so: Ich bin mit einer blutigen Nase und kaputter Hose wieder nach Hause gekommen. War kein schöner Tag gewesen.

Aber was mich, in diesem Moment, am meisten interessierte war, über wen wir hier die ganze Zeit sprachen. Bei meinem ersten Gespräch mit Tate, hatte er diese Anderen einmal erwähnt.

»Wie auch immer.«, seufzte Dylan, »Ich glaube daran, was mein Vater mir gesagt hat. Und die Sache geht sie genauso an, wie uns.«

Ich drehte meinen Kopf zu Tate. »Über wen redet ihr hier eigentlich?«

Tate hob den Kopf. »Unsere Erzfeinde.«

»Erzfeinde?« Ich runzelte die Stirn.

»Jetzt übertreib doch nicht gleich.«, meinte Dylan.

»Ist doch wahr oder? Ein Haufen Loser. Aber wart's ab, du siehst sie ja bald selbst.«, merkte Blake an.

Ich nickte, aber trotzdem beantwortete es nicht wirklich meine Frage.

»Morgen Mittag, machen wir uns auf den Weg.« Dylan massierte sich die Schläfen.

Damit war das Gespräch beendet.

5

»Schlaft beim Gehen nicht ein!«, rief Dylan, Tate und mir zu, während wir durch den Wald liefen.

Diese Leute, zu denen wir gingen, wohnten fast am anderen Ende des Waldes. Wir liefen schon seit einer ganzen Weile und meine Beine fingen an zu schmerzen. Aber anstatt mich, wie Blake, zu beschweren, genoss ich den Ausflug.

Die Äste unter meinen Füßen knackten, Sonnenstrahlen, die durch die dichten Blätter kamen, küssten unsere Gesichter.

Wir näherten uns dem Hochsommer, aber noch war es nicht heiß. Im Gegenteil, es war mild.

Außer für Blake, der aussah, als würde er bald sterben. Keiner von uns trug mehr als Schuhe, Hose und T-Shirt, doch Blake trug dazu noch einen schwarzen Pullover und eine Kappe. Modisch sah er top aus, aber bei dem Wetter, war es glaub ich wichtiger praktisch gekleidet zu sein.

Bei Blakes nächstem Stöhnen, drehte sich Geb zu ihm um.

»Zieh doch den scheiß Pulli aus.«

»Damit ich einen Sonnenbrand riskiere? Nein danke.«, murmelte er und verdrehte die Augen.

»*Bro*, die Sonne kommt hier kaum durch.« Geb schüttelte den Kopf.

Blake zuckte mit den Schultern. Er war wirklich mehr als stur. Hätte er uns nichts beweisen wollen, hätte er den Pullover wahrscheinlich ausgezogen, aber das war gegen seine Natur. Vielleicht half ihm ja der kühle Wind.

Er ließ mich erschaudern, aber ich lächelte.

Die Natur ist wunderschön. Die Luft ist frischer im Vergleich zur Stadt, es ist ruhiger im Vergleich zur Stadt, es ist Zeitloser im Vergleich zur Stadt.

Die Natur lässt dich die böse Dinge im Leben vergessen, sie gibt dir das Gefühl, von unendlicher Freiheit. Es gibt keine Menschen, die dich stören. Keine Arbeit, die du zu tun hast. Nur du allein. Außer natürlich, man ist mit Freunden und Familie unterwegs.

»Hey.« Tate drehte seine Kopf zu mir. »Wetten wir Blake kippt um, bevor wir am Haus sind?«

Ich schielte zu Blake rüber, der gezielt Wind in seine Richtung wehen ließ.

»Ich sage, er hält das durch.«

»Wetten wir um ein Eis.«, nickte Tate und ich stimmte zu.

Als meine Augen dann ein Haus in der Ferne erblickten, breitete sich Freunde in mir aus.

Es ist ein Unterschied, wenn man spazieren geht, weil man will und spazieren geht, weil man muss.

Wenn du einen Ort zu erreichen hast, dauert das Gehen zehnmal länger, aber der Weg zurück kommt einem vor, wie ein Katzensprung. Meiner Meinung nach, war das nicht fair.

Das Haus wurde klarer und meine Augen größer. Es war riesig, und lag direkt am See. Dagegen sah unser Haus aus, wie eine Lachnummer.

»Wenn es noch einen Pool gibt, flipp ich aus.«, flüsterte ich zu Tate.

Geb stieß mir in die Rippen. »Ja es gibt einen, aber hör auf so begeistert auszusehen. Sie sollen nicht denken, sie seien besser als wir.«

Ich nickte aber ich verstand nicht, warum das so schlimm gewesen wäre.

Das Haus war mehr als perfekt. Am liebsten wär ich selber eingezogen. Alle versuchten neutral und distanziert zu bleiben, denn alle Gespräche wurden eingestellt und jedes Anzeichen von einem Lächeln verschwand von den Gesichtern. Selbst Tates Mimik war eingefroren.

Sobald ich bemerkte, dass ich ganz vorne bei Dylan stand, stellte ich mich sofort wieder nach ganz hinten zu Tate. Ich wusste ja nicht, wer die Tür öffnen würde.

Hinten zu stehen ist immer sicher. Man wird nicht direkt konfrontiert, aber man sieht trotzdem was vorne passiert. Der perfekte Platz.

»Ich glaube du hast gewonnen.«, sagte Tate und wir sahen rüber zu Blake, der sich am Geländer abstützte.

»Guckt nicht so.«, keifte er, als er unsere Blicke bemerkte.

Wir sahen weg und verkniffen unser Gelächter.

»Leute.« Dylan drehte sich zu uns um. »Ich will, dass sich heute keiner streitet, okay? Wir sind nur hier, um zu reden.«

»Ich benehme mich, wenn sie's tun.« Geb verschränkte die Arme.

Dylan atmete tief ein bevor er klopfte. Für eine Weile passierte nichts, aber dann öffnete ein Junge, mit rot gefärbten Haaren, die Tür. Er trug eine Brille, ähnlich wie die von Tate, aber seine waren vermutlich echt.

»Was wollt *ihr* denn hier?«, brummte er.

Schien nicht so, als wären wir eingeladen.

»Hey, du musst uns nicht gleich attackieren, Raiden.«, Blake lachte leicht.

Ein Schauer lief mir den Rücken herunter. Da war etwas in Blakes Stimme. Die Weise, wie er Dinge sagte. In seiner tiefen Stimme. Er war die Person in der Schule, die aussah, als könne sie dich töten, wenn du mit ihm sprichst, der aber trotzdem alle Mädchen um sich herum hatte, weil er so *mysteriös* wirkte.

Raiden schloss die Tür etwas mehr.

»Was wollt ihr?«, wiederholte er.

»Könnten wir erst reinkommen? Ich muss mit Amber reden.« Dylan begradigte seine Haltung. »Es ist sehr wichtig.«

Ich mochte, wenn er das tat. Es ließ ihn größer wirken. Normalerweise war Dylans Haltung eher gekrümmt, als würde er sich kleiner machen wollen, beinahe unsichtbar. Bei Konflikten, ließ er Geb das Ruder in die Hand nehmen. Wir wanden uns trotzdem zuerst immer an Dylan. Man sah ihn an und fühlte sich sofort sicher.

»Na schön.«, seufzte er.

Raiden öffnete die Tür breit genug, damit wir eintreten konnten. Ich fühlte seinen Blick auf mir. Er hatte mich noch nie gesehen, natürlich starrte er mich an. Unangenehm war es trotzdem.

Drinnen war das Haus sogar noch größer, als von außen. Wir gingen in eine Eingangshalle mit hohen Wänden und einem Mosaik Boden, der alle Kräfte abbildete. Korridore breiteten sich links und rechts in einem Kreis aus.

Ich dachte daran, was Geb mir gesagt hatte und presste meine Lippen zusammen, um keinerlei Emotionen zu zeigen, aber ich musste zugeben, ich war beeindruckt.

»Folgt mir. Wenn ihr hier irgendwas anfasst, töte ich euch.« Raiden berührte Geb leicht mit seinen Fingerspitzen, woraufhin er zitterte und zuckte. Blitz.

»Das war unnötig.« Geb fuhr mit der Hand über die Stelle und rollte seine Augen.

Raiden zuckte mit den Schultern, ein Lächeln auf seinen Lippen. Wir folgten ihm in das Wohnzimmer.

Die ganze Inneneinrichtung war weiß. Weiß und steril. Wie nie endender Winter. Alles war an seinem Platz, als wären die Sachen Teil einer Ausstellung. Die Möbel sahen teuer aus und ich fragte mich, woher sie das Geld hatten. Ich fragte mich sogar, woher *wir* das Geld hatten. Ich meine keiner von uns arbeitete. Es war einfach alles immer da.

Ein großes, brünettes Mädchen sah vom Sofa zu uns, ihre Augen wanderten von Raiden zu Dylan.

»Ihr solltet nicht hier sein.«

»Wir müssen reden. Es ist wichtig.«

Amber, nahm ich an, stand auf, ihre Augen auf Dylan fixiert. »Über was müssten wir wohl reden?«

Die Luft im Raum wurde dicker. Es war schwer zu atmen.

»Bitte.«, murmelte Dylan.

Sie seufzte und sah zu ihren Freunden, bevor sie mit Dylan in der Küche nebenan verschwand. Die Tür schloss sich hinter ihnen und schon fühlte ich alle Blicke auf mich. Ich verschränkte die Arme und sah aus dem Fenster, in den Wald.

»Habt ihr ein neues Opfer gefunden?«, lachte einer von ihnen.

Tate warf ein Arm um meine Schulter. Ich sah auf seine Füße. Er stand auf den Zehenspitzen.

»Pass auf was du sagst. Seine Kraft ist Feuer.« Tate grinste, wie eine stolze Mutter, die mit ihrem Sohn angeben wollte.

Ich drehte meinen Kopf und sah einen Jungen, mit großen Augen, klatschen.

»Wirklich? Das ist sowas von cool. Das heißt, wir sind jetzt alle komplett oder? Hi, ich bin Asa, freut mich dich kennenzulernen.«, lächelte er.

»*Komplett.*«, höhnte ein Mädchen mit lila Haaren, »Was auch immer. Setzt euch verdammt nochmal hin. Es macht mich nervös, wie ihr da so rumsteht.«

Sie erinnerte mich jetzt schon an Blake. Definitiv niemand, den ich näher kennenlernen wollte.

Tate und ich setzten uns in die Ecke des Sofas, das am weitesten von allen entfernt war. Insgesamt gab es vier Sofas mit zwei Tischen. Das Wohnzimmer erinnerte eher an einem Festsaal.

Keiner sprach. Nur Geflüster hier und da. Einige waren mit ihren Handys beschäftigt, Asa las ein Buch über Pflanzen, die weibliche Version von Blake, spielte an einem Zauberwürfel herum, Geb starrte in eine Ecke und Raiden beobachtete ihn.

»Welche Kräfte haben die so? Raiden ist *Mr. Blitz* denke ich.«, flüsterte ich und sah zu Raiden, um sicher zu gehen, dass er mich nicht gehört hatte.

Tate grinste und lehnte sich zurück. »Du bist ja fast zu gut im Spitznamen verteilen, wie ich.« Er zwinkerte und sah zu den anderen, bevor er sich näher an mein Ohr beugte. »Orion, der Pummelige, ist die *Eis Königin*. Carly, der lila Teufel da, ist *Mrs. Magic*. Asa ist das *Einhorn* und Amber ist die *fliegende Biene*.«

Ich biss mir auf die Lippe, um nicht loszulachen. Da war etwas in Tates Stimme, welches sein Geflüster lustiger machte, als es eigentlich war.

»Wollt ihr etwas trinken?« Asa legte sein Buch beiseite und stand auf.

»Setz dich einfach wieder hin.« Carly verdrehte die Augen.

»Sie sind unsere Gäste. Ich bin nur höflich.« Er ging zu einem kleinen Schrank und kam mit Gläsern, gefüllt mit Wasser, wieder.

Er reichte sie uns mit einem Lächeln. Ich lächelte zurück, was Geb dazu brachte mir Blicke zuzuwerfen.

Ich wusste nicht genau, warum sie sich nicht leiden konnten, aber ich fühlte mich wie ein Außenseiter, denn ich hatte nichts gegen diese

Leute. Asa wirkte auch nicht so. Er versuchte Konversationen aufzubauen und redete über die Blumen, aus seinem Buch. Blakes Augen waren die ganze Zeit geschlossen. Das tat er immer, wenn er genervt war.

Ob Tate etwas gegen sie hatte, war mir nicht klar, er hatte nie etwas schlimmes über sie gesagt. Er machte sich über Leute lustig, das war klar, aber es war nie Hass in seiner Stimme.

Asa hörte nicht auf, über seine Blumen zu reden, obwohl ihm niemand zuhörte. Das stoppte ihn aber nicht. Hin und wieder nickte ich, um es so wirken zu lassen, als wäre ich aufmerksam.

Dylan und Amber brauchten eine Ewigkeit, um aus der Küche zu kommen und ich hatte schon angenommen, dass sie sich gegenseitig umgebracht hatte. Ich meine, man weiß ja nie, sie waren nicht gerade freundschaftlich miteinander umgegangen.

Orion hatte angedeutet, dass Amber und Dylan beste Freunde gewesen waren. Ich fragte mich, was sie dazu brachte, so auseinanderzugehen.

»Also.« Amber klatsche in ihre Hände. »Tut mir leid das jetzt sagen zu müssen, aber ich denke wir werden für eine Weile, Zeit miteinander verbringen.«

Lärm. So viel Lärm, dass ich mir die Ohren zuhalten musste.

Ich blickte um mich und sah, wie sich alle miteinander stritten. Jeder außer Asa. Er saß an seinem Platz, mit dem Buch in der Hand. Eine Vase flog quer durch den Raum und ich wünschte mir, ich hätte verschwinden können.

»Kannst du uns verraten, warum zur Hölle? Ich muss *gar nichts* machen.«, hörte ich Carly sagen, als es wieder leiser wurde.

Ich entfernte meine Hände wieder von meinen Ohren.

Amber hielt Dylans Manuskript in die Luft. »Dylan hat das hier von seinem Vater bekommen. Er war ein aufrichtiger Mann und wenn er gesagt hat, wir sollen auf dieses Stück Papier hören, dann werden wir das auch tun.« Sie gab es Dylan zurück. »Und wir werden friedlich miteinander umgehen oder ich tret' euch sowas von in eure Ärsche, wenn wir uns in der Hölle wieder sehen, ist das klar?«

Dylan nickte neben ihr, seine Hände waren vor ihm gefaltet.

»Was steht denn da? Was ist eigentlich los?«, fragte Raiden.

Dylan kratzte sich am Ohr. »Aiden hat das Symbol hier vorne gesehen, also haben wir es aufgemacht und ja.«

»Kurz gefasst: Wir tun, was da drin steht oder wir sterben.«

»Was meinst du mit *sterben*?« Orion stand auf.

»Das ist glaube ich etwas übertrieben.« Dylan hob eine Augenbraue.

Übertrieben fand ich es allerdings auch. Keiner wusste so recht, worauf wir uns da einließen, aber das alles darauf hinauslaufen würde zu sterben, war dann doch ziemlich überzogen.

»Was auch immer. Jede unserer Kräfte hat einen Hüter. Diese müssen wir finden und nach einem Schlüssel fragen. Von Ort B habt ihr, denke ich, schon alle mal gehört. Aus irgendeinem Grund, sagt uns das Ding, wir sollen alle Schlüssel holen und damit dort irgendwas finden.«

Sagte die Schriftrolle wirklich das aus?

»Dann sollten wir so früh wie möglich anfangen.«, sagte ich und lächelte leicht, mit dem Versuch etwas positive Energie zu verbreiten, aber der Einzige, der zurück lächelte, war Asa.

Die anderen ignorierten mich, dabei war positives Denken der Schlüssel zum Erfolg.

Es war ja nicht so, dass ich mir keine Sorgen machte. Im Gegenteil: Alles war immer noch neu für mich und schon sollte ich mich aufmachen, um irgendjemanden zu finden, von dem ich noch weniger Ahnung hatte, als von meiner Kraft.

In diesem Moment wurde ich in ein Abenteuer hineingezogen, von dem ich kein Teil sein wollte.

Vor mir stand entweder etwas gutes oder etwas schlechtes. Das Problem war, dass sich alle irgendwie verteidigen konnten, außer ich. Wenn ich versucht hätte zu kämpfen, hätte ich mir nur selbst weh getan.

Ich gab mir nun alle Mühe, mir nicht in die Hose zu machen und mich zusammenzureißen. Immerhin sagte uns diese Schriftrolle, wo wir nach diesen Hütern suchen sollten. Das ersparte uns eine Menge Zeit.

Meine Reise brachte mich nach Townsville, Australien. Ich dachte nicht viel darüber außer, dass ich Tate gerne hätte mitnehmen wollen und die Angst, dass mich irgendetwas giftiges beißen würde. Immerhin war es Australien. Das Land, der giftigen und tödlichen Lebewesen.

»Diese Hüter sind überall auf der Welt verteilt. Wie sollen wir da so schnell hinkommen? Magie?« Blake kreuzte die Arme.

»Amber kann fliegen. Peru und Mexico sind immerhin auf diesem Kontinent. Das sind drei.«, sagte Dylan.

»*Das sind drei.*«, spottete Blake, »Was wird Orion tun? Seinen Weg nach Deutschland rollen?«, lachte er.

Dann rutschte Blake aus. Er rutschte auf gefrorenem Boden aus. Orion starrte ihn an, sein Gesicht entspannt und ausdruckslos.

»Wir sollten alle versuchen, in Frieden zusammenzuarbeiten. Kein Streit, kein töten. Wir könnten alle etwas zusammen essen gehen.« Asa stand auf. »Ich wäre für Pizza. Jeder mag Pizza oder? Danach könnten wir Cola oder Wasser trinken gehen. Aber kein Alkohol. Alkohol ist eklig und macht Pudding aus unseren Gehirnen. Danach könnten wir Kartenspiele spielen. Aber aufgepasst! Ich bin ziemlich gut.«

Ich lächelte. Asas Angebot hätte ich gerne angekommen. Ich liebte Pizza und Kartenspiele, auch wenn ich nicht wirklich gut darin war.

»Hörst du dir jemals selbst beim sprechen zu, Asa?«, fragte Carly.

Er runzelte die Stirn. »Natürlich. Ich höre euch doch auch immer sprechen.«

Blake schüttelte seinen Kopf. »Idiot.«, flüsterte er.

Ich öffnete meinen Mund um etwas zu sagen, aber Raiden kam mir zuvor.

»Das hab ich gehört, Arschloch.«

Blake zuckte mit den Schultern.

»Was können deine Leute?«, fragte Amber Dylan.

Ich war überrascht, dass sie das nicht wusste. Zwar kannte ich nicht ihre ganze Geschichte, aber wenn sie Freunde gewesen waren und im selben Umkreis lebten, hätte ich gedacht, sie wäre besser informiert.

Außerdem, fand ich es mehr als offensichtlich. Unsere Kräfte waren die, die ihre Freunde nicht hatten. Keinen gab es doppelt.

»Unser Aiden kann Sachen verbrennen.« Tate nahm meinen Arm und hob ihn in die Luft.

Ich wusste nicht, ob mir das peinlich hätte sein sollen oder ob ich hätte geschmeichelt sein sollen. Es brachte alle dazu mich anzusehen.

»Auch Hot Dogs?«, fragte Asa mit ernster Miene.

»Das wird nicht funktionieren.« Blake sprang von seinem Platz auf, nachdem er sich kurz davor erst wieder hingesetzt hatte. »Ich werde meine wertvolle Zeit, nicht für diese Menschen opfern. Einer ist auf Drogen, der andere fett und die andere eine bitch.«

»Und du bist ein freches, kleines Mädchen! Jetzt setz dich wieder hin, bevor ich dich verbrutzle.«, brummte Raiden.

Sein Gesicht war feuerrot, als er aufstand und sich vor Blake stellte. Raiden war viel kleiner als er, aber das machte ihn nicht weniger bedrohlich.

»Und ich kann dich auf den scheiß Mond pusten, wenn ich will.«

»Versuch's doch.«

Keiner sagte ein weiteres Wort. Blake und Raiden starrten sich an und wir starrten die beiden an.

Raiden war kurz davor Blake am Arm zu berühren, aber er schubste ihn beiseite und verließ das Haus, mit einem lauten Knall.

Wir blieben alle ruhig sitzen.

»Da hast du deinen friedlichen Umgang.«, sagte Carly und legte ihre Füße auf den Tisch.

»Wird schon klappen.«, murmelte Amber und drehte ihren Kopf zu Dylan, »Wir sehen uns also in ein paar Wochen wieder?«

Dylan nickte. »Kommt wir gehen.«

Das war es. Der Satz den wir brauchten. Der Satz der uns dazu brachte aufzustehen und etwas zu machen.

Wir mussten uns auf das vorbereiten, was auf uns zukommen würde, auch wenn wir nicht so genau wussten, was das war.

6

»Hey.«, hörte ich eine Stimme neben meinem Ohr sagen.

Mein Körper zuckte, als ich aus meinem Traum herausgerissen wurde. Ich öffnete ein Auge, nur um Tates Gesicht, wenige Zentimeter von meinem entfernt, zu sehen.

Ich stöhnte auf und vergrub mein Gesicht in meinem Kissen, was ihn dazu brachte etwas zurück zu treten.

»Hey, Schlafmütze.« Er pikste mir in die Hüfte. »Steh auf.«

»Was ist denn?«, murmelte ich.

Meine Augen schielten auf die Uhr. Vier Uhr morgens. Er weckte mich, um vier Uhr morgens auf.

»Die Sonne geht in ungefähr einer Stunde auf.« Tate zog meine Decke weg. »Komm wir gehen uns den Sonnenaufgang ansehen.« Er griff einen meiner Beine und versuchte mich aus dem Bett zu ziehen.

Wenn Tate eines war, dann aktiv. Er wollte so oft wie mögliche Dinge unternehmen, aber vier Uhr war nun wirklich etwas zu früh. Ich schaffte es ja kaum meine Augen offen zu halten.

Er hörte nicht auf an meinem Bein zu ziehen, also gab ich nach. Sofort warf er mir einen Pullover und meine Hose zu. Die Klamotten trafen mich und fielen dann auf dem Boden. Mit einem erneuten stöhnen, hob ich sie auf und zog mich an.

»Ich kann nicht glauben, dass ich das mache.«, murmelte ich.

Langsam öffnete Tate unsere Zimmertür und schielte zum Flur hinaus, bevor er mich zu sich winkte.

»Du wirst es nicht bereuen. Ich schwör's.«, flüsterte er. Streckend, folgte ich ihm in den leisen Flur und die knirschende Treppe hinunter.

»Hier, ich hab uns schon Kaffee gemacht.« Er drückte mir eine blaue Thermosflasche in die Hand.

»Du hast das ja echt geplant, was?«, lächelte ich.

»Um ehrlich zu sein.« Er öffnete die Tür und trat hinaus. »Ja, das hab ich.«

»Wohin gehen wir überhaupt?«, gähnte ich und schloss die Tür hinter mir.

Es war noch dunkel draußen und ich hatte Angst zu stolpern und mich, mit dem heißen Kaffee, zu übergießen, also griff ich nach Tates Pullover und hielt mich an ihm feste.

Er streckte seine freie Hand aus, um uns den Weg zu leuchten. Ich ließ ihn wieder los und fokussierte mich auf dem Boden. Irgendwo in der ferne hörte ich Äste knacken und hoffte, es war kein Bär. Obwohl ich auf meine Umgebung geachtet hatte, wusste ich nach kurzer Zeit nicht mehr, wo wir waren. Auch mit Tates Licht, war es immer noch dunkel um uns herum und wir waren umgeben von Stille.

»Wie kannst du nur wissen, wo wir lang müssen.«, fragte ich und versuchte mich umzusehen.

»Manche Wege geht man so oft, das du sie irgendwann auch blind gehen kannst.«, sagte er und stoppte, »Da oben.« Er zeigte auf einen kleinen Berg.

Ich sah hoch und direkt wieder zu Tate. Sport am Morgen war nicht so mein Ding.

»Komm schon. Es ist nicht so schwer da hoch zu klettern, wie es aussieht. Versprochen.«

Nicht so schwer. *Versprochen.* Ich dachte, ich würde jede Sekunde sterben, als wir oben ankamen.

Die Ärmel meines Pullovers waren hochgekrempelt und Schweißperlen rollten meine Stirn herunter.

Tate hingegen, sah immer noch fit und frisch aus. Vielleicht lag es auch daran, dass ich mittlerweile weniger Ausdauer hatte, als ein Faultier. Aber auch nur vielleicht.

Tate setzte sich an die Klippe und klopfte auf die leere Stelle neben sich.

Ich ging nur langsam auf ihn zu, denn ich konnte nicht erkennen, wie weit runter es ging. Aber sobald ich mich hinsetzte, bemerkte ich, dass die Sterne am Himmel sich bereit zum schlafen machten, genauso wie der Mond.

Der Moment, bevor die Sonne aufgeht, ist immer der dunkelste. Der eine Moment purer Dunkelheit, bevor Mond und Sonne ihre Positionen wechselten.

In der Zwischenzeit redeten wir nicht viel. Tate lächelte und ich versuchte meine Augen aufzuhalten.

Als die Sonne sich dann am Horizont erhob, vergaß ich meine Müdigkeit. Die ersten Sonnenstrahlen, trafen den Wald und brachten ihn zum glühen. Die Bäume sahen aus, als würden sie brennen, der See glitzerte und die Berge in der Ferne waren nur feine Linien.

»Wow.«

Tate nickte. »Hab's dir gesagt. Ich bin oft hier. Es ist ein besonderer Ort für mich und was ist besser, als so einen Ort mit seinem besten Freund zu teilen?« Tate trank einen Schluck von seinem Kaffee.

»Das ist wahrscheinlich das Beste, was du hättest mit mir teilen können.«, sagte ich und staunte immer noch.

Ich hatte mir gewünscht etwas zu haben, dass ich hätte mit Tate teilen können. Irgendetwas besonderes.

Wir beide hatte eine Menge Insider, wir erzählten uns unsere Geheimnisse und jetzt hatten wir einen geheimen Ort, wie diesen. Aber all diese Sachen gingen immer von Tate aus. Das Einzige was ich mit ihm teilte, waren Geschichten aus meinem Leben. Es war egal, was ich ihm erzählte, egal wie komisch es war, er gab einem das Gefühl, es wäre okay. Er machte aus Dingen, über die andere mich auslachten, eine normale Sache.

Wir genossen die Morgensonne auf unserem Gesicht und das Lied der Vögel.

»Ich glaube, meine Mom würde diese Aussicht lieben.« Ich drehte mein Gesicht zu Tate. »Meine Eltern und ich, sind früher oft wandern gegangen. Auch in diesem Wald, aber so eine Stelle, hatten wir nie gefunden.«

»Hat mich auch sehr viel Zeit gekostet, den hier zu finden.« Er lachte. »Meine Ma hat immer gesagt, man kann alles finden, wenn man nur lang genug sucht.«

»Ist deine Ma Entdeckerin?«, scherzte ich.

»Früher einmal, ja. Sie war bei den Pyramiden, weißt du? Hat bei den Ausgrabungen geholfen.« Tate kratzte sich am Augenwinkel. »Dann ist die Decke eingestürzt und die ganze Crew wurde darunter begraben.« Er nickte vor sich hin. »Zumindest hat meine Oma mir das erzählt.«

Ein Schauer lief mir den Rücken runter. »Tut mir leid.«, murmelte ich.

»Ach was. Das muss es nicht. Wirklich nicht. Wir haben alle unsere Probleme und inneren Konflikte, die wir uns nicht aussuchen können. Aber wir können uns aussuchen, was wir daraus machen.« Er sah mich an. »Und ich hab mich dazu entschieden, mein Leben nicht auf diesen Konflikten zu stützen.«

Ich nickte. »Hört sich schlau an.«

Für die nächsten Minuten entschied ich mich nichts zu sagen. Ich konnte schwer einschätzen, ob Tate nun traurig war oder nicht. Nachdenklich würde es treffen. Er war nachdenklich.

»Denkst du nicht, wir sollten langsam wieder zurück?« Ich sah auf die Uhr.

Zwei Stunden. Zwei Stunden waren vergangen, ohne das wir es bemerkt hatten.

»Genieß die Zeit, Aiden.« Tate lächelte und schloss die Augen.

Ich nickte, obwohl er es nicht sehen konnte. Ich genoss die Zeit *wirklich.* Um genau zu sein, konnte ich mich nicht daran erinnern, wann ich zum letzten Mal so glücklich war, wie in diesem Moment. In diesem Moment, gab es nur uns zwei auf dieser Welt. Alles war gut.

»Tate, bist du glücklich?«, fragte ich dann.

Sein Lachen rang in meinen Ohren. Tates Augen waren immer noch geschlossen und unsere Beine hingen am Rande der Klippe runter.

»Klar.«, antwortete er, »Bist du's?«

Ich zuckte mit den Schultern. »Ich weiß nicht so genau.« Die Baumkronen tanzten mit dem Wind. »Du wirkst immer so glücklich, was ist dein Geheimnis?« Ich lachte, aber ich meinte es ernst.

Tate war die Definition von Glücklich und Unbeschwert. Nichts schien ihn zu stören.

»Selbstliebe, Aidi.«, sagte er, »Liebe dich selbst mehr, als irgendwer es je tun könnte. Das ist das Geheimnis.« Er öffnete seine Augen und sprang auf, seine Hände klopften den Dreck von seiner Hose. »Du hast recht, wir sollten gehen.«, sagte er und wuschelte mir durch die Haare.

Selbstliebe war das Geheimnis. Ich dachte immer, ich liebte mich selbst, aber mein Selbstbewusstsein war sehr weit entfernt von seinem. Vielleicht liebte ich mich nicht genug. Aber was war genug? Ich entschied mich, ihn ein anderes Mal zu fragen.

Der Weg zurück fiel mir leichter. Ich konnte den Boden sehen, so konnte ich schneller gehen, ohne hinzufallen.

Wir versuchten, so leise wie möglich zurück ins Haus zu schleichen, weil wir nicht wussten, ob die anderen noch schliefen.

Tate öffnete die Tür und ging voraus. Manchmal sah ich ihn nur an. Die Weise wie er Dinge tat. Er war immer sanft und leise, wie eine

Katze. Ich versuchte etwas so zu sein wie er, aber dafür war ich zu tollpatschig. Ich schmiss oft Sachen um und so. Aber man muss eines erkennen: Versuche nicht Leute in dem zu kopieren, worin sie gut sind. Das ist ihr Ding. Du musst etwas für dich selbst finden. Etwas, das ganz und gar deins ist. Naja, tollpatschig sein, war ganz und gar meins. Das war sicher.

Das bewies sich sofort, denn sobald ich reinging, stolperte ich über einen Schuh, der mir im Weg lag und ich landete auf dem Boden.

Tate biss sich auf die Lippe und zog mich hoch.

»Wo wart ihr?« Dylan sah uns aus dem Wohnzimmer an.

»Spazieren.« Tate warf sich auf das Sofa.

»Spazieren? Jetzt? Heute?« Dylan runzelte die Stirn. »Habt ihr denn schon gepackt? Wir müssen in drei Stunden zum Flughafen.« Er presste die Lippen aufeinander.

Ich nickte. »Haben alles schon gestern erledigt.«

»Wie richtige Profis.«, grinste Tate und lachte, als Blake mit müden Augen reinkam, »Was ist mit dir, Prinzessin?«

»Halt dein Maul.«, brummte er und schlug Tate mit einem Kissen vom Sofa.

»Hört zu, wir haben keine Zeit für sowas.« Dylan knibbelte an seiner Nagelhaut herum. »Ab dem Flughafen, werden wir getrennte Wege gehen. Ich will, das alles wie geplant läuft und wir alle sicher wieder zurück kommen. Wir wissen nicht genau, was oder wem wir begegnen.«

Es klopfte an der Tür. Dylan sah uns alle nochmals an und ging dann um sie zu öffnen.

»Wunderschönen Morgen.«, hörte ich Asa singen.

Nach und nach kamen die Anderen zu uns ins Wohnzimmer. Raiden und Carly saßen mit uns auf dem Sofa, Blake lehnte sich an das Fenster und der Rest verteilte sich am Esstisch und auf dem Boden. Das war das erste Mal, dass ich erkennte, wie klein doch unser Wohnzimmer war.

Die Koffer, befanden sich alle angereiht im Flur und fertig, um in das Auto gepackt zu werden.

Das war der Anfang von einem Abenteuer, dass ich voll und ganz unterschätzt hatte.

Asa - TAI'AN (CHINA)

Die Zeit schien schneller zu verfliegen, als sonst.

Wir hatten uns drei Wochen gegeben. Zwei davon, waren bereits vorbei und meinem Hüter war ich immer noch nicht begegnet.

Aber mich zu beeilen, kam nicht in Frage. Eile und Stress sind nicht gut für die Gesundheit. Man sollte Dinge immer im eigenen Tempo machen. Das ist, was gut für Geist und Körper ist.

Ich war mir mehr als sicher, dass am Ende alles gut werden würde. Am Ende wird immer alles gut, auch wenn die Situation hoffnungslos erscheint.

Vielleicht wird die Sonne nicht sofort wieder für einen scheinen, aber irgendwann wird das der Fall sein und dann kann man endlich aufatmen und die Welt als neuer Mensch betrachten. Man muss nur daran glauben und warten.

Meine Zeit verbrachte ich in Tai'an, China. Antike Tempel, Berge, die Wolken in ihnen hängen hatten, vollkommene Ruhe.

Wie hätte ich die Schönheit dieses Ortes ignorieren können, nur weil ich etwas zu tun hatte?

Die Steinbank, auf der ich saß, war kalt, aber die Wärme der untergehenden Sonne bot den Ausgleich.

Ich lächelte die vorbeigehenden Leute an und sie lächelten tatsächlich zurück. Zurücklächelnde Menschen sah ich nicht oft in der Stadt.

Heutzutage hetzen die Menschen nur noch durch den Tag und vergessen, die Momente die sie haben, zu genießen.

Sie gehen an der Schönheit dieses Planeten vorbei, nur weil sie Aufgaben zu erledigen haben. Sie vergessen das Leben zu leben, das sie wirklich wollen. Sie tauschen Glück gegen Erfolg, Liebe gegen Geld.

Aber was hat das alles für einen Wert, wenn man alt ist und versucht auf sein Leben zurückzublicken?

Erzählt man seinen Enkeln lieber, wie man alles aufgegeben hat, nur um sich durch ein Studium zu quälen und danach einen Job zu machen, den man gehasst hat oder will man ihnen von den Abenden mit Freunden am See erzählen und die Abenteuer, die mit ihnen kamen?

An meinem ersten Tag in Tai'an, hatte ich ein Teehaus gefunden, dass einem alten Mann namens Ying gehörte. Ying sah älter aus, als er war. Er humpelte und sein Rücken war krumm.

Mein Herz schmerzte jedesmal, wenn ich ihn ansah. Es schmerzte und sagte mir, ich solle ihm helfen. Ich hatte einen wunden Punkt, für verletzte und kaputte Dinge, also musste ich etwas tun, damit er sich besser fühlte.

Amber sagte mir, ich solle meine Kraft auf keinem Fall benutzen, bis ich zu Hause war, aber dieser Mann brauchte meine Hilfe, auch wenn er nicht danach gefragt hatte.

Ich sah ihn auch an den folgenden Tagen in seinem Teehaus.

Ich tat so, als hätte ich besondere, ausländische Medizin mit mir gebracht, was in Wahrheit nur Chia Samen waren, die ich in seinen Tee mischte. Chia Samen sind wirklich gut für den Körper, aber in seinem Fall, hätten sie so oder so nicht geholfen.

Ich hoffte, er würde es nicht bemerken. Das ich ihm nicht die Wahrheit erzählen konnte, zerriss mich im Inneren.

Amber meinte, der Feind könnte hinter jeder Ecke lauern. Meiner Meinung nach, ist das eine traurige Sicht der Dinge. Wie kann man in Frieden leben, wenn man ständig Angst vor dem Feind hat?

Außerdem konnte mein neuer Freund nicht der Feind sein. Er war ein alter Mann, der sich um Menschen, Tiere und Pflanzen kümmerte und sorgte. So jemand konnte nicht böse sein. Er erinnerte mich sehr an mich selbst.

Der Vollmond begrüßte mich mit seinem Licht, als ich am Teehaus ankam. Der Regen hatte die Luft abgekühlt, die die Sonne zuvor aufgeheizt hatte. Ich ging über die kleine Brücke und sah auf die Koi Fische herunter.

»Du bist schon hier?« Die Augen meines Freundes leuchteten und seine Mundwinkel bogen sich nach oben, sobald ich durch die Tür kam.

Mit seiner rechten Hand, hielt er sich an der Lehne des Stuhls fest, um sich aufrecht zu halten.

Meine Kraft leistete gute Arbeit. Sein Gesicht verlor ein paar Falten, sein Körper hatte etwas mehr Muskeln und er stand gerader.

»Ich gehe uns Tee machen.«

Ich sah ihn im Hinterzimmer verschwinden. An anderen Tagen, bereitete er den Tee vor mir auf dem Tisch zu, aber die Lichter waren bereits alle gedämmt und das Teehaus fertig, um zu schließen. Einige Leute kamen trotzdem, in der Hoffnung sie könnten noch an einen Tee kommen und es tat mir so leid, dass ich sie wegschicken musste.

Es wäre toll gewesen, wenn alle reingekommen wären. Wir hätten alle Tee zusammen getrunken und über die Welt und das Universum geredet. Aber Ying wollte alles zeitlich schließen. Er mochte Menschen, aber er musste sie nicht den ganzen Tag um sich haben.

Ich war kurz davor nach hinten zu gehen, um ihn zu helfen, da kam er schon mit zwei Tassen zurück.

»Warum hast du so lange gebraucht? Geht es dir gut?«, fragte ich und nahm die Tassen aus seinem wackligen Händen, damit ich sie auf den Tisch stellen konnte.

»Ich werde älter, deswegen habe ich so lange gebraucht.«, lachte er und setzte sich hin.

Seine flüssige Aussprache beeindruckte mich.

Er erzählte mir, dass er früher viel gereist war. Ying lernte viel, über die Sprachen und Kulturen verschiedener Länder. Das war immer etwas was ich in meinem Leben machen wollte. In ferne Orte reisen, von denen ich nicht einmal weiß, das sie existieren. Ich wollte den kranken Menschen dieser Welt helfen. Meine Kraft wurde geschaffen, um gutes zu tun, also sollte ich sie auch für etwas gutes verwenden.

»Freut mich, dass es dir besser geht, Ying.« Ich lächelte.

Er erwiderte das Lächeln. »Dank deiner Medizin.«

Ich rollte meine Schultern zurück. »Ja, sie ist gut.« Meine Hände fingen an zu schwitzen.

»Ja, sehr gut sogar.« Er trank einen Schluck. »Ist es vielleicht möglich, dass du sie selbst produzierst?«

»Nein, ich habe sie nur gekauft.«, log ich.

»Wie heißen sie? Dann kann ich sie mir vielleicht auch besorgen, nachdem du abgereist bist.«

Ich öffnete meinen Mund, aber schloss ihn dann wieder. Mir fiel kein Name ein. Die Namen von Medikamenten waren mir unbekannt. Ich musste sie noch nie in meinem Leben benutzten. Zwar können Heiler sich nicht selbst heilen, aber ich war noch nie krank gewesen.

»Ich weiß es nicht mehr.«

»Du bist ein sehr schlechter Lügner, Junge.« Er streckte seine Hand über den Tisch, griff meinen Arm und haute ihn auf die Tischplatte. »Ich erkenne einen Heiler, wenn ich ihn sehe.« Er strich über mein Symbol.

Ich blinzelte einige Male. »Wie bitte?«

»Du bist doch ein Heiler oder?« Ying hob eine Augenbraue.

»Bist du auch einer?« Meine Augen weiteten sich.

Er nickte und unterdrückte ein Grinsen. »Der Beste.«

»Der Beste? Also.« Ich runzelte die Stirn. »Bist du der Hüter der Heiler?« Ich schüttelte meinen Kopf. »Das hätte ich wissen müssen.«

»Ich wusste es die ganze Zeit. Ich wollte nur sehen, wie lange du den Ausländer mit seiner Wundermedizin spielen kannst.«

»Ich bin kein guter Schauspieler, ich weiß.«, sagte ich und kratze mich am Nacken.

Ich sah auf meinen Tee, um seine Augen zu meiden. Es war nicht schlimm, dass er nun wusste wer ich war, trotzdem fühlte ich mich, als hätte ich Amber enttäuscht.

Sie sagte niemand dürfe wissen, was ich war. Ich wollte meinen Hüter finden und nicht von ihm gefunden werden.

»Ich schätze, du wolltest mich aus einem Grund finden. Also, meine Freund, was brauchst du?«

»Einen Schlüssel. Einen Schlüssel für Ort B.«, nickte ich, »Du weißt doch, was Ort B ist oder? Deswegen bin ich hier. Für den Schlüssel.«

»Schlüssel?«, lachte er, »Wie kommst du auf sowas? Für Ort B braucht man keinen Schlüssel.«

Ich legte den Kopf schief.

»Aber mein Freund, hat so eine Schriftrolle von seinem Vater bekommen in der steht, wir brauchen einen Schlüssel«

Ying zuckte mit den Schultern. »Von Schlüsseln weiß ich nichts. Ich kann dir leider nur das erzählen, was ich weiß.«

Ich lehnte mich zurück. »Sowas dummes. Das heißt dann wohl, ich kann wieder nach Hause fliegen.«

Ying nickte. »Ja, das solltest du. Und du solltest deinen Freund fragen, ob er diese Schriftrolle auch wirklich von seinem Vater bekommen hat. Es tut mir wirklich sehr leid, dass du umsonst hergekommen bist. Aber ich bin froh darüber, dass wir uns kennenlernen konnten. Leute wie dich gibt es selten.«

Ich dankte ihm. Ich glaubte nicht, dass Menschen wie ich selten waren, ich war nur warmherzig. Jeder Mensch ist warmherzig, nur nicht jeder Mensch setzt sich mit diesem Gefühl auseinander.

»Wenn du jemals Hilfe brauchst, lass es mich wissen.«

Ich nickte und nahm seine Hände in meine. Ich war dankbar dafür, dass ich ihn getroffen hatte. Ying war jemand, der immer die guten Dinge sah.

Leute können in ihrem Leben leider nicht mehr die wunderschönen Dinge sehen. Ich wollte es zu meiner Aufgabe machen, der Welt ihre Freude wieder zurückzubringen, aber ich merkte, dass das nicht so leicht war.

Nicht weil es so viele Menschen auf der Welt gibt, sondern weil die Menschen Freude nicht wollen. Sie sehen keinen Nutzen in Freude, weil man es nicht zu Geld machen kann, weil es nichts materielles ist. Man kann keine Kleidung davon kaufen, oder ein Auto, oder ein Haus, also wollen sie es nicht. Zumindest die Erwachsenen.

Aber Kinder brauchen sie auch nicht. Sie haben sie bereits. Kinder sind glücklich und selbstlos. Voller Energie und Liebe, aber die Erwachsenen nehmen es ihnen weg, die Schule nimmt es ihnen weg, die Verantwortung nimmt es ihnen weg. Sie werden zum Ideal getrimmt, damit sie wie Maschinen arbeiten können. Menschliche Maschinen, sind zum Alltag geworden und die anders denkenden, werden als komisch abgestempelt.

Aber es sind die Andersdenkenden, die mutig genug sind das zu behalten, was sie lebendig fühlen lässt. Leuten etwas zurückzugeben, was sie einst verloren haben, ist unmöglich. Das wusste ich. Das Einzige, was man tun kann, ist sie zu leiten, damit sie es selbst wiederfinden.

Gier und Eifersucht dominieren die Welt, aber ich hatte die Hoffnung nie verloren, dass ich dies ändern konnte. Es gibt noch gute Leute, die auf dieser Werde wandeln, aber sie verstecken sich.

Mein Hüter war, innerhalb weniger Tage, eine Inspiration für mich geworden. Er war selbstlos, mit einem guten Herzen. Er war wie ich. Er war willig für Veränderung zu arbeiten. Ohne Angst vor dem Weg, den wir hätten gehen müssen.

Ich verbrachte Stunden damit, mit ihm über all die Ding zu reden, die auf dieser Welt schief liefen. Aber fürs Erste, musste ich mich von meinem Freund verabschieden.

Ich half ihm das Teehaus zu putzen, bevor ich mich auf dem Weg zurück in mein Hotel machte. Ich musste aufpassen, dass ich nicht gegen eine Wand lief, weil ich immer wieder in den Nachthimmel aufsah. Immer wieder erwischte ich mich dabei, wie ich auf den Mond starrte. Ich tat es in der Nacht, wenn er am hellsten leuchtete, oder in den früher Morgenstunden, wenn das Licht langsam erlosch. Für mich war der Mond Beweis dafür, dass es selbst in den dunkelsten Nächsten Licht gab. Das Licht verschwand nie.

Manchmal muss man nur darauf warten, bis man es sieht.

Geb - Huacho (PERU)

Ich hatte ein Hotel gefunden und ein Auto gemietet. Soweit war ich nun gekommen.

Das Kassierer, an der Tankstelle, reichte mir mein Wechselgeld, bevor er zu meinem Wagen raussah.

Es war ein brandneues Auto und es war offensichtlich, dass es ausserhalb meiner Liga war. Aber wenn ich schon ein Auto auslieh, sollte es ein teures sein.

Ich schaute ebenfalls nach draußen. Wie zur Hölle, sollte ich in einer Stadt, mit 175.585 Menschen, meinen Hüter finden? Klar, es war besser, als in einer Großstadt, aber trotzdem nicht einfach. Ich hätte Flyer aushändigen sollen. *Wenn Sie Erde kontrollieren können, rufen sie bitte unter xxx an.* Ich denke nicht, dass das funktioniert hätte. Immerhin hatte ich ein schönes Auto, mit dem ich herumfahren konnte.

Ich dankte dem Kassierer und nahm meine Wasserflasche von der Theke. Die Luft trocknete mich aus.

Wiederwillig fuhr zurück auf die Straße und machte mich auf den

Weg, in Richtung nirgendwo. Es war, als müsste ich die Nadel im Heuhaufen suchen.

Wonach hielt ich eigentlich Ausschau? Eine Frau, ein Mann, ein Kind, ein Tier? Mein Hüter hätte ein Stein sein können und ich hätte es nicht gewusst.

Tut mir leid für das ganze Beschweren, aber so war ich nunmal. Außen war ich ruhig, aber innerlich kochte ich.

Bäume und Staub zogen am Fenster vorbei und meine Gedanken wanderten.

Ich erinnerte mich an den Typen, der im Hotelzimmer neben mir wohnte. Ein schlaksiger Kerl mit blonden Haaren. Er hustete ständig, während er rauchte und sprach immer mit mir, wenn ich auf den Balkon kam.

Jedesmal, wenn ich versuchts ihn auszublenden, kam er mit neuen Geschichten an oder fragte mich unnützes Zeug. Auch beim Frühstück saß er neuerdings neben mir und trotzdem kannte ich seinen Namen nicht. Entweder er erzählte mir seine ganze Lebensgeschichte oder von anderen Dingen, die keinen interessierten. Warum reden manche Menschen so gerne mit Fremden?

Es war dieser Morgen, dass ich ihm zum ersten Mal wirklich zuhörte. Er erzählte mir von seinem Abenteuer, das er in Peru hatte und wie er vom Machu Picchu bis nach Huacho kam.

Sein Ziel war es hier, den Garten zu besuchen, der nicht weit von dem Hotel war. 20 Minuten sagte er. Vier Mal hätte er bereits versucht dort reinzukommen, jedoch vergeblich.

Der Typ war sich sicher, dass es entweder exklusiv war oder

verlassen. So oder so erweckte es mein Interesse.

Das war bei mir nicht einfach, aber diese Geschichte war mir zu komisch. Ein Garten, in den niemand reinkommt? Auch noch hier? In der Wüste? Merkwürdig.

Ich hatte sowieso keine anderen Pläne, also entschied ich mich hinzufahren. Vielleicht war er, durch den ganzen Zigarettenrauch, zu blind die Klingel zu finden.

»Letztes Mal habe ich ein lautes Geräusch von Innen gehört. Als wäre ein Fels auf den Boden gefallen. Das war verrückt. Ich sag's dir. Verrückt.«

Er gab mir die Adresse und sagte, ich solle ihm Fotos machen. Ich sagte vielleicht.

Ohne Navi oder Karte war man hier gestrandet. Ich hatte beides nicht.

Ein Glück, dass ich Menschen auf dem Weg getroffen hatte, also war ich nur 40 Minuten unterwegs anstatt 20. Immerhin keine ganze Stunde.

Die Sonne stand an ihrem höchsten Punkt und der Staub bedeckte meine Schuhe, ehe ich aus dem Auto stieg.

Der Wind blies Wellen von Blumenduft in mein Gesicht. Ich schloss meine Augen und fühlte mich, als stünde ich in einem Feld, umringt von Lavendel und Rosen, aber als ich die Augen wieder öffnete, sah ich nur große, kahle Wände und Traurigkeit.

Im Vergleich zu den Wänden, sah die Tür aus, wie für Mäuse gemacht. Es gab keine Klingel, daher klopfte ich.

Die Tür war aus Holz. Aus allen Materialien, die man hätte nehmen können, wurde Holz gewählt.

Ich war relativ laut gewesen, also hätte, wer auch immer dort drinnen war, mich auf jeden Fall gehört.

Nun wartete ich, Ohr an die Tür gedrückt. Kein Geräusch, keiner öffnete mir. Ich klopfte bestimmt 30 Mal, wenn nicht noch mehr, aber es blieb still.

Ich drehte mich um, um sicher zu gehen, dass keiner in Sicht war, der mich hätte sehen können. Meine Kraft war Erde, ich wusste, wie ich mir einen Weg rein verschaffen konnte.

Was auch immer dort drin war, versteckte sich und ich wollte wissen warum. Ich glaubte nicht daran, dass dieser Garten verlassen war.

Ich legte meine Hand auf den Türknauf und drückte mit der anderen gegen die Tür. Das Holz, um den Türknauf, bröckelte und fiel auf den Boden.

Ein kleiner Weg aus Stein, führte vom Eingang weit in Büsche, die bei einem Gartenhaus endeten.

Der Garten war ein reines Durcheinander, aber ich mochte es. Es war wie die Natur es haben wollte. Wild und durcheinander.

Ich trat nach vorne, mit der Erwartung, dass mich jeden Moment etwas anspringen würde.

Meine Augen wanderten von links nach recht. Das Gras war hoch genug, damit jemand sich dort verstecken konnte, aber es bewegte sich nichts. Das einzige Geräusch in meinen Ohren, war das der Blätter.

Es war unklar, ob ich etwas finden würde, jedoch wollte ich mir die Zeit nehmen, um jede Ecke dieses Gartens zu entdecken, Dingen meine Aufmerksamkeit zu schenken, meine Hände, so weit wie möglich, in die Erde zu graben. Dort unten, liegt eine Schönheit begraben, die keiner kennt und wertschätzt.

Die Erde unter uns vibriert mit Leben und Energie. Im Vergleich dazu, war alles oberhalb tot und ich fühlte mich gerne am leben.

Ich erkämpfte mir den Weg zum Häuschen. Davor standen zwei riesige Felsbrocken. Das Haus, war mehr aus Glas, als aus Holz und in der Mitte, sah ich jemanden stehen. Jemanden kleines.

Ein Mädchen?

»Hallo?«, rief ich.

Das Mädchen zucke zusammen. Sie griff die Enden ihres schwarzen Kleides und trat zurück. Ihr Gesicht konnte ich nicht erkennen, es war bedeckt von ihren braunen Locken.

»Bitte hab keine Angst.« Ich hob meine Hände und nahm einen Schritt nach vorne.

Ich spürte etwas. Der Boden bebte. Nein, es war nicht der Boden, es waren die Felsen. Sie wackelten. Meine Augen wanderten von Seite zu Seite und bald schon waren es keine Felsen mehr.

Es waren Kall. Steinriesen. Steinriesen, die ihre eigenen Gedanken und Gefühle haben. Zuhause habe ich mich oft mit ihnen beschäftigt, aber gesehen hatte ich noch nie einen. Sie waren so groß, wie die Bäume und einer von ihnen hielt eine Axt aus Stein.

Mein Herz schlug schnell, aber ich versuchte mein Bestes ruhig zu bleiben. Ich schielte zur Tür hinter mir und bereitete mich vor abzuhauen.

Die zwei Riesen traten einen Schritt vor und blockierten mir somit die Sicht, auf die kleine Hütte. Ich sah auf die Axt. Der Griff war aus

Wurzeln, die mit der Hand des Riesen verschmolzen.

Mein Blick schossen nach oben, als sich etwas im Gras bewegte. Ein Kopf guckte hinter dem Bein des Riesen hervor.

»Was willst du hier?«, fragte das kleine Mädchen.

»Ich wollte dich nicht stören.« Ich hob meine Arme wieder.

Ihre Hände umklammerten die Wurzeln des Riesen. »Das hast du aber.«

»Es tut mir sehr, sehr leid. Ich bin nur auf der Suche nach jemanden, aber ich glaube nicht, dass ich hier richtig bin.«

»Wen suchst du denn?«, fragte sie und trat etwas hervor. Ihre Augen hatten die selbe Farbe, wie der Dreck, der ihr Gesicht bedeckte. Die Enden ihres Kleides, hatten Löcher in ihnen und ich fragte mich, ob es das einzige war, was sie zu tragen hatte.

»Einen Hüter.«

Ich wusste, dass sie wusste, von wem ich sprach.

»Das bin ich.«

Ich runzelte die Stirn. »Es tut mir wirklich leid, aber du bist ein Kind.«

»Denkst du Weisheit ist abhängig vom Alter?« Sie legte den Kopf schief. »Hüter haben kein Alter.«

Ich öffnete meinen Mund und schloss ihn wieder. Darüber hatte ich nie nachgedacht. Wenn ich an Hüter dachte, dachte ich an alte Leute, weil es diese sind, von denen man denkt, sie seien Weise.

»Das sind meine Beschützer.«, fing sie an, »Ihre Namen sind Kaj und Cole. Ich hoffe, du bist nicht hier, um mir wehzutun.«

Ich schüttelte meinen Kopf. »Bin ich nicht. Versprochen.«

Sie murmelte etwas, dass ich nicht verstehen konnte.

»Dürfte ich dich fragen, wie alt du bist?« Ich sah immer wieder zu ihren Beschützern.

Meine Worte musste ich klug wählen. Das Mädchen war nicht älter als 12 gewesen, aber wenn ich etwas gesagt hätte, dass ihr nicht gefiel, hätte sie mich umbringen lassen können.

»Ich bin zehn.« Ihre Hand ließ von Kajs Wurzeln ab.

Ich nickte. »Ich bin hier, um dich etwas zu fragen, ist das in Ordnung?«

»Warum hasst du Freude?«

Ich hob eine Augenbraue. »Das tue ich nicht.«

»Du blockierst es von deinem Leben. Warum?«

Ich kratzte mich am Nacken. Sollte ich nicht derjenige sein, der die Fragen stellte?

Sie lag nicht richtig mit ihrem Statement, aber falsch lag sie dabei auch nicht. Ich blockierte Freude in meinem Leben, dass war wahr, aber gleichzeitig wollte ich sie. Immer wenn ich glücklich war, nahm jemanden mir diese Freude weg. Freude verlässt dich, wenn du anfängst sie zu lieben. Also entschied ich mich, sie zu verbannen. Dinge die du verbannst, kommen nicht zu dir zurück.

»Könntest du nicht einfach *meine* Frage beantworten?«

Sie kam näher, ihre Augen sahen nie von mir ab. »Warum machst du dich selbst einsam?« Sie griff nach meinem Handgelenkt und ich zuckte.

Ich war ein Einzelgänger. Das ist, was ich war. Das war meine Natur. Menschenmengen machten mich nervös und noch schlimmer war es, mit jemandem alleine in einem Raum zu sein. Es bereitete mir Bauchschmerzen. Trotzdem sagten Leute mir, sie bewunderten mein Selbstbewusstsein. Sie bewunderten Selbstbewusstsein, dass einfach nur erzwungene Kälte war.

»Ich - mache mich nicht einsam.«, murmelte ich und befreite mich von ihrem Griff.

»Ich kann die Vibrationen deiner Körpers spüren.« Das Mädchen vergrub ihre kleinen Zehen im Boden.

»Meine Frage - bitte.« Ich spannte meinen Kiefer an und sah zu den Riesen.

Sie bewegten sich nicht, sie machten keinen mucks, aber sie warteten darauf, dass ich etwas falsch machte. Ich wollte nicht wütend werden, aber ich fühlte es in mir hochkommen.

Cole machte einen Schritt nach vorne und ich nahm vier zurück.

»Ich weiß nicht, was du hier willst.«

»Das weiß ich auch nicht so genau.«, seufzte ich, »Wir haben dieses Stück Papier und es sagte, meine Freunde und ich sollen nach unseren Hütern suche.«

Kaj nahm das kleine Mädchen und setzte es auf seine Schulter.

»Ich habe dir nichts zu sagen.«

»Kennst du Ort B?«

»Wer kennt Ort B nicht?«

»Klasse. Ich brauche unbedingt den Schlüssel von dir damit-«

»Was sagst du?«, unterbrach sie mich, »Kein Schlüssel wird dir den Weg aufschließen. Das Einzige was du brauchst, ist dich selbst. Dich selbst und die weiteren neun. Wenn ihr vollständig seid, werdet ihr auch reingelassen.«

Das schlug mir ins Gesicht, wie Blakes Faust. Ich blinzelte einige Male, mein Kopf drehte sich. Dieses *Schloss* war also spezifiziert auf unsere Kräfte. Dylans Schriftrolle log.

»Bist du dir da sicher?«

»Kinder sagen immer die Wahrheit, oder?«, lächelte sie.

Das Mädchen tippte Kaj auf die Schulter, worauf er sie wieder runter auf den Boden ließ. Summend verschwand sie in einer Hecke. Der Blick der zwei Steinriesen, lag immer noch auf mir. Mein Glück, dass Kall nicht sprechen konnten.

Ich war mir nicht sicher, ob sie zurückkommen würde, also drehte ich mich vorsichtig um und bewegte mich Richtung Tür.

Die ganze Reise war für die Katz gewesen. Ich hatte Stunden und Tage geopfert, um dieses Mädchen zu finden, dabei hatten wir alles, was uns die Tore zu Ort B öffnen würde. Uns selbst.

Meine Augen erblickten den Ausgang, aber diesen erreichte ich nicht, denn der Boden hinter mir fing an zu beben und ehe ich mich umdrehen konnte, hing ich kopfüber, über dem Mädchen.

Coles steinerne Hände umklammerten meine Beine und ich spürte, wie mir mein Blut zu Kopf stieg.

»Bitte, lass mich runter.« Meine Arme zappelten in der Luft umher.

»Warum willst du so schnell wieder gehen?«, fragte sie.

»Weil meine Frage beantwortet worden ist.« Vergeblich versuchte ich mich, mit meinen Beinen aus Coles Griff zu winden.

»Fein.« Sie nickte Cole zu und ich merkte, wie ich langsam dem Boden wieder näher kam.

Sobald meine Hände die Erde erreicht hatten, ließ Cole mich los.

»Ich habe noch ein Geschenk für dich, bevor du gehst.«, Sie hielt mir ihre Faust hin.

»Für mich?« Ich runzelte die Stirn und streckte zögerlich meine Hand aus.

»Pass gut auf ihn auf.«, meinte sie und legte mir etwas kleines und rundes auf die Handfläche.

Einen Stein.

Blake & Carly - Edinburgh (Schottland)

Aus allen Orten die es auf dieser Welt gibt, wurde ich an den geschickt, an dem ich 1000 Kilometer laufen musste.

Eine Kleinstadt wäre mir wirklich lieber gewesen. Nur weil ich lange Beine hatte, hieß das nicht, dass sie so viel laufen konnten.

Ich stoppte an der Kreuzung der Castle Street und verdrehte die Augen. Natürlich hatte ich einen systematischen Plan. Ich öffnete die Stadtkarte, auf meinem Smartphone, und strich das Gebiet durch, durch das ich gerade gelaufen war. Ich traute dem Zufall nicht. *Wenn* dieser gewisse Hüter hier irgendwo war, wäre er mir sicherlich nicht einfach so in die Arme gelaufen. Nur Idioten denken so.

Da waren also *nur noch* 83 weitere Straßen für mich. Wie klar man erkennen konnte, hatte ich sehr viel Spaß sinnlos herumzulaufen und meine Energie für nichts, außer Beinschmerzen, zu verschwenden.

Von meinem Standpunkt aus, hatte ich einen sehr guten Blick auf das Schloss. Das Schloss war das einzig Interessante gewesen. Man kann, von da oben, die ganze Stadt überblicken. Ich weiß nicht, was diese alten Schlösser an sich haben, aber ich verspürte immer den Drang, in jede Ecke hineinzusehen, aber natürlich sind die guten Teile für Besucher nicht zugäugig.

Nicht das ich ein Besucher war, ich war aus geschäftlichen Gründen gekommen, aber trotzdem.

Mal vom Schloss abgesehen, war das eine hässliche Stadt. Alles war so alt. Ich hasste alte Dinge. Vor allem alte Häuser. Sie fallen beinahe auseinander und Leute versuchen sie zu retten, als wären sie heilig. Wenn es nicht aus Gold gemacht ist, komm drüber hinweg. Warum so viel Aufwand, wegen alten Steinen?

Hohe und elegante Wolkenkratzer, waren eher mein Stil. Weit oben und nah an den Wolken. Ich mochte es, auf den Dächern zu sitzen und das Leben genießen zu können, aber jedes Mal rief jemand die verdammte Polizei, weil sie dachten, ich wollte mich umbringen.

Ist es nicht deprimierend, dass unsere Gesellschaft soweit gekommen ist, dass sie denkt jemand will sich umbringen, nur weil er etwas macht, was andere als gefährlich einstufen. Aber dann wiederum fühlt es sich so an, als wolle wirklich jeder Teenager sich heutzutage umbringen. Kein Wunder bei dem ganzen *bullshit,* den sie ertragen müssen. Entweder sie sind beliebt und haben Probleme *perfekt* zu sein, ein Loser, der gemobbt wird, weil er Comics ließt, oder schwanger. Gute Sache, dass ich zu Hause unterrichtet worden bin. Ich hätte es nicht ausgehalten, mit so vielen Leuten, die ihr Leben nicht auf die Reihe bekommen. Sie heulen den ganzen Tag rum, über ihr unfaires Leben und wie sehr sie ihre Eltern hassen und die Schule und dieses ganze Selbstmitleid. Davon hab ich genug im Fernsehen.

Die Wahrheit ist: Komm damit klar oder ändere es. Rumheulen bringt nichts, damit hilft man niemanden.

Seit dem letzen Mal, als die Polizei mich von einem Hochhaus geholt hatte, war ich auf keinem mehr gewesen.

Ich stopfte meine Hände in die Hosentaschen und ging die Straße runter. Es gab nichts für mich zu tun. Ich war die Art von Person, der innerhalb von wenigen Minuten langweilig wurde, unabhängig wie wichtig die Aufgabe war und seien wir mal ehrlich: Ich hatte etwas wichtiges zu tun und mich hätte es kaum weniger interessieren können. Wenn ich ein Arzt gewesen wäre, würde mir wahrscheinlich inmitten einer Op langweilig werden und mein Patient würde sterben. Aber so war ich eben.

Anstatt nach meinem Hüter Ausschau zu halten, vertrieb ich mir die Zeit damit, starken Wind gegen Leute zu wehen. Sie erschraken sich und stolperten umher. Es gibt nichts besseres, als Leute die umher stolpern. Es ist lustiger, wenn sie fallen und sich blamieren, aber ich nahm was ich kriegen konnte.

Ich fand mich in einer Wohnsiedlung wieder, oder Todeszone, da nicht einmal der Wind in den Bäumen ein Geräusch machte. Die Häuser standen alle in perfekter Symmetrie nebeneinander, als hätte jemand sie kopiert und wieder eingefügt.

Symmetrie hatte eine Macht über mich. Es befriedigte mich, es beruhigte mich. Das war der Grund warum niemand, außer mir selbst, in mein Zimmer durfte. Andere Leute würden die Mühe, die ich reingesteckt hatte, zerstören. Jedes Stück stand an seinem Platz, im richtigen Winkel und war farblich angepasst.

Zwar gab es nicht viel anzupassen, da fast alles weiß war, aber einige Farbakzente gab es trotzdem.

Meine Beine stoppten vor einem Haus, dass auf dem ersten Blick nicht anders war, als die anderen, aber etwas erregte meine Aufmerksamkeit. Die Leute hier wussten offensichtlich nicht, was Gardinen waren, also ging ich die Treppe hinauf, um reinschauen zu können.

Das Ding ist, ich sah ein Buch. Es schwebte. Es schwebte in der Luft. Ich rieb mir die Augen, um sicher zu gehen, dass mein Gehirn mir keinen Streich spielte. Tat es nicht.

Ich klingelte an der Tür. Keiner öffnete. Unhöflich. Ich hämmerte so laut gegen die Tür, bis sie letzten Endes aufsprang.

Mit einem Schulterzucken trat ich ein. War nicht so, als würde mich die Privatsphäre anderer interessieren. Wenn man Privatsphäre will, soll man sicher gehen, dass man die verdammte Tür hinter sich geschlossen hat.

Das Innere des Hauses, erinnerte mich an mein Zimmer: Weiße Wände, weiße Möbel, nicht viel Dekoration. Ich ging an fliegenden Büchern und Küchengeräten vorbei, die mich hätten umbringen können, bis hin in das Wohnzimmer.

Dort saß jemand auf dem Boden. Zwei Kinder, um genau zu sein. Ein Mädchen und ein Junge. Sie saßen vor ihren fliegenden Spielzeugen. Kinder waren etwas, dem ich mir nicht näher wollte.

»Eh, hallo.« Ich setzte mich auf die Lehne eines Sessels.

Die Kinder bemerkten mich nicht oder sie ignorieren mich. Auf jeden Fall nervte es mich gewaltig. Ich schloss meine Augen. Der Gedanke, dass eines der Kinder mein Hüter war, war grässlich. Ich beobachtete diese kleinen Gören und wartete darauf, dass sie sich bewegten, aber sie saßen bloß da. Wie versteinert.

Das wurde mir alles zu komisch, aber gerade als ich aufstand, hörte ich die Eingangstür aufgehen. Es hätten ihre Eltern sein können und ich wusste wirklich nicht, wie ich meine Situation hätte erklären sollen, aber anstatt von Eltern, trat ein lila haariges Mädchen ein.

»Carly?« Ich runzelte die Stirn. »Was zur Hölle suchst du hier?«

»Ich könnte dich das Selbe fragen.« Sie kreuzte ihre Arme.

»Natürlich versuche ich meinen Hüter zu finden.«

»So wie ich.«

Ich kreuzte meine Arme ebenso. War das ihr Ernst?

»Offensichtlich, ist dein Hüter nicht hier. Diese Gegenstände fliegen durch Telekinese, du Vollpfosten.«

Ich biss meine Zähne zusammen.

Sie dachte wirklich, sie wäre immer im Recht. Als würde sie alles Wissen, nur weil ihr *Daddy* Professor war. Carly war so überzeugt von sich selbst. *Oh, Ich bin so toll! Seht zu, wie ich coole Sachen mache und ich bin so schlau und hübsch.* Oh bitte.

»Du bist mir nur gefolgt, weil du nicht wusstest, wohin du gehen sollst.«

»Entschuldige bitte, ich bin keinem hierher gefolgt. Mein Verstand hat mich hergebracht.«

»Was auch immer.« Ich verdrehte die Augen. »Wie kommt es, dass ich dich nicht im Flugzeug gesehen habe?«

»Du übersiehst doch sonst auch wichtige Dinge oder?« Sie hob die Augenbrauen.

Ich spürte mein Gesicht rot anlaufen. Am liebsten hätte ich ihr eine verpasst. Da ich aber genau wusste, auch wenn ich es nicht gerne zugab, dass Carly, sehr wohl und ganz schnell, alles auf mich zufliegen lassen konnte, ließ ich es.

»Wenn du dich mit mir anlegen willst, komm nur her.«, grinste sie.

Ich ballte meine Fäuste und sah wieder zu den Kindern »Ich will nur diesen blöden Hüter finden.«

»Das hier ist aber Telekinese.«

»Offensichtlich ist es Wind.«

»Ich denke, ihr beide liegt richtig.«

Als ich mich umdrehte, saß ein alter Mann auf dem Sessel. Er sah aus, als würde er Drogen nehmen, wenn man mich fragt.

Ich wollte Carly beinahe zustimmen. Jemand der so aussah, konnte nur Telekinese Volk sein. Das Wind Volk war zu elegant.

»Sind Sie der Hüter, den wir suchen?«, fragte Carly, mit ihrem aufgesetzten Lächeln.

»Ja, weil er bestimmt wusste, dass wir jetzt kommen.« Ich schnitt eine Grimasse.

»Um ehrlich zu sein, wusste ich das.«, lächelte er und griff nach unseren Handgelenken, »Telekinese und Wind also.« Er sah zu Carly auf. »Jemanden mit deiner Kraft, habe ich seit den letzten vier Jahrhunderten nicht gesehen. Das ist ein großes Geschenk, dass du da hast. Ein spezielles.«

Und wieder fing es an. Carly, Carly, Carly.

Mal zuhören: Wenn ihr schon in den persönlichen Raum eines Fremden eindringt, gib ihm wenigstens Aufmerksamkeit. Das ist, als ginge man auf ein Date, mit zwei Personen, aber einer wird ignoriert. Unhöflich.

»Jahrhunderte? Wie alt sind sie denn?« Es interessierte mich nicht, wie alt er war, aber das Thema musste geändert werden.

Er ließ uns los und faltete seine Hände in seinem Schoß. »Wie alt denkst du?«

»Naja, Sie haben Jahrhunderte gesagt, also nehme ich an ungefähr 400 Jahre.«, sagte Carly.

»Schlaues Mädchen. Ich bin 402 Jahre alt.«

Der Tag hätte nicht schlimmer kommen können. Ja, natürlich war Carly verdammt nochmal Einstein oder so, wir haben's jetzt alle verstanden. Jemand sollte ihr einen Preis dafür geben, dass sie so nervig ist.

Ich kreuzte meine Arme »Nächste Frage: Was ist mit diesen Kinder los?«

Ausnahmsweise war das Mal eine ernste Frage. Sie saßen immer noch still und starrten in die Luft, dabei flog nichts mehr umher.

»Wie wär es, wenn du ein bisschen Wind wehen lässt?«

Ich sah auf meine Hände. Ah ja, ich war gerade wirklich in der Stimmung, alles und jeden in einem Tornado auseinander zu reißen, aber ich glaubte nicht, dass es das war, was er meinte.

Als ich gerade anfangen wollte einen kleinen Wirbel zu machen, sah ich den alten Mann lächeln. Ein Lächeln, dass ich ihm vom Gesicht fegen wollte, aber dann sah ich die kleinen Kinder. Sie zerfielen - sie zerfielen zu Staub.

Meine Augen klebten nun an dem leeren Platz.

Okay, zuhören: Ich war kein Idiot. Ich wusste, dass der alte Kerl irgendeine Art von Zauberei angewandt hatte und ich wette, er fühlte sich mehr als fantastisch deswegen. Gute Arbeit, Opa. Ich hasste Leute, die angeben. Er hätte diesen Trick für sich behalten können.

»Ich habe sie aus kleinen Staub Partikeln gemacht. Beeindruckend oder?«

Ich klatschte in die Hände. »Toll, wow, die Kinder im Zirkus werden Sie lieben.«

Carly stieß mir ihren Ellenbogen in die Rippen. »Sie sind also der Hüter von beiden? Telekinese *und* Wind?«, fragte sie.

Er nickte. »Genau.«

»Ich wusste gar nicht, dass das möglich ist.« Carly setzte sich auf das Sofa gegenüber von ihm. »Wie kann man zwei Kräfte auf einmal haben?«

Nun war ich der Einzige der stand. Super.

»Da gibt es eine Weise, aber ich denke nicht, dass ihr deswegen zu mir gekommen seid.«

»Ja, wir sind hier wegen dem Schlüssel für Ort B.«, platzte es aus mir heraus.

Der Mann hob eine Augenbraue. »Ein Schlüssel? Für Ort B?« Seine Mundwinkel bogen sich nach oben. »Woher habt ihr denn den Quatsch? Es gibt keinen Schlüssel. Woher auch immer ihr diese Information habt, ihr wurdet mächtig reingelegt.«

Ich warf meinen Kopf in den Nacken und stöhnte. »Und deswegen bin ich hierher gekommen?«

Ich wette man konnte erkennen, wie sauer ich war. Stellt euch vor, ihr reist in ein fremdes Land, aus geschäftlichen Gründen und ihr findet den Treffpunkt nicht, also rennt ihr rum und fühlt euch, als würdet ihr sterben. Dann, wenn ihr endlich den Ort gefunden habt, wird euch gesagt, dass ihr hättet gar nicht kommen müssen.

Dieses ganze herumlaufen war also nicht einmal belohnt. Gebt mir eine Pause. Schien, als konnte unser lieber Geb Caima doch nicht so gut verstehen, wie er meinte.

Uns wurde gesagt, wie kriegen einen Schlüssel, aber alles was ich bekommen habe, waren Beinschmerzen, Carly, Kopfschmerzen und *Ihr wurdet mächtig reingelegt.*

»Das Einzige, was ihr braucht, sind eure Kräfte. Nichts weiter.«

Natürlich, das machte alles besser. Ich brauchte etwas, was ich bereits hatte. Für einen Moment dachte ich, hier wären Kameras versteckt und Tate, der Idiot, würde aus einer Ecke springen, aber das tat er nicht.

Der Mann nickte und faltete erneut seine Hände. Er grinste breit, bevor er langsam zerfiel und Carly und mich alleine ließ.

»*Deswegen* bin ich hier her gekommen?«, rief ich und zeigte auf den leeren Sessel, »Damit er für fünf Minuten auftaucht und dann wieder abzieht?«

Dieses Mal sagte Carly nichts. Und wenn Carly nichts sagte, gab sie mir Recht.

Tate - Lyon (FRANKREICH)

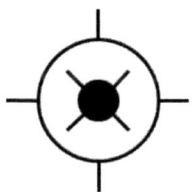

Die Sonne war bereits untergegangen und ab jetzt gab es nur mich und die Straße - und betrunkene Teenager, die ihren Weg nach Hause suchten.

Ich saß auf einer Bank, nahe der Kathedrale, um meinen Füßen etwas Ruhe zu geben. Meine Beine waren nicht so lang, also hatte ich kürzere Schritte. Das bedeutet mehr Schritte und das wiederum bedeutet mehr Schmerzen.

Aber dafür kam ich dazu, coole Dinge am Tage zu sehen und das war das erste Mal, dass ich Lyon auch bei Nacht erleben konnte.

Viele Lichter waren bereits aus, daher sah ich nicht die komplette Stadt leuchten, aber mir gefiel es trotzdem.

Bezüglich meines Hüters, naja, da hatte sich noch nichts getan. Aber hey, wenn man schon die Chance bekommt Urlaub zu machen, besichtigt man doch auch die Stadt, in der man bleibt oder? War nicht so, dass ich zu Hause arbeitete. Ich hatte 24/7 Urlaub, aber das hier war anders, ich schwör's. Ich meine, ich war in *Europa*. Und es war ja noch nicht einmal Urlaub.

Nennen wir es: *Super Geheimer Business Trip*. Das heißt, ich war irgendwie doch am arbeiten.

Meine Füße fühlten sich schon besser an und ich stand auf, um in eine Passage zu laufen.

Es war, als würde die Dunkelheit mich einsaugen, deshalb machte ich die Lichter an den Wänden an.

Im Dunkeln fing ich dann plötzlich an, alle Möglichen Dinge zu hören, wie in einem Horrorfilm mit einem Killer, der dann plötzlich hinter mir wäre und keiner würde mich schreien hören, während ich sterbe. Wisst ihr was ich meine?

Der Raum zwischen den Wänden, gab mir nicht gerade viel Platz, um zu kämpfen. Es gab kein Zurück mehr.

Wortwörtlich kein Zurück. Ich wusste nicht, wie ich hätte zurückgehen sollen. Ich war bereits zu oft irgendwo abgebogen, um den Weg zu finden.

Um mich herum war es ruhig, nichts beunruhigendes, aber als die Lichter anfingen zu flackern, dachte ich, ich mach mir in die Hosen.

Ich war mir nicht sicher, ob jemand anders das war oder nur ich selbst. Manchmal passierte sowas nämlich. Nichts Schlimmes. Trotzdem sah ich immer wieder über meine Schulter, nur um ganz sicher zu gehen, aber ich sah in ein schwarzes Loch.

Dann gingen die Lampen aus - eine nach der anderen. Mein Körper erstarrte und als ich weglaufen wollte, stolperte ich, aber ich schwöre, ich bin noch nie schneller wieder aufgestanden.

Ihr fragt euch sicherlich, warum ich die Lichter nicht wieder angemacht habe. Nun ja, um ehrlich zu sein, ich habe in diesem Moment vergessen, dass ich überhaupt sowas wie eine Kraft besaß. Ich war zu beschäftigt damit sicher zu gehen, dass ich nicht von einem Monster gefressen wurde. Und wagt es ja nicht zu denken, dass das lustig war. War es nicht. Versucht ihr doch in der Dunkelheit rumzulaufen, in einem fremdem Land. Ich konnte nicht einmal die Polizei rufen, weil ich keine Ahnung hatte, welche Nummer ich hätte wählen sollen. Speichert am besten die Polizeinummern jedes Landes in eurem Handy, man weiß ja nie.

Und das Problem mit Licht war: Kämpfen war schwer. Man musste schon unglaublich kreativ sein, um gut mit Licht kämpfen zu können und den Gegner zu verletzen.

Was hätte ich tun sollen? Den Angreifer in die Augen leuchten? Hätte effektiv sein können, immerhin hatte ich Aiden fast erblinden lassen.

Ich nahm mehrere Abbiegungen, mit der Hoffnung aus diesen Gängen herauszukommen, dann rannte ich gegen ein Tor. Ratet mal. Das Tor war verschlossen. *Verschlossen.*

Ich lehnte mich mit dem Rücken dagegen und tat, als wäre ich nicht da gewesen. Es war sowieso dunkel, aber ich hätte schwören können, man konnte mein Herz, noch in einem Kilometer, schlagen hören.

Die Schritte kamen in meine Richtung und ich sprach mein letztes Gebet.

»Ich habe eine Waffe! Komm mir nicht zu Nahe.«, schluckte ich.

Ich wusste nicht, ob was auch immer da war, mich überhaupt verstehen konnte. Die Schritte stoppten.

»Ob Licht so eine gute Waffe ist, weiß ich nicht.«, lachte jemand und es wieder hell wurde.

Die Stelle, an der wir standen, war immer noch dunkel gewesen, aber der Schein der Laternen, die von der Passage kamen, gaben genug Licht, damit ich meine nahe Umgebung erkennen konnte.

Vor mir stand kein großes Monster, nur ein Mädchen mit purpurroten Haaren. Es war keine natürliche Farbe, sie waren gefärbt, man erkannte es an ihrem blonden Ansatz. Sind die Dinge, die wir als erstes an jemanden bemerken, nicht lustig?

»Du bist süß.«, lächelte sie, »Ich bin Brenda.«

»Tate.«, sagte ich leise, »Bist du zufällig ein Hüter?«

»Ich? Seh ich aus wie einer?«, zwinkerte sie.

Ich drückte mich an das Tor. Ich wusste nicht, was ich hätte sagen oder tun sollen. Vor ein paar Minuten, bangte ich um mein Leben und jetzt stand ein Mädchen vor mir, die der Grund dafür war. Nicht das ich erleichtert war. Sie sah aus, als könnte sie meine Knochen mit seinem Schlag brechen, wenn sie es wollte.

»Ich glaube, du suchst nach meiner Oma.« Sie nickte den Kopf. »Wenn du willst, bring ich dich zu ihr.«

Sie ging einige Schritte zurück, um mir zu signalisieren, dass ich ihr folgen sollte. Das verstand ich nicht sofort, ich dachte sie geht einfach, aber sie wartete.

Als ich ihr dann hinterherging, war es schwer mit ihr mitzuhalten. Ihre Beine waren länger als meine. Daran muss es gelegen haben.

»Was machst du eigentlich Nachts hier auf den Straßen?«, fragte ich.

»Was, denkst du ich könnte mich im Notfall nicht selbst verteidigen?«

Das war nicht was ich meinte. Wie ich schon sagte: Sie hätte alle meine Knochen brechen können.

Bevor ich etwas sagen konnte, hielt sie vor einem Haus am Ende der Gasse an. Brenda öffnete die Tür, die nicht verschlossen gewesen war. Wer schließt seine Tür nicht ab?

»*Grand-mère*! Du hast Besucht.«, rief sie.

Die Wohnung war vollgestopft mit allen möglichen Dinge und rief *Oma wohnt hier* aus.

Was hat es mit Omas auf sich, dass ihre Wohnungen immer alle gleich aussehen? Überall alte Sachen, Bilder und der Geruch von alten Leuten. Glaubt mir - ich wusste wovon ich sprach. Wenn eure Oma euch aufgezogen hat, kennt man alle Details einer alten-Leute-Wohnung. Als meine mich schickte, um mit Dylan zu wohnen, fühlte ich mich, als wäre ich in der Zukunft angekommen.

Wir gingen durch einen kleinen Flur, ins Wohnzimmer. Brendas Oma saß an einem runden Tisch und ihre Augen weiteten sich, als sie mich sah.

»Brenda! Ist *das* dein neuer Freund? *Il est beau!*« Sie stand auf, so schnell sie konnte, und nahm mein errötetes Gesicht in ihre Hände.

Ich wusste nicht, was sie gesagt hatte, aber ich glaubte es war ein Kompliment gewesen. Normalerweise wurde ich nicht so schnell rot, aber was kann man machen, wenn man als Freund von jemanden bezeichnet wird und eine süße Oma einen so willkommen heißt? Wenn süße Omas euer Herz nicht erwärmen, weiß ich nicht, was es kann.

»Wir haben uns erst gerade getroffen, *grand-mère*.«

Sie ließ von meinem Gesicht ab und sah zu Brenda. »Du bist aber sehr schnell in Beziehungen, Kind.«

»Ich glaube, dass haben Sie falsch verstanden.«, lachte ich, »Ich bin hier weil-«

»Er braucht deine Hilfe.«, beendete Brenda.

Ihre Großmutter sah hoch zu mir, als sie sich wieder auf ihren Stuhl setzte. Ihr Gesicht war ernster und die Atmosphäre bedrückender. Ohne von mir wegzusehen, zeigte sie auf den Stuhl neben sich. Mit einem schnellen Blick zu Brenda, ließ ich mich nieder und faltete meine Hände auf den Tisch. Ich wusste, sie erwartete nun von mir ihr zu erzählen, warum ich gekommen war, aber ich wusste nicht, wo ich anfangen sollte.

»Sie kennen bestimmt Ort B oder?«

Sie runzelte die Stirn. Es war eine Mischung aus Verwirrung und Verständnis.

Ihre Lippen kräuselten sich. »*Du* willst da rein gehen?«

»Naja, es ist nicht so, als hätte ich eine Wahl.« Ich grinste schief. »Meine Freunde und ich wurden beauftragt, die Schlüssel zu sammeln. Mehr oder weniger.« Ich rollte meine Schultern zurück. »Also wollte ich fragen, ob sie ihn haben. Den Schlüssel mein ich.«

Die alte Frau lachte und griff nach meinem Arm. Ihre Haut fühlte sich auf meiner an, wie Sandpapier. Brenda saß auf dem Sofa und observierte die Situation.

»Lass mich dir eines sagen.« Sie drehte meine Hand so, dass sie mein Handgelenk sehen konnte. »Ich weiß nicht, ob du betrunken bist oder es dir an Wissen mangelt, aber es gibt keinen Schlüssel.«

Sie schielte kurz zu ihrer Enkelin hinüber und dann wieder zu mir, bevor sie meine Hand wieder los ließ.

Ich fühlte mich dämlich und die Situation war mir peinlich. Es gab also keinen Schlüssel. Am liebsten hätte ich angefangen zu schreien. Aber ich war keine Person, die solche Emotionen zeigte, also lachte ich.

»Scheint, als wurde ich falsch informiert.«

»Ich weiß nicht, woher du diese Information hast, aber ich will dir eines sagen: Ort B lässt einen nicht mit Schlüsseln oder Codes rein.«

Ich nahm mir einen Moment, um nachzudenken, aber ich war zu müde, um überhaupt an irgendetwas zu denken. Es war nach Mitternacht, was bedeutete, ich hätte schon längst schlafen müssen, das wirkte sich nicht gut auf mein Gehirn aus.

Ich hob meine Schultern und ließ sie mit einem Seufzer wieder fallen.

»Unsere Kraft ist Licht, aber es scheint, als wärst du nicht der Hellste.«, murmelte sie und drehte sich zu Brenda, »Weißt du es?«

»Natürlich.« Sie setzte sich gerade hin, wie eine Schülerin in der Schule. »Man öffnet die Tür mit Licht.« Sie wackelte mit den Fingern, was die Lichter im Raum zum flackern brachte.

»Genau.« Sie drehte sich wieder zu mir. »Jetzt weißt du es. Wenn du mich jetzt entschuldigst, ich habe wichtigere Dinge zu tun. Brenda würdest du ihn wieder dahin zurück bringen, wo du ihn gefunden hast?«

Autsch.

»Aber es ist schon so spät, *grand-mère*. Warum lassen wir ihn nicht noch bis zum Lichterfest bleiben?«

Ich stand auf. Man musste mir nicht zwei Mal klar machen, dass ich nicht willkommen war. Diese Oma wurde schnell von süß zu gemein.

»Ist schon in Ordnung. Ich sollte gehen. War schön Sie kennen zu lernen.«, lächelte ich Brendas Oma an, »Dich auch Brenda.«

»Warte, ich begleite dich wenigstens.« Brenda folgte mir nach draußen.

»Ich bin eine erwachsener Mann. Ich kann das schon.«

»Aber warst du nicht derjenige, der vor mir weggerannt ist, weil er Angst hatte?« Ich konnte ihr Gesicht nicht sehen, aber ich wusste, dass sie grinste.

Das traf, um ehrlich zu sein, meinen Stolz. Ich war nicht besonders groß oder muskulös und Leute wie Aiden konnten mich ganz einfach zusammenschlagen, wenn sie wollen würden. Und in der Schule *Mädchen* gennant zu werden half auch nicht.

Immerhin konnte ich mich darauf verlassen, dass ich gutaussehend war. Ich wäre der perfekte Junge für eine Boy-group. Wollte ich nur mal gesagt haben.

»Ich wusste ja nicht, dass du das warst.«, murmelte ich.

»Also sagst du, dass du keine Angst gehabt hättest, wenn du gewusst hättest, dass ich ein Mädchen bin?« Sie stellte mir ein Beinchen und ich stolperte. »Du hättest keine Chance gegen mich, wenn wir kämpfen würden.

Ich rollte die Augen, aber ich wusste, dass sie recht hatte.

»Tut mir leid wegen meiner Großmutter. Sie mag es nicht, wenn Leute sie über Ort B fragen.«, sagte Brenda, als wir das Ufer der Rhône erreichten, »Es ist nur so, dass sie selbst mal da war. Warum sie das Thema so wütend macht, weiß ich leider auch nicht. Sie redet nicht darüber.«

Ich nickte und wollte fragen warum, aber das hätte sie mir nicht gesagt. Vielleicht war sie genervt, weil so viele Leute sie fragten oder sie hatte etwas traumatisches dort erlebt.

Der Gedanke brachte mich dazu, noch weniger zu Ort B kommen zu wollen. Ich meine, wir hatten keine Ahnung, was uns dort erwartete. Ein Gebäude? War es über oder unter der Erde? Wo war es? So viele Fragen, aber hey, wir müssen unbedingt dahin. Ein bisschen besorgt war ich schon, das musste ich zugeben.

Brenda streckte mir ihre Hand entgegen und lächelte. »Ich hoffe wir sehen uns wieder, Tate.«

Ich nahm ihre Hand und erwiderte das Lächeln. »Ich hoffe wir sehen uns wieder, Brenda.«

Und ich hoffte wirklich, das würden wir.

Amber - Aktau (KASACHSTAN)

Ich dachte, ich drehe durch.

Seitdem ich aus dem Hotel gegangen war, hatte ich das Gefühl beobachtet zu werden. Ständig drehte ich mich um, doch es war niemand da.

Es ist nicht komisch sich, unter so vielen Leuten, beobachtet zu fühlen oder? Aber etwas bereitete mir Unwohlsein. Ich versuchte es beiseite zu schieben, denn ich musste mich konzentrieren.

Das war nicht mein erstes Mal in Aktau. Ich war hier öfters, aber dann wiederum, war ich überall öfters. Wenn man fliegen kann, erspart man sich so einiges. Außerdem war mein Orientierungssinn, wie der eines Tieres.

Ich ging an Gebäude vorbei, in Richtung der Klippen am Meer. Eine Pause war dringend notwendig.

Der Wind strich mir die Haare aus dem Gesicht und ich setzte mich, mit seinem seufzen, hin.

Dieses ganze herumrennen lag mir nicht. Ich wurde in der letzten

Stunde beinahe drei Mal umgerannt, Leute schrieen rum und dieser ganze Lärm überall. In der Natur leben, fand ich immer besser. Die Gerüche, die Ruhe, die Farben. Die Geheimnisse, die man finden kann.

Dylan und ich waren früher so oft im Wald wie möglich. Wir machten Höhlen, Wasserfälle und Ruinen zu unserem Reich, in dem er der König und ich die Königin war. Wir bekämpften Trolle und freundeten uns mit Elfen an.

Ich wünschte mir, diese Fantasie würde jeden ein Leben lang begleiten. Zusammen mit der Idee, alles erreichen zu können, wovon man träumt. Es schien so, als würde man mit jedem Jahr etwas mehr im Inneren sterben. Als wäre der kleine Schmetterling in deinem Kopf, der dich einst in unerforschte Reiche brachte, von Verantwortungen und Angst zerquetsch worden.

Für eine Weile beobachtete ich die Leute, am unteren Teil der Klippe. Einige waren alleine, manche mit ihren Familien, andere lagen im Sand und genossen die Sonne.

Ich liebte es, Leute zu beobachten, auch wenn es sich komisch anhört. Man lernt eine Menge über Verhalten, wenn man nur ganz genau und lange hinsieht. Dann ist es möglich Menschen zu lesen, wie ein Buch.

Ich zuckte zusammen, als eine Taube direkt über meinem Kopf hinweg flog und in einer Menge anderer Tauben landete.

Ich fokussierte mich auf das Meer, aber da war immer noch eine Unruhe in mir. Nennt mich verrückt, aber es fühlte sich so an, als würde eine der Tauben mich beobachten. Jedes mal, wenn ich sie ansah, schien sie näher an mir zu sein, als vorher. Sie kam so nah, dass ich sie beinahe anfassen konnte.

Da war etwas in seinen Klauen. Ich versuchte die Taube anzufassen, aber sie biss mir in die Hand. Zischend versuchte ich sie mit den Händen zu verjagen, aber sie näherte sich wieder. Sie saß fast auf meiner Schulter, also stand ich auf und setzte mich einige Meter weiter wieder hin.

Ich drehte meine Kopf und die Taube war weg. Das ist das Problem mit Tauben. Zuerst terrorisieren sie dich, weil sie etwas wollen und wenn man sie verlässt, verlassen sie einen auch. Wenn man dann zurück kommt, fangen sie wieder an zu nerven. Tauben sind wie verlogenen Freunde. Und ich weiß wovon ich rede, denn als ich mich dazu entschied, wieder auf meinen vorherigen Platz zu gehen, kam sie zurück.

Die Option sie zu ignorieren, gab es nicht. Nicht, wenn das Vieh einem ständig ins Gesicht fliegt, wie eine große Fliege. Die Taube pikste zuerst meine Hand, dann meine Haare, dann mein Ohr. Ich fuchtelte mit meinen Hände umher, nur damit sie endlich wegflog. Als ich sie dann nicht mehr um mich spürte, sah ich mich um. Sie saß hinter mir. Etwas glitzerte in ihrem Schnabel.

Ich öffnete meinen Mund und fasste an mein linkes Ohr. Sie hatte meinen Ohrring geklaut. Es hätte mich nicht interessiert, wenn es ein billiger Ohrring gewesen wäre, aber hier handelte es sich um die Ohrringe meiner Mutter und diese Taube war drauf und dran, damit wegzufliegen.

Ich sprang auf und ging auf sie zu. Mit jedem Schritt, den ich näher kam, sprang sie zurück. Ich folgte ihr, bis in die Stadt hinein und als ich die Chance hatte sie zu greifen, flog sie davon.

Mein Schrei war so laut gewesen, dass die Leute sich nach mir umdrehten, aber das interessierte mich keineswegs. Ich sah sie hoch in die Luft aufsteigen. Dann landete sie auf dem Dach eines Hochhauses.

Nun hatte ich zwei Optionen: Es sein lassen oder hoch gehen und mein Glück versuchten. Natürlich ging ich auf das Dach. Ja genau, alles für diesen Ohrring. Ob ihr es glaubt oder nicht.

Das Gebäude war höher, als es von außen aussah. Die Treppen aufzusteigen war die Hölle, aber als mir einfiel, dass ich hätte fliegen können, war es schon zu spät. Ich hatte die Befürchtung, dass die Taube bereits weg war.

Mit wackligen Beinen und verkürzter Atmung, erreichte ich das Dach. Meine Augen wanderten umher. Ich konnte von hier das Meer sehen. Die Sonne ging langsam unter. Für einen Moment lenkte der Ausblick mich ab, doch dann hörte ich ein zwitschern.

»Hey, hast du dich verlaufen?«, hörte ich neben mir.

Ich zuckte zusammen. Dort stand ein Mädchen, mit ihren Händen auf ihren Hüften. Sie musste in meinem Alter sein.

»Ja, äh, ich suche nach einer Taube,« Ich faste an mein linkes Ohr.

»Eine Taube? Warum das?«

»Sie hat meinen Ohrring geklaut.«

»Meinst du den hier?« Sie hielt ein funkelndes Objekt hoch.

»Mein Ohrring.«, seufzte ich und nahm ihn ihr aus den Händen, »Hast du es ihr weggenommen oder hat sie ihn hier abgelegt?«

»Weder noch.« Sie kicherte und krempelte ihren Ärmel hoch.

Ein Flug Symbol.

»*Ich* war die Taube.«, nickte sie stolz und nahm ihre Hand wieder runter, »Tut mir leid, wenn ich dich genervt habe.« Sie zuckte mit den Schultern. »Aber ich hab dein Symbol gesehen und wollte unbedingt mit dir reden. Ich sehe so selten welche wie uns.«

»Das ist ja fantastisch! Vielleicht kannst du mir weiterhelfen.« Ein funken Freude breitete sich in mir aus. »Ich suche nach unserem Hüter. Weißt du da etwas? Er sollte hier irgendwo in Aktau sein.«

»Das scheint wohl dein Glückstag zu sein.« Sie klatschte in die Hände. »Anastasia Burkova, zu eurem Diensten.« Sie verbeugte sich und lachte. »Wir sollten uns hinsetzen.«

Sie ließ sich am Rand der Daches fallen. Ich setzte mich neben sie und sah dem Sonnenuntergang zu.

»Also, was führt dich zu mir?«

»Ort B.«

Sie hob eine Augenbraue. »Was ist damit? Hey, wenn du nach einem geheim Tipp suchst, wie man das Ding am besten überleben kann, bist du bei der Falschen.«

»Nein, nein. Ich brauche nur den Schlüssel.«

Sie schüttelte den Kopf. »Ich versteh dich nicht ganz.«

»Man muss doch irgendwie da rein kommen. Mit einem Schlüssel. Und du solltest ihn haben.«

Sie fing an hysterisch zu Lachen. »Wer hat dir denn den Schwachsinn erzählt? Du öffnest das Ding mit deiner eigenen Kraft. Ein bisschen *Wusch-wusch* und offen ist es.«

»Wie bitte?«

Sie legte den Arm um meine Schulter. »Kein Schlüssel. Nur Kraft.«

Anastasia ließ mich wieder los und sah aufs Meer. »Wer auch immer dich reingelegt hat, trete ihm in den Hintern.«

Ich verlor mich in meinen Gedanken. Extra hatte Dylan das nicht gemacht. Er würde mich nie anlügen, egal was zwischen uns war. Jemand muss ihn reingelegt haben, jemand muss heimlich die echte Schriftrolle vertauscht haben. Ich wollte nicht zu voreilig Vermutungen anstellen, aber Blake war schon ein komischer Kerl. Dieser Tate sah mir auch aus, wie ein Spaßvogel, vielleicht hat er ja gedacht, das wäre lustig.

»Hey.«, sagte Anastasia etwas lauter, »Ernsthaft jetzt, wer hat dir das mit dem Schlüssel erzählt?«

»Dylan.«, murmelte ich und eine Welle von Wut überkam mich.

»Süßer Name. Ist das dein Freund?«

»Nein er ist - war - mein bester Freund.«

»War? Was ist da passiert zwischen euch?« Ihre Augen waren groß.

Ich seufzte. »Wir sind älter geworden und haben uns oft gestritten. Irgendwann wurde es zu viel, also bin ich ausgezogen.«, nickte ich.

»Aber war es wirklich so schlimm, dass ihr keine Freunde mehr sein konntet?«

Ich biss mir auf die Lippe. Um ehrlich zu sein, so schlimm war es gar nicht gewesen.

»Ich wette er ist ein netter Junge.«

»Ist er auch. Der Beste.«

Ich gab es zu. Meistens war ich diejenige, die sauer wurde. Wegen nichts. Habe unnötiges Drama verursacht. Bis zu dem Punk, an dem ich ausgezogen bin und ihm sagte, ich wolle keinen Kontakt mehr zu ihm.

Er respektierte meine Entscheidung. Immer wenn ich ihn vermisste, nahm ich mein Handy und starrte auf seine Nummer, aber meine Sturheit war stärker.

»Was ich versuche zu sagen ist, dass ihr zwei versuchten solltet, eure Freundschaft wieder aufzubauen. Redet wie zwei Erwachsene.« Ihre Schulter stieß an meine.

Ich nickte. Anastasia hatte Recht. Unsere Freundschaft war toll gewesen. Voll von Vertrauen und Unterstützung, aber wegen mir, ging alles den Bach runter.

»Ich sollte langsam gehen.« Ich stand auf und schüttelte meinen Kopf. »Und du warst die ganze Zeit die Taube gewesen, ich glaub's nicht.«

Sie grinste und stand ebenfalls auf. »Beeindruckend oder? Was ist mit dir. Kannst du dich transformieren?«

»Nein. Meine Eltern auch nicht.« Ich zuckte mit den Schultern.

Anastasias Mund formte ein O, als sie nach meiner Schultern griff. »Hey, ich könnte dir doch zeigen, wie man sich transformiert. Es ist einfach, ich schwöre!«

»Anastasia, ich denke nicht, dass das geht.«

Sie schmollte. »Aber ich würde es dir so gerne beibringen. Es ist doch eine Schande, wenn man weißes Blut hat und Transformation nicht ausnutzt.«

»Das ist es ja eben.« Ich zuckte mit den Schultern. »Mein Blut ist rot. Es ist normal.«

»Sowas geht?« Sie runzelte die Stirn.

»Passiert schon mal, denke ich. Mein Eltern sagten, es sei schon ein

Wunder gewesen, dass ich überhaupt fliegen kann.«

»Du bist also ein Wunder!«, rief sie, »Amber das Wunderkind.«

Ich lachte. »Natürlich, wenn du das sagst.«

Das ich kein weißes Blut hatte, erzählte ich kaum jemanden.

Es war nicht so, dass Leute, wie ich, verachtet wurden, aber es war mir trotzdem unangenehm. Die einzigen Leute mit Kräften, die rotes Blut hatten, war das Feuer Volk.

Jedes Volk hat eine andere Blutfarbe. Das war etwas völlig normales. Unsere Kräfte trugen wir im Blut und so identifizierten wir uns. Es gab bereits Vorfälle von Leuten, die sich Symbole auf ihr Handgelenk gezeichnet haben, um sich unter uns zu schmuggeln. Sie kamen zwar nie bis ins Königreich, da normale Leute es nicht sehen können, aber sie waren drauf und dran, uns an die Medien zu verraten. War kein schönes Jahr für uns.

»Musst du wirklich schon gehen?«

»Leider ja.«

»Ich werde dich vermissen, Wunderkind.« Anastasia nahm mich in den Arm. »Und rede mit diesem Dylan.«

»Das werde ich.«

Orion - Stuttgart

(DEUTSCHLAND)

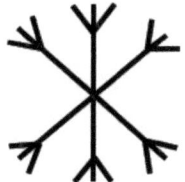

Ich gebe es zu. Sich zu betrinken, war nicht meine beste Entscheidung gewesen.

Taumelnd verließ ich die Bar und stolperte den Weg zurück in das Apartment, in dem ich vorübergehend wohnte, während ich versuchte mich nicht zu übergeben. Treppen hochzusteigen ist schwer, wenn man versucht sich nicht wehzutun, herunterzufallen und sich dann das Genick zu brechen. Wer weiß, Betrunkene machen verrückte Sachen.

Das Hochhaus war sehr heruntergekommen. Nicht nur von außen. Die Leute, die dort wohnten, waren auch nicht die Besten. Die Papierdünnen Wände ermöglichten es mir, alles zu hören. Und ich meine alles. Gott sei Dank, dass ich meine Ohrstöpsel mitgenommen hatte. Als ich den 28. Stock erreichte, entschied sich jemand mich anzurempeln, sodass ich beinahe rückwärts wieder runterfiel. Ich drehte mich um und sah in das Gesicht eines Jungen, der nicht älter war als ich.

Er fing an mich anzuschreien, wobei ich derjenige hätte sein sollen, der ihn anschrie. Man rennt nicht einfach so in betrunkene Leute, auf einer Treppe. Ich konnte nicht verstehen, was er überhaupt von sich gab, da er in Deutsch sprach. Als er fertig war, steckte er sich seine Kopfhörer wieder in die Ohren und ging weiter.

Ich erkämpfte mir den Weg nach oben zu meiner Wohnung und ließ mich auf das Sofa fallen, sobald ich sie erreicht hatte. Es fühlte sich an, als würde ich entweder in Ohnmacht fallen oder mich übergeben. Vielleicht auch beides.

Schleppend holte ich mir ein Glas Wasser und schaltete den Fernseher ein. Auch wenn ich nichts verstehen konnte, zappte ich durch die Kanäle. Lustig, dass das Programme überall auf der Welt gleich war, nur in einer anderen Sprache. Plus, ich fühlte mich sicherer. Es blendete die anderen Menschen hier im Haus aus. Jemand von unten schrie, von oben stampfte einer herum und ich stellte die Laufstärke höher.

Kaum berührten meine Lippen den Rand des Glases, wurde es kalt um meine Hand. Das Wasser war eingefroren. So etwas war noch nie passiert. Ich hatte meine Kraft, immer und überall, 100% unter Kontrolle. Vielleicht war es nur der Alkohol, der meine Sinne berauscht hat. Ich sah mich nach etwas anderem um, dass ich gefroren hatte, aber alles war normal. Zum Glück.

»Nie wieder trink ich Alkohol.«, flüsterte ich zu mir selbst.

Kaum hatte ich meine Augen geschlossen, klopfte es an der Tür.

Zuerst versuchte ich so leise wie möglich zu sein, damit, wer auch immer vor der Tür war, dachte ich sei nicht da.

Aber es klopfte immer und immer wieder, bis ich mich schließlich von dem Sofa zwang und die Tür öffnete. Es war der Junge von vorhin, der mich angerempelt hatte. Seine Kopfhörer waren immer noch in seinen Ohren und er trug Handschuhe.

»Könntest du das wieder in Ordnung bringen?«

»Entschuldigung?« Ich schloss meine Augen, mein Kopf brummte.

Er griff mich am Arm und zog mich ins Treppenhaus. Bevor ich meine Augen wieder aufmachen konnte, fiel ich hin.

»Bring das wieder in Ordnung.«, hörte ich wieder.

Ich rieb mir die Augen und stöhnte. Meine Hände froren. Ich öffnete meinen Augen und dachte, ich wäre in einer Eishalle. Alles war gefroren. Eiskristalle glänzten im Licht vom Geländer.

»Bring das in Ordnung.«, brummte er, »Wir brauchen keine Leute, unter Drogen oder Betrunkene, die hier in ihren Tot rutschen.«

Mein Herz schlug schneller und ich bekam Panik. Ich wusste nicht, was mir mehr Angst machte: Das ich die Kontrolle über meine Kraft verloren hatte oder das der Junge wusste, dass ich es war.

Ich versuchte aufzustehen, ohne wieder hinzufallen. Er wollte, dass ich dieses Schlamassel wieder rückgängig machte, doch ich wusste nicht wie. Ich wusste wie ich Eis herstellt, nicht wie man es schmelzt.

Er starrte mich and und wartete. Ich hob meine Hände, aber anstatt das Eis zu schmelzen, verbreitete ich es auf die Wände und Fenster.

Ich nahm einen Schritt zurück und fiel wieder. Der Junge schüttelte seinen Kopf, als ich zu ihm hoch sah. Keine Minute später, verlor die

Luft ihre Kälte und das Eis auf dem Boden schmolz.

»Scheint nicht so, als würdest du deine eigene Kraft kennen, wenn du nicht einmal Eis schmelzen kannst.« Seine Stimme war rau.

»Wie hast du das gemacht?«, quiekte ich.

»Wow, du bist wohl sehr betrunken.« Er nahm mich bei den Schultern und half mir zurück in die Wohnung.

»Wie hast du das gemacht?«, fragte ich nochmals, als ich mich auf das Sofa setzte.

»Die Frage ist, warum du das nicht konntest.«

Das ganze Zimmer drehte sich und ich war mir sicher, ich halluzinierte. »Was meinst du?«

»Verarsch mich nicht. Du bist ein *frosty*, wie ich.«

Ich schloss meine Augen und lehnt mich zurück.

»Wenn du das bist, warum hast du das Eis nicht direkt selbst geschmolzen?«

»Du warst es, der das verursacht hat, also hättest du's sein sollen, der es geradebiegt.«

Ich öffnete meine Augen und sah ihn vor mir stehen, mit gekreuzten Armen und gehobener Augenbraue.

Ich kicherte. »Du siehst aus wie ein wütender Vater.«

»Keine Zeit, um Späße zu machen.« Er holte ein neues Glas Wasser und gab es mir.

Ich stöhnte. »Na schön. Ich weiß nicht wie man schmelzt. Ich wusste nicht, dass das überhaupt geht.« Ich versuchte eine gemütliche Position zu finden. »Vielleicht kannst du's mir irgendwann mal zeigen.«, gähnte ich und schloss die Augen.

Danach wachte ich erst am nächsten Morgen wieder auf. Meine Augen waren schwer und mein Körper fühlte sich an, als wäre ich überfahren worden - mehrmals. Ich versprach mir selbst, mich nie wieder zu betrinken.

Ich lag noch für einige Zeit auf dem Sofa rum. Das Glas, dass ich fallen gelassen hatte, war weg, sowie das andere Glas, dass einige Stunden zuvor noch auf dem Tisch gestanden hatte.

Der einzige Grund für mich aufzustehen war, weil ich auf die Toilette musste. Ich ging an der Küche vorbei und sah das Glas an der Spüle stehen, neben Tellern, die gestern noch dreckig gewesen waren.

»Ich war so betrunken, dass ich das Geschirr gespült habe. Ich glaub's nicht.«, flüsterte ich und hielt mir an den Kopf.

Ich war keine schmutzige Person gewesen, eigentlich war ich sogar immer sauber, aber welche betrunkene Person wäscht Teller?

Sobald ich fertig war, ließ ich mich wieder auf dem Sofa nieder. Mein Gehirn fühlte sich an, wie Pudding. Vergeblich sah ich mich im Raum nach einer Beschäftigung um, um mich wach zu halten.

Da fiel mir der Junge von gestern ein und ich war mir sicher, ich hatte ihn mir nur eingebildet. Ein Traum. Ein Traum, indem er mir vom Eis schmelzen erzählt hatte. Das konnte nicht wahr gewesen sein, wir konnten kein Eis schmelzen. Keiner aus meiner Familie konnte das und meine Familie war verdammt groß. Deswegen gib es ja das Feuer Volk. Die kümmern sich um solche Angelegenheiten.

Kurz bevor ich wieder dabei war einzuschlafen, klopfte es. Ich wartete kurz, aber stand dann auf.

»Ich hoffe du bist wieder nüchtern.« Es war der Junge von gestern.

»Wie bitte, was?« Ich rieb mir die Augen.

Er drängte sich an mir vorbei. »Willst du jetzt lernen wie man Eis schmilzt oder was?«, fragte er.

Ich runzelte die Stirn. »Was?«

»Oh man, du bist echt noch schwer von Begriff. Komm schon.« Er stieß mich leicht zur Seite und ging in die Küche.

Ich schloss die Tür und folgte ihm.

»Sorry, wer bist du eigentlich?«, fragte ich.

»Tim.«, sagte er und füllte ein Glas mit Wasser.

Ich schielte auf das Eis Symbol auf seinem Handgelenk, das umgeben von anderen Tattoos war. Meine Kinnlade fiel nach unten.

Tim stellte das Glas, mit gefrorenem Wasser, auf die Arbeitsplatte. »Und du bist Orion.«

»Und das weiß du woher?«

Tim griff in seine Hosentasche und zog eine Karte heraus, die er mir reichte. Es war mein Ausweis.

»Hast du gestern im Treppenhaus verloren.«

Ich nahm ihm die Karte ab und legte sich auf den Tisch. »Danke.«

Tim verschränkte die Arme und sah auf das Glas. »Versuch es.«

Kaum zu fassen, dass er wirklich glaubte, ich könnte Eis schmelzen. Meine Körpertemperatur lag bei -10 Grad. Immer. Ich war nicht im Stande, Wärme zu produzieren. Zögerlich hob ich meine Hände und konzentriere mich auf das Eis. Wie erwartet - nichts passierte.

»Das klappt doch nie.«, meinte ich.

»Nicht mit dieser Einstellung.«

Ich seufzte und versuchte es nochmal. »Du bist nicht zufällig der

Hüter, den ich suche oder?«

»Nein, der bin ich nicht.«, sagte er.

Wäre ja auch zu schön gewesen. Meine Zeit, um meinen Hüter zu finden, war praktisch schon um gewesen.

»Mach genau das Gleiche, wie beim Einfrieren. Nur umgekehrt.«

»Das ist keine sehr gute Hilfestellung.«

Ich holte tief Luft und versuchte meine ganze Energie, auf dieses Glas zu übertragen. Alles was ich damit bewirkte war, das Glas zerspringen zu lassen.

»Das wird wohl noch eine Weile dauern.«

Aiden - Townsville (AUSTRALIEN)

Ich spielte mit den Enden meines Shirts und sah mich um.

Da war ich also. Mitten im Nichts, irgendwo in Australien.

Der Boden, auf dem ich stand, war trocken. So trocken, als hätte vor einigen Tagen erst ein Lauffeuer hier gewütet, aber ein paar hundert Meter weiter, erstreckte sich ein grüner Wald umringt von Bergen.

Wie konnte ein Ort tot und gleichzeitig so am Leben sein?

Ich ging schon seit mehreren Stunden, meine Beine fühlten sich an, wie Wackelpudding, mein Gesicht war rot und meine Augen schwer offen zu halten. Mittlerweile wusste ich auch nicht mehr, wie ich zurück zur Straße kommen sollte.

Ich stand inmitten eines Feldes und sah nach rechts und links, nach oben und nach unten. Wohin sollte ich gehen? Eigentlich war es egal, da ich mich sowieso verirrt hatte. Schlimm war das nicht. Ich fand immer meinen Weg zurück, egal wann und wo ich mich verlief. Es gibt immer einen Weg raus. Man muss nur in eine Richtung laufen.

Irgendwo landet man schon.

Ich ging in Richtung Wald. Ein lebendiger Wald war besser, als ein trockenes Feld, wo man wahrscheinlich noch von der Sonne zu Tode gebrutzelt wird.

»Brenn jetzt ja nichts runter. Kontrollier dich.«, flüsterte ich zu mir selbst.

Die Bäume standen sehr nah beieinander, sodass sie das Licht der Sonne dämmten.

Ich fand Ruinen. Von was genau diese Ruinen waren, konnte ich nicht mehr erkennen.

Die Hälfte der Wände, fanden ihren neuen Platz auf dem Waldboden, gezeichnet mit Graffiti. Alles würde besser aussehen ohne. Ich hatte nie den Sinn hinter Teenagern, die Graffiti auf Wände sprühten, verstanden. Kunst und Vandalismus sind zwei verschiedene Dinge.

»Herr Hüter? Sir?« Ich ging durch die Ruinen und hoffte, dass das Glück meinen Weg kreuzte. »Sind Sie hier? Vielleicht? Bitte?« Meine Stimme wurde, mit jedem Wort, leiser.

Still lauschte ich dem Lied der Vögel zu und wartete auf eine Antwort, von der ich wusste, dass sie nicht kommen würde. Meine Schuhe schliffen über den Steinboden, als ich wieder in den Wald ging. Immer wieder drehte ich mich um. Die Blätter erlaubten der Sonne ihre Stahlen durchzulassen, damit sie den Boden erreichten.

Ich machte eine kurze Pause und genoss den Moment. Vögel sangen, der Wind wehte und die Sonne schien. Aber da war noch etwas. Etwas anderes. Ich schloss meine Augen und lauschte. Da war ein Geräusch. Ein rascheln, dass von verschiedenen Richtungen kam. Ich hörte es hinter mir, vor mir, weit und nah. Sobald ich die Augen öffnete, war es weg und die Vögel sangen weiter.

»Du trägst eine große Kraft in dir.«, hörte ich.

Ruckartig drehte ich mich um und sah einen alten Mann, mit gebräunter Haut und einem lila Hemd, an einen Baum lehnen.

»Ich hab mich schon gefragt, wann du hier ankommst.« Er lächelte. »Ich hab dich in den Ruinen rumschreien hören. Dachte du wärst wieder eines, dieser betrunkenen Teenager.«

Meine Augen waren geweitet und mein Mund öffnete sich, aber ich konnte nicht sprechen.

»Also, was möchtest du? *Herr Hüter* ist jetzt hier.«, lachte er.

Ich antwortete nicht sofort. Schien so, als wäre es doch nicht all zu schwer gewesen meinen Hüter zu finden. Auch wenn theoretisch er mich zuerst gefunden hat, wofür ich dankbar war.

Aber was nun? Alles zu erklären war dann doch nicht so leicht, wie erwartet.

Bevor ich etwas von mir geben konnte, nahm er meinen Arm und zog mich mit.

»Komm wir trinken einen Kaffee, dann erzählst du's mir.«

Er ließ mich nicht los, bis wir an seinem Haus ankamen. Wir standen vor einer alten Hütte, die so aussah, wie ich mir unser Haus am Anfang vorstellt hatte. Klein und schäbig, aber das nahm ich schnell wieder zurück, sobald ich eintrat.

Die Wände der Hütte waren Braunrot und das Holz hatte Feuer Gravierungen, kleinere und größere. Sie zogen sich über dem Boden und wenn man alles betrachtete, sah es so aus, als stünde man in einer großen Flamme.

Mit den Augen eines kleinen Kindes, schaute ich durch den Raum. Der Mann verschwand schnell in einem Nebenraum und ich setzte mich, auf eines der zwei Sofas, die sich gegenüber standen. Mir fiel ein großes Bücherregal auf, dass an der Wand stand. Es war sichtlich voll mit alten Büchern. Ein Buch erkannte ich sofort. Es war das Gleiche, dass wir zu Hause hatten. Schien, als hätte wirklich jeder von uns so ein Exemplar. Außer Unwissende wie ich natürlich.

Der Mann kam mit zwei Tassen Kaffee zurück. Ich mochte keinen Kaffee, aber ich wollte nicht unhöflich sein. Kaffee war mir zu bitter.

»Es passiert nicht oft, dass jemand mich aufsucht. Ich schätze, du hast eine Frage.«

Ich nickte, meine Hände fest zusammengedrückt. Mein Blut brannte.

»Du kannst entweder deine Kraft nicht kontrollieren oder du willst mich umbringen.« Ein Lächeln formte sich auf seinen Lippen, als er mir auf die Hände starrte.

»Nein, nein, aber. Es ist einfach so - das Feuer macht was es will.«

»Weil Feuer Chaos bedeutet und Chaos lässt sich nur von seinem Besitzer kontrollieren. Aber, wenn du Angst davor hast, wird es nicht auf dich hören.« Er sah mich an, mit der Hoffnung, das ich ihn verstand.

Ich verengte die Augen. Eine Kraft zu haben, ist wie ein Haustier. Man muss es trainieren und ihm zu verstehen geben, wer der Boss ist. Ich verstand ihn.

»Komm.« Der Mann stand auf und winkte mich zu ihm an den

Esstisch, hinter dem Sofa.

Er ging zu einer Kommode und zog eine Kerze aus der Schublade, die er daraufhin auf den Tisch stellte. Ich wusste, was er wollte und ich mochte die Vorstellung ganz und gar nicht.

»Zünde sie an.«

Ich verlegte mein Gewischt von einem Fuß auf den anderen und lachte, meine Hände fingen an zu schwitzen.

»Ich glaub nicht, dass ich das sollte.«

»Zünde sie an.«, wiederholte er.

Seine Augen durchbohrten mich. Es fühlte sich an, als könne ich nicht atmen, mein Herz schlug mir bis in die Kehle.

Ich hob meine Hände und konzentrierte mich auf die Kerze. Dann fühlte ich Hitze. Hitze, die weder von mir, noch der Kerze kam. Ich schrie auf, als ich den Stuhl, links von mir, in Flammen sah. Mein Körper zitterte. Mein Hüter schüttelte seinen Kopf und löschte es, mit einer Handbewegung, als wäre es nicht schlimm, wenn ich seine Möbel anzünde.

»Nochmal.«, murmelte er und stellte den Stuhl beiseite.

Gut, also, ich fasse mich an dieser Stelle mal kurz. Sagen wir, es brauchte ungefähr 50 Versuche, bis ich es geschafft habe und der arme Mann hatte die Hälfte seiner Möbel verloren und es wunderte mich, dass das ganze Haus nicht abgebrannt war. Aber ich hatte es geschafft. Und als ich es geschafft hatte, wollte ich die Welt umarmen und hätte beinahe meinen Hüter geküsst. Keine Übertreibung von meiner Seite.

»Jetzt haben wir Zeit für deine Fragen.«, sagte er, als wir uns wieder hinsetzten, »Apropos, meine Name ist Aaron.«

»Aiden.«, gab ich überrascht von mir, denn ich hatte vergessen, dass wir uns einander gar nicht vorgestellt hatten. »Weißt du, Aaron. Der Grund warum ich hier bin ist, dass meine Freunde und ich zu Ort B oder so müssen. Deswegen brauche ich den Schlüssel.«

»Schlüssel?«, fragte er mit einem Stirnrunzeln.

»Für Ort B.«

Aaron starrte mich an. »Für Ort B braucht man keinen Schlüssel. Aber ich denke mit deinen neu erlernten Fähigkeiten, wirst du sofort rausfinden, wie du reinkommst.« Er machte eine Pause. »Aber seid vorsichtig dort.«

Ich nickte und fragte nicht weiter nach. Ich wollte nicht hören, was er zu sagen hatte.

»Wie war das nochmal mit selbst herausfinden, wie man rein kommt?«, lächelte ich schief.

»Du willst es nicht alleine rausfinden oder?«

Ich schüttelte den Kopf, was ihn zum Lachen brachte.

»Ich geb dir einen Tipp. Der Schlüssel ist direkt vor mir.«

Meine Augen wanderten von Aarons Gesicht zum Tisch. Alles was ich sehen konnte, waren zwei kalte Tassen Kaffee, eine alte Zeitung und ein Feuerzeug. Ich hob meine Augen.

»Es ist nicht das Feuerzeug.«, sagte er, als könnte er meine Gedanken lesen, »Du bist es, Aiden. Du bist der Schlüssel.«

Ich lehnte mich zurück. Wie konnte ich ein Schlüssel sein?

»Deine Kraft ist Feuer. Und wo ist das Feuer? In dir.« Er nahm einen Schluck von dem Kaffee.

»Aber wieso, sollten wir uns dann auf die Suche nach einem Schlüssel machen.«, murmelte ich zu mir selbst.

»Wer hat euch das denn erzählt?«, fragte Aaron und legte den Kopf schief.

»Ein Freund hat diese Schriftrolle von seinem Vater. Dort stand, wir sollen die Schlüssel finden.« Ich knabberte an meinen Fingernägeln.

»Hm.«, gab er von sich, »Wohlmöglich habt ihr es falsch interpretiert.«

»Das wird es wohl sein.« Ich sah auf mein Handgelenk, »Immerhin denke ich, dass ich meine Kraft jetzt unter Kontrolle habe. Etwas zumindest.«

»Weißt du was.«, fing Aaron an, »Als ich so alt war wie du, waren Leute nicht nur eifersüchtig auf uns, sie *hassten* uns. Eigentlich hassen sie uns immer noch. Du musst wissen, während des Krieges, waren wir entweder Soldaten oder die Ersten die starben. Feuer ist schwer zu bekämpfen, also kamen sie in der Nacht. Es war eine grauenhafte Zeit.«

Meine Augen fühlten sich an, als würden sie gleich aus meine Augenhöhlen fallen. Die Anderen hatten diese Geschichten schon tausende Male von ihren Eltern gehört, aber für mich war es was neues.

Ich wusste, dass ich adoptiert war, dass meine Eltern gestorben waren, aber weder ich, noch meine Adoptiveltern wussten, dass sie solche Kräfte hatten. Seit ein paar Wochen lag ich Nachts oft wach und dachte darüber nach, was für Menschen sie wohl gewesen waren. Wie sahen sie aus? Wie sind sie aufgewachsen? Wie sind sie gestorben? Hatte ich noch andere Verwandte?

»Wir sind natürliche Kämpfer. Ich bin mir sicher, dass du dein Feuer bald völligst beherrschen wirst.« Aaron lächelte und stand auf. »Da wäre noch etwas, bevor du gehst.«

Er ging zu seiner Jacke, die an der Tür hing und holte etwas heraus. Ich versuchte zu erspähen, was es war. Als er zurückkam, reichte er mir einen Umschlag, der bereits vergilbt war.

»Nimm das, aber öffne es noch nicht. Tu es erst, wenn die Zeit dazu gekommen ist.«

Was sollte das bedeuten?

»Außerdem.« Er drehte sich zu seinem Bücherregal. »Ich will dir das hier geben.« Er zog das Buch der Kräfte heraus und legte es mir ebenfalls in die Hände.

Woher wusste er, dass ich kein Exemplar besaß?

Raiden - Oaxaca City (MEXIKO)

Das Wetter war heißer und trockener, als ich erwartet hatte. Ich konnte kaum atmen.

Es waren perfekte Bedingungen, um mit Blitzen Dinge zu zerstören, aber ich war nur ein Gast in dieser Stadt und ich wollte es nicht gleich übertreiben.

Wenn ich mich so umsah, fühlte ich mich beinahe, wie in einem Western Film. Das Einzige was fehlte, waren die richtigen Klamotten und ein Pferd und dann nennt mich Cowboy Raiden, obwohl *Bill the Kid* mir besser gefallen hätte.

Da war ernsthaft keine Chance, dass sich mein Hüter in dieser Stadt rumtreiben würde oder immerhin wäre er nicht auf der Straße gewesen. Hier war sowieso kaum jemand auf der Straße. Oder ich war bloß in einer komischen Gegend.

Das was ich im Moment suchte, war ein Dach. Ja ein Dach. Ich suchte den höchsten Punkt, in meiner Nähe. Von oben herunter zu sehen, verschafft dir mehr Überblick und wer wusste es schon, vielleicht hielt mein Hüter ja ein Schild hoch.

Meine Augen stoppten, bei einem gelben Haus, dass ziemlich verlassen aussah, aber es war nunmal das Höchste.

Es war keiner da, also ging ich zur Tür, um zu sehen, dass sie offen stand. Ich sah vorsichtig hinein. Man muss immer vorsichtig sein, vor allem, wenn man in ein fremdes Haus geht, indem vielleicht Leute sind.

Die Treppe war grasgrün und die Wände blutrot. Eine sehr komische Farbkombination, wenn man mich fragt.

Ich stieg fünf Etagen nach oben, bis ich ankam. In der Ecke des Daches, befand sich ein runder Pavillon, der von außen nicht zu sehen war. Es war mir unklar, ob ich mich hier aufhalten durfte, aber ich hatte dieses Mädchen getroffen, die mir erzählte, ihr Onkel könnte mir mit meinem Problem helfen. Und jetzt war ich hier.

Ich hätte schwören können, dass ich jemanden gesehen hatte, aber das Dach war leer. Nur eine flache Fläche und dieser Pavillon. Ein einzelner Stuhl stand neben einem Tisch, mit einem Stapel von Büchern.

Einmal sah ich mich noch um, bevor ich mich auf den knackenden Stuhl setzte, der jede Sekunde hätte unter mir kollabieren können. Von da oben sah man nicht viel von der Stadt, da zu viele andere Häuser herumstanden, die nicht all zufiel kleiner waren. Das war ein kleines bisschen enttäuschend. Mit einer klaren Aussicht, wäre das der perfekte Platz, um zu relaxen. Es war so ruhig.

Weil also die Sicht versperrt war, nahm ich mir eines der Bücher vom Tisch und sah mir das Cover an. Es war ein altes Buch. Der Band war eingeknickt und einige Seiten fielen bereits heraus. Es was ein

Buch über Physik. Sehr enttäuschend, aber ich sah es mir trotzdem an.

Das Thema des ersten Kapitels lautete: *Wodurch werden Blitze verursacht?*

Ich lächelte. Das waren die Dinge, für die ich lebte.

Die Theorien, von normalen Leuten, zur Natur. Sie suchen immer logische Erklärungen für alles, was um sie herum passiert. Ihr denkt Tornados formen sich durch ein Gewitter? Wie wärs mit Leuten wie Blake, die einen miesen Tag haben?

Lauffeuer? Feuer Volk. Erdbeben? Jemand hat das Erd Volk verärgert. Wollt ihr was über die Eiszeit wissen? Orions Vorfahren, hatten die Nase voll vom warmen und milden Wetter und wollte die Welt regieren.

Das ist die Wahrheit, aber klar, schiebt es auf die gute, alte *Mutter Natur*. Es gibt keine Mutter Natur, es gibt nur uns. *Wir* sind dafür verantwortlich. Die Unwissenheit der Leute war so amüsant.

In der Schule, war ich der Klassenclown gewesen. Ich war der Beste im Geschichten erzählen, vor allem Gruselgeschichten, ob ihr's glaubt oder nicht. Jedesmal, wenn ich fertig war, beendete ich die Geschichte mit Blitz und Donner und jeder machte sich in die Hosen. Es war toll.

Nur wenige Leute übeleben einen Blitzschlag. Ja, weil diese Leute Blitz Volk sind. Jeder, der das überlebt. Denkt immer daran.

Ich legte das Buch beiseite und nahm das, dass unsere Symbole in Leder geschnitzt hatte. Das Buch ging über unsere Geschichte. Alles vom Anfang bis zur Gegenwart.

Wir hatten alle Bücher wie diese. In meins hatte ich nie reingeguckt. Ich bevorzugte es, wenn Leute mir Geschichten erzählten, anstatt sie lebst zu lesen. Es ist nicht das selbe Gefühl. Deshalb las ich nie. Wenn ich ein interessantes Buch fand, kaufte ich mir das Hörbuch.

Das war also mein allererstes Mal, dass ich hinter das Cover sah. Und es war so, wie jedes andere Buch. Kaum Bilder, viele Wörter. Meine Augen flogen über die Überschriften und stoppten bei Blitz.

Blitz galt, als stärkste Kraft, nach Feuer. *Nach Feuer*. Wie leid ich es war, das zu hören. Feuer war kämpferisch am besten. Feuer war am stärksten. Feuer war am besten im regieren.

Seit dem großen Krieg, regten sie jeden nur noch auf. Man muss wissen, der Feuer König zu der Zeit, soll das größte Arschloch gewesen sein, ich weiß nicht, wie er überhaupt zu dieser Position kam, aber wisst ihr was? Es war einer meiner Leute, der ihn getötet hat. Schien, als wäre er doch nicht so stark gewesen. Aber die Meinung der Leute war immer noch, dass Feuer zu 90% die Besten sind. Die 10%, die anders denken, sind Blitz Volk.

»Ich hoffe es ist interessant.«

Mein Kopf schoss nach oben und meine Augen scannten die Umgebung, aber keiner war zu sehen. Ich wartete einen Moment und schüttelte dann den Kopf. Ich fing wohl an, mir Ding einzubilden.

»Es ist mein Lieblingsbuch.«, hörte ich hinter mir und fiel beinahe vom Stuhl.

Neben mir stand ein komischer, glatzköpfiger Mann, mit Klamotten weißer, als der bewölkte Himmel.

»Oh, Entschuldigung. Ich wusste nicht, dass es Ihnen gehört.« Ich legte das Buch zurück und stand auf.

»Setz dich ruhig wieder hin. Ich bin noch nicht so alt, dass ich auf den Platz angewiesen bin.«, lächelte er, »Meine Nichte sagte mir, dass du kommen würdest. Was bringt dich her?«

Es war also die Zeit für mich gekommen, meine Situation zu erklären. Eigentlich wusste ich nicht, wo ich hätte anfangen sollen. Ich erzählte ihm, wie die Anderen vor unserer Tür auftauchen und uns mit Informationen praktisch ins Gesicht schlugen und das wir alle sterben könnten und das Dylans Stück Papier uns aufforderte, unsere Hüter zu finden. Als ich fertig war, bemerkte ich, dass ich kaum Luft geholt hatte und keuchte.

»Dieser Feuerjunge, ist er es wert?« Das war das Einzige was er fragte, als ich fertig war.

Ich runzelte die Stirn. Ich erzählte ihm alles und Aiden war das, was ihn interessierte. Warum waren immer alle an Feuer Leuten interessiert?

Ich wollte Antworten. Ich *brauchte* Antworten. Vielleicht war er ja gar nicht mein Hüter, vielleicht war er einfach nur der Onkel, von irgendeinem Mädchen. Ich konnte nur raten.

»Ja, Aiden ist ganz okay, denk ich. Er kann seine Kraft nicht so kontrollieren, deswegen macht er oft was falsch.«

»Hör mir zu.«, fing er an, »Ihr werdet kämpfen müssen. Deswegen musst du ihn los werden. Werde ihn los, bevor er schneller ist als du.«

»Aiden ist in Ordnung. Er ist keine Gefahr.« Ich runzelte die Stirn.

Der Alte war echt komisch gewesen und viel zu aufdringlich.

»Kennst du ihn gut? Weißt du ganz genau, dass er dich nicht zu Boden bringt und den Thron an sich reißen wird? Bist du bereit dafür, einen erneuten Krieg zu riskieren, nur wegen einem wertlosen

Feuerjungen?«

Ich sah auf das Buch zu meiner Seite. »Ich-« Ich entfernte mich einige Schritte vom Pavillon. »Tut mir leid, aber ich glaube ich muss jetzt gehen.« Ruckartig drehte ich mich um und verließ das Gebäude.

Er hatte schon recht gehabt. Ich kannte Aiden nicht.

Dylan - Neapel (ITALIEN)

Die ersten Sonnenstrahlen küssten mein Gesicht, als ich meine Augen öffnete. Tag sechs war gekommen. Fünf volle Tage in Neapel waren vergangen und das, ohne voranzukommen.

Während meines Besuches, schlief ich in dem Haus, in dem ich aufgewachsen war, in welches ich einbrach, als ich ankam.

Das Ding war, ich war kein Italiener. Jedesmal, wenn ich Leuten erzählte, wo ich aufgewachsen war, sagten sie: *Wow, du siehst gar nicht aus wie ein Italiener.* Weil ich auch keiner war. Auch keiner meiner Elternteile.

Wir waren hierhergezogen, weil mein Vater einen guten Job angeboten bekommen hatte. Ursprünglich, bin ich aus dem Königreich. Eigentlich war jeder von uns ursprünglich aus dem Königreich. Manche verbrachten dort ihre Kindheit, andere nicht. Ich zum Beispiel nicht. Meiner Eltern gingen, da war ich noch ein Baby. Dann war das hier unser zu Hause.

Jetzt war es verlassen, aber alles stand noch da, wo es hingehörte. Die ganzen Sachen zu sehen, bereitete mir Schmerzen. Ich schlief in meinem alten Zimmer, mit den meerblauen Wänden, den Origami Schwänen über meinem Bett, mit dem großen Fenster mit Blick auf dem Pool, in dem mein Dad und ich meine Kraft trainierten.

Jeden Morgen wachte ich auf und dachte er wäre wieder da. Als wäre er unten und machte gerade Frühstück. Ich hatte immer diesen Geruch in der Nase. Als wäre Amber vor dem Haus und wartete, dass ich rauskommen würde. Aber alles was das war, war Stille und zerbrochene Erinnerungen, die in der Luft flogen.

Auf meiner Kommode, stand ein Foto von Amber und mir. Mein Magen stach. Ich dachte darüber nach, wie unsere Freundschaft zerbrach. Manchmal sollen Freunde aus unserer Kindheit nicht für immer bleiben. Die Wahrheit tut weh.

Ich versuchte mich nicht all zu sehr ablenken zu lassen, aber ich erwischte mich immer wieder dabei, wie ich mich mit alten Dingen beschäftigte.

Aber nicht an diesem Tag. In alten Erinnerungen zu leben, klaut einem die Zeit und meine war bald abgelaufen.

Ich sammelte meine Kleidung zusammen und verließ das Haus, wie jeden Morgen, als ich zur Schule ging. Das Haus stand auf einem goldenen Feld, ein paar andere Häuser waren in der Nähe. Auch Ambers altes Haus, in dem nun eine neue Familie lebte.

Für einen Moment stand ich einfach da. Sich zu bewegen ist schwer, wenn man gefangen in Gefühlen ist.

»Dylan?«

Ich drehte mich zur Seite und sah einen Mann, fünf Meter von mir weg stehen. Er grinste, als hätte er den glücklichsten Tag seines Lebens.

»Dylan! Ich bin's! Mark. Du erinnerst dich an mich oder?«, strahlte er und kam näher.

Der Name traf mich wie ein Wasserball. Mark war früher unser Nachbar gewesen und der beste Freund meines Vaters. Er war jeden Tag bei uns. Ein bekanntes Gesicht zu sehen, hob den schweren Stein von meinem Herzen und setzte ein Lächeln auf meine Lippen.

»Natürlich erinnere ich mich.« Ich ging näher zu ihm.

»Seh dich einer an! Du bist ja ein echter Mann geworden.« Er schlug mir spielerisch auf die Schulter und zog mich in eine Umarmung. »Hast du Lust rüber zu kommen und etwas zu reden? Ich hab dich so lange nicht gesehen.« Er konnte seine Augen nicht von mir nehmen.

Ich musste mich aufmachen und meine Suche beginnen, die Zeit rannte mir davon, aber Mark zu treffen, gab mir etwas von meiner Vergangenheit zurück, dass nichts materielles war, also stimmte ich zu und ging mit ihm zu seinem Haus, dass nicht weit entfernt war.

Das Haus sah nicht viel anders aus als meines, aber es war am leben. Die Fenster waren offen, ich hörte oben seine Kinder lachen und Essen duftete aus der Küche.

»Ich hab mich die letzten Jahre um euer Haus gekümmert.«, meinte er, als wir uns setzten, »Es könnte besser aussehen, aber ich bin auch nicht mehr der Jüngste. Aber ich habe es versucht, weil ich wusste, du würdest zurückkommen.« Er fügte den letzten Teil mit so einer

Überzeugung hinzu, als hätte er wirklich gewusst, dass ich kommen würde. »Also sag mir, wie geht es dir?«

»Gut.«, log ich, »Ich lebe mit meinen Freunden zusammen und uns geht's gut. Nichts, worüber man sich Gedanken machen sollte.«

»Wenn das so ist.«, murmelte er und lehnte sich zurück, »Und was bringt dich hierher? Heimweh?«

»Etwas.«, lachte ich.

Mark starrte mich an, als wollte er versuchen meine Gedanken zu lesen. Mein Körper war angespannt und ich hoffte, dass ich nicht allzu verdächtig aussah. Aber es gab keine Chance, dass der Mann, der mich aufwachsen sah, nicht wusste, dass ich log.

»Ernsthaft. Warum bist du hier, Dylan?«

Ich seufzte. »Na schön. Ich bin hier, weil ich jemanden finden muss.«

»Und wer wäre das?«

»Ich - um ehrlich zu sein weiß ich es nicht.«

»Eine mysteriöse Person also.« Seine Mundwinkel zuckten. »Schon Fortschritte gemacht? Wie lange bist du denn schon hier?«

»Fünf Tage und nein, keine Fortschritte.«, seufzte ich und rieb mir die Augen, »Es ist nur so, dass ich nicht weiß, wie diese Person aussieht. Ob männlich, weiblich, klein oder groß, jung oder alt. Ich weiß nichts.«

Mark runzelte die Stirn. »Wie kannst du denn nach jemanden suchen, ohne zu wissen, wie diese Person aussieht?«

»Irgendwie schaff ich das schon.«

Da war ich mir aber leider nichts so sicher.

Mark lachte. »Ich denke, dann solltest du dich aufmachen und diesen jemand so schnell wie möglich finden.«

Ich nickte aber blieb noch sitzen, weil ich mir nicht sicher war, ob er mich gerade aufgefordert hatte zu gehen oder nicht.

Mark nickte in Richtung Tür. »Geh, aber schau ja nochmal vorbei, bevor du abreist.«

Ich nickte nochmals, stand auf und verließ das Haus. Ich war bereit und sicher, dass ich meinen Hüter noch am selben Tag finden würde. Am späten Nachmittag aber, fand ich mich am Rande des Pools und ohne Fortschritt. Auch wenn ich den ganzen Tag durch die Straßen Neapels gewandert war, hatte es mich nicht vorwärts gebracht. Ich hatte einem Mann mit Wasser Symbol gefunden, jedoch wusste er nicht, wovon ich sprach, also konnte ich ihn ausschließen.

Wie kann man jemanden finden, den man nicht kennt? Jemanden den man noch nie gesehen hat? Jemanden der da sein sollte, aber vielleicht doch nicht da war? Ich frage mich, ob die Anderen ihren Hüter bereits gefunden hatten.

Der Pool war leer, aber die kleinen Regenpfützen waren genug für mich, um Wasserbälle zu formen und sie dann gegen die Wand prallen zu lassen. Ich hörte Schritte hinter mir, aber schaute nicht nach, wer da war. Ich war müde.

»Hast du denjenigen gefunden, den du suchst?« Mark setzte sich neben mich.

Ich starrte auf die Pfütze und schüttelte den Kopf. Ich wollte Mark fragen, ob er mir bei der Suche helfen könnte, aber ich hatte ihn seit so vielen Jahren nicht gesehen, also wollte ich nicht nach so einem großen Gefallen fragen. Auch wenn er immer der Erste war, der sich bei Hilfe anbot.

»Vielleicht suchst du falsch. Vielleicht hast du die Antwort bereits und es ist die Frage, die dir fehlt.«

Langsam füllte sich der Pool mit Wasser. Ich drehte meinen Kopf zu Mark, der immer noch nicht aufgehört hatte zu grinsen.

Das war nicht möglich.

»Du?« Meine Kinnlade klappte nach unten.

»Ich.«, lachte er, »Hätte nicht gedacht, dass es bei dir so lange dauern würde, das zu verstehen. Und du bist hier, wegen dem *Schlüssel*. Es gibt keinen Schlüssel und es gab nie einen. Später April Scherz.«

Ich runzelte die Stirn. »Wie meinst du das? Ich hab Dads Schriftrolle und sie sagt-«

»*Ich* habe die Schriftrolle geschrieben. Es ist ein Replik. Das mit den Schlüsseln ist Schwachsinn. Ich wollte nur, dass alle ihre Hüter treffen.«

»Warum das alles?«

Ich war wütend und erleichtert gleichzeitig. Aber welchen Sinn hätte es für uns, unsere Hüter zu treffen, wenn wir nichts von ihnen bekommen würden, außer ein Gespräch? Es kostete uns einen Haufen Geld. Wir mussten wahrscheinlich einen Monat ohne Essen auskommen.

»Bevor dein Vater dir die Schriftrolle gegeben hat, habe ich sie ausgetauscht. Ich wollte nur, dass ihr alle eure Hüter trefft, bevor die ernsten Sachen passieren werden. Meinst du dein Vater hat dich, all die Jahre, umsonst trainiert?«

»Ich dachte, er wollte nur, dass ich gut werde.«

»Das wollte er auch. Sagen wir, er hat dein Talent schon sehr früh bemerkt.«

»Und er dachte, es wäre eine gute Idee, mich und meine Freunde sowas hier tun zu lassen?«

»Naja, deine Freunde waren in seiner Vorstellung nicht vorgesehen.«

»Und du wusstest die ganze Zeit davon?«

»Ja, aber ich sag dir jetzt eines. Dein Vater mag zwar nicht mehr da sein, aber ihr kommt da jetzt auch nicht mehr raus. Der *Vegvísir* hat sich euch gezeigt. Er zeigt sich nur bestimmten Leuten. Damit wurdet ihr ausgewählt.«

»Nein, warte. Ich dachte, dass wäre alles auf freiwilliger Basis.«

»So wird es erzählt. Ihr werdet nicht gerade den größten Spaß haben.«

»Also wird jeder angelogen. Klasse.«

»Theoretisch ja, aber ich lebe nicht mehr im Königreich, also geht es mich auch nichts an.«, Mark zuckte mit den Schultern.

»Was genau kommt denn auf uns zu?«

»So leid es mir tut, aber das darf ich dir nicht erzählen.«

Ich seufzte. Von Mark hätte ich etwas anderes erwartet. Ich legte mein Gesicht in meine Hände.

»Ich möchte das wirklich nicht tun und ich bin mir sicher, meine Freunde auch nicht.«

»Dylan, ich mache die Regeln nicht. Entweder ihr findet Ort B oder ihr nehmt die Konsequenzen in kauf.«

Ich massierte meine Schläfen. »Welche Konsequenzen?«

»Sie nehmen einem die Kräfte.«

»Hört sich nach einem fairen tausch an.«

Mark lachte. »Nein, du verstehst nicht. Wir bestehen praktisch aus unseren Kräften. Was würde passieren, wenn sie dir das Wasser nehmen, Dylan?«

»Ich würde austrocknen.«

»Und dann sterben.«

Ich schluckte. Diese ganze Ungewissheit und Geheimniskrämerei, brachte mich noch um den Verstand. Der Gedanke, dass mein Vater mich für diese Sache trainier hat, verhieß nichts gutes.

Wofür genau hatte er mich denn trainiert?

»Du wirst schon sehen. Und du wirst mir später einmal dafür danken, dass ich euch um die halbe Welt geschickt habe. Du wirst schon sehen.«

Ich seufzte und Mark legte einen Arm um mich.

»Ich hasse dich.« Ich schüttelte den Kopf.

»Ich weiß.«, lachte er.

Was würde nur mit uns passieren?

7

Mit brummendem Kopf und ohne gebrochene Knochen, kam ich wieder zu Hause an.

Ich hatte es tatsächlich geschafft die Kerze anzuzünden. Der Stolz war mir sichtlich ins Gesicht geschrieben. Die ganze Rückfahrt dachte ich an nichts anderes. Es war, als hätte ich gerade gehen gelernt - jetzt wollte ich laufen.

Nach dem Chaos, in der Küche, zu urteilen, war Tate auch schon da gewesen. Nur er aß Paprikachips mit Schokolade und räumte hinterher nicht auf. Dieser Junge hatte keinen Sinn für Ordnung. Ich auch nicht, aber die Küche war Gebs Territorium und auch, wenn er wie die netteste Person auf Erden wirkte, wären wir tot gewesen, wenn er das gesehen hätte. Also räumte ich auf, aber danach sah es für mich immer noch unordentlich aus. Ich stufte es, als sauber genug ab.

Ich war so aufgeregt Tate wieder zu sehen, dass ich mir ein trockenes Stück Brot schnappte und dann die Treppe hoch rannte. Als ich die Tür aufwarf, sah ich Tate auf seinem Bett sitzen. Ein Lächeln breitete sich auf seinem Gesicht aus, sobald er mich sah.

»Gott sei Dank, ich dachte, du wärst tot.«

»Hab dich auch vermisst.«, grinste ich und warf meine Tasche auf den Boden.

Wieder auf meinem Bett zu liegen, fühlte sich nach dieser Zeit so gut an, dass meine Augen direkt zu fielen, aber Tate hielt mich wach.

»Hast du von deinem Hüter auch die tolle Nachricht bekommen?« Er drehte sich zu mir.

»Das die ganze Reise umsonst war und es keine Schlüssel gibt? Ja.«, murmelte ich in mein Kissen und setzte mich dann schnell auf, »Aber ich hab gelernt, mein Feuer zu kontrollieren! Am Anfang ging's etwas daneben und es ist was abgebrannt, aber dann lief alles wie geschmiert.«

»Ist nicht dein Ernst.« Seine Augen weiteten sich. »Also hat die Reise wenigstens Einem was gebracht.«, lachte er, »Jetzt kannst du den Feuer König Spitznamen mit stolz tragen.«

Ich klopfte mir selbst auf die Schulter.

»Ich hab ein hübsches Mädchen getroffen.«, fing Tate an, »Sie heißt Brenda.«

»Ich wette du hast sie, mit deinen Flirt-Skills, umgehauen.«

»Na klar. Sie hat sich 100% in mich verknallt.« Tate zwinkerte.

Ich öffnete meinen Mund, um etwas zu sagen, da hörten wir die Haustür zuknallen. Tate und ich sahen uns an und wir lauschten, um zu erraten, wer angekommen war. Schwere und wütende Schritte, kamen die Treppe hoch und ich wusste sofort wer es war. Nur einer in diesem

Haus ging die Treppe hoch, wie ein wütendes Kleinkind.

Tate sprang auf, um die Zimmertür zu öffnen.

»Wie war dein Trip, Blakey?«

»Rede nicht mit mir. Das war alles unnötig und wir werden alle sterben.« Darauf folgte ein lautes Türknallen, wie erwartet.

»Achte auf deine Wortwahl, bitte.« Tate klopfte an seine Tür und kam dann zurück. »Was für ein unhöfliches Kind. Als Mutter dieses Haushaltes, bin ich sehr enttäuscht.« Er schüttelte seinen Kopf und richtete seine Brille.

Ich lachte in mein Kissen hinein und sah anschließend hoch zu Tate. Er saß wieder auf dem Bett, mit seinem Handy in der Hand. Er grinste. Ich konnte nicht anders als ihn anzustarren.

Jeder der Tate kannte, starrte ihn manchmal an. Er war zu gutaussehend und sein Gesicht zu symmetrisch. Ich wusste nicht, ob es Verehrung oder Eifersucht war. Es ist nicht so, dass ich mich selbst hässlich fand, aber wenn ich in Tates Gesicht sah, machte es mich schon etwas unsicher. Ich glaube *der Schöne und das Biest* beschrieb uns ganz gut.

»Hab es!« Er sprang auf. »Zeit dieses Kind zu *blackmailen*.«, lachte er.

Ich hob eine Augenbraue und setzte mich auf. »Blackmail?«

»Oh, ich hab etwas, um alle hier zu blackmailen. Was glaubst du, warum Geb mich noch nicht verprügelt hat?« Tate zwinkerte.

Ich versuchte auf sein Handy zu schauen. »Was ist es denn?«

Er lächelte und drehte den Bildschirm weg von mir. »Geduld, mein Freund. Du wirst dieses Meisterwerk noch, früh genug, zu sehen

145

bekommen.« Dann ging er aus dem Zimmer.

Ich starrte auf die geschlossene Tür. Ich wollte ihm folgen, um zu sehen was es vorhatte, aber das hätte seinen Plan zerstört. Wartend legte ich mich wieder hin. Weniger als zwei Minuten später, kam er strahlend wieder zurück.

»Er sagte, es tut ihm leid.«

»Unmöglich.« Ich stützte mich auf meine Ellenbogen, um Tate anzusehen.

»Nur deswegen.« Er zeigte mir sein Handy.

Auf dem Bildschirm war ein Foto von Blake. Er sah sehr jung aus. 13 Jahre alt vielleicht. Er nuckelte an seinem Daumen.

»Wo hast du *das* denn her?«, lachte ich.

»Sein Bruder und ich haben Kontakt miteinander.« Er zuckte mit den Schultern.

»Blake hat einen Bruder?«, fragte ich und hob eine Augenbraue.

»Ja, aber er redet nicht viel über ihn.«

★★★★★★

Die Haustür fiel zu, gefolgt von Schritten, die die Treppe hochkamen. Tate und ich sahen uns an und schauten schnell zur Zimmertür hinaus.

Dylan zog sich durch den Flur und wollte in seinem Zimmer verschwinden, als Tate und ich angelaufen kamen. Wir beiden fingen an, von unserer Reise zu erzählen.

»Ich weiß ihr habt viel zu erzählen, aber kann ich erst auspacken und etwas schlafen? Wir reden dann später über alles.« Er zwang sich zu lächeln.

Tate und ich nickten und seine Tür schloss sich, vor unseren Gesichtern.

»Schlaf gut!«, rief Tate.

»Meinst du er hat seinen Hüter nicht gefunden?«, flüsterte ich, sobald wir wieder in unserem Zimmer waren.

»Wie kommst du denn darauf?« Tate schloss die Tür.

Ich zuckte mit den Schultern. »Er sah so niedergeschlagen aus.«

******

Dylan ließ sich auf das Sofa fallen, während der Rest von uns es sich ebenfalls irgendwo bequem machte. Wir sahen ihn an und warteten darauf, dass er etwas sagte. Sein Kopf lag in seinen Händen und er beugte sich nach vorne, mit dem Blick auf dem Boden.

Blake brach die Stille. »Also, das Ganze was nur *bullshit*. Was sagst du dazu?«

»Es war kein *bullshit*. Mark wollte, dass wir unsere Hüter treffen. Er hat die echte Schriftrolle ausgetauscht. Etwas wird es sich wohl dabei gedacht haben. Mark ist weise, nur konnte er mir nicht erzählen, was uns bei Ort B erwartet.«

»Schweigepflicht oder was?«, Blake hob eine Augenbraue.

»Wahrscheinlich.«, meinte Geb.

»Nur deswegen musste ich diese Beinschmerzen ertragen und

Carly?«

»Hör auf zu heulen, du Baby.«, brummte Geb, »Es geht hier nicht nur um dich.«

Blake rollte die Augen und kreuzte seine Arme.

»Wir müssen mit den Anderen reden. Sind sie auch wieder da?«, fragte Tate, als er aus der Küche kam. Er brachte ein Eis für mich mit.

»Ich glaub schon.«, seufzte Dylan, »Immerhin sollten sie es.«

»Dann mal los!«, rief Tate und hielt sein Eis in die Luft.

★★★★★★

»Meinst du, sie sind wirklich alle wieder da?«, fragte ich Dylan, nachdem er an der Tür klopfte.

Er sah hoch in den Himmel. »Wenn jemanden was passiert ist, werde ich mir das nicht verzeihen können.«

Asa öffnete uns die Tür mit einem breiten Lächeln im Gesicht. Mir schien es nicht so, als wäre jemanden etwas passiert.

Sobald wir alle drin waren, fing jeder an zu reden, was im Chaos endete. Ich verdeckte mir die Ohren und setzte mich auf eines der Sofas. Über was es ging, wusste ich ja.

Meine Augen glitten über den Raum und es war wirklich jeder da, jedoch wirkten alle, bis auf Asa, wütend.

»Warum würde er sowas tun und uns um die Welt schickten? Und das wegen nichts?«, fragte Amber.

Dylan rollte seine Schultern zurück. »Er wollte, dass wir unsere

Hüter treffen. Da war das Einzige, was er dazu gesagt hat. Zu Ort B sollen wir trotzdem. Mark sagte, da kommen wir nicht mehr raus. Entweder wir finden Ort B oder unsere Kräfte werden uns genommen.«

»Super. Ich wette er wollte, dass wir Zeit verlieren. Gut, also ich seh euch alle dann in der Hölle.«, sprach Blake und machte es sich gemütlich.

»Blake, geh raus.«, murmelte Dylan und massierte seine Schläfen, »Ich kann dein Gejammer jetzt nicht gebrauchen.«

Dylan tat mir leid. Er war unter so viel Druck und Stress. Ich meine, wir auch, aber wir verließen uns auf ihn. Wir verließen uns darauf, dass er uns durch diese Sache leiten würde. Dylan gab immer 100%, auch wenn er Stress und Schmerz erlitt. Wir kamen immer an erster Stelle. Immer. Deshalb bewunderte ich ihn.

Blake blieb ruhig sitzen und belächelte Dylans Frustration. Ich beobachtete, wie Asa aufstand und in der Küche verschwand, während er vor sich hin summte. Seine gute Laune konnte ihm wirklich keiner nehmen.

»Wir haben fast einen Monat damit verbracht, nichts zu tun.«, nickte Raiden, »Wie toll.«

»Naja, ich hab gelernt, wie ich Eis schmelzen kann.«, lächelte Orion stolz.

»Ich habe eine schöne Lady kennengelernt.« Tate zwinkerte mir zu.

Ich lachte. »Ich kann endlich mein Feuer kontrollieren.«

»Und ich konnte einen Tag mit Carly verbringen.« Blake warf ihr einen Kuss zu, bevor ihm ein Buch auf den Kopf fiel.

»Sei ruhig, bevor das nächste Mal ein Messer in deiner Richtung fliegt.«

Ich hatte den Eindruck, dass viele von uns etwas gelernt haben. Vielleicht war dieser Trip doch nicht so schlecht gewesen.

Dylan legte das Manuskript auf den Tisch. Amber starrte es an und schlug es seufzend auf.

»Dein Hüter sagt also, Ort B gibt es wirklich? Hat er dir denn auch verraten, wo er ist?« Amber hob eine Augenbraue.

Dylan schüttelte bloß den Kopf. »Aber die Antwort, muss irgendwo da drin stehen.«

Amber warf das Manuskript auf Gebs Schoß.

»Ich weiß nicht, ob ich das alleine rausfinden kann.«, meinte er.

»Sieht so aus, als müssten wir eine Nachtschicht einlegen.«

******

Das Einzige, was ich sagen werde ist, dass diese geplante Nachtschicht nicht so geklappt hat, wie wir es uns vorgestellt hatten.

Während wir versuchten uns zusammenzureimen, wo denn dieser Ort B versteckt war, schliefen wir ein. Oder besser gesagt, *ich* schlief ein.

Ein hohes Gekreische riss uns aus dem Schlaf. Seufzend richtete ich mich auf und rieb mir die Augen. Um mich herum brach Gelächter aus. Tate stieß mich mit seinem Ellenbogen, bis ich meine Augen wieder öffnete. Der Restschlaf war vorbei, sobald ich erkannte wer da geschrien hatte. Blake.

Sein Gesicht war rot, seine Fäuste geballt und seine Haare hatten eine neue Farbe. Um genau zu sein, hatte er nun jede erdenkliche Farbe in seinem Haar: rot, blau, pink, grün, gelb, lila. Es sah aus, als hätte jemand seinen Kopf in einen Topf voller Chemikalien getunkt.

»Wer von euch *Losern* hat das getan?«, schrie er und ich spürte einen starken Windstoß, der mich in das Sofa drückte.

Bilderrahmen fielen von den Wänden und Vasen von den Möbeln. Tate und Orion, die gerade aufstehen wollten, wurden sofort wieder auf den Boden geschubst.

»Ich wollte nur etwas Farbe in dein Leben bringen.« Asa stand auf und lächelte Blake mit halb geschlossenen Augen an. »Regenbögen sollen einen glücklich machen und ich dachte, es würde dir vielleicht etwas Freude bringen, damit du mehr lachst.«

Ich beobachtete das Szenario, ohne einen Mucks zu machen.

Es hätte jeden Moment etwas in die Luft gehen können. Blake hatte wirklich etwas Freude im Leben nötig, aber ich war mir nicht sicher, ob das der richtige Weg war. Sogar ich wäre wütend gewesen, wenn jemand sowas mit mir gemacht hätte. Meine Haare waren jedoch ein Durcheinander und hätten wahrscheinlich besser mit Regenbogenfarben ausgesehen, aber Blakes Mähne war vorher perfekt gewesen. Jedes seiner schwarzen Strähnen saß perfekt und jetzt sah es bloß aus, wie ein Chemischer Unfall.

Blakes ganzer Körper war angespannt, sein linkes Auge zuckte und seine Atmung war schwer.

»Das sieht gar nicht mal so schlimm aus, um ehrlich zu sein.« Tate stand auf und ging zu Blake, um seine Haare zu begutachten. »Gute

Arbeit, Asa. Echt. Wie wär's, wenn du meine als nächstes färbst? Ich hatte an ein helles braun mit blonden Strähnen gedacht.«

Blake schlug Tates Hand weg und trat näher zu Asa. Er knirschte mit den Zähnen. Sein größte Problem war, dass ihn sein Aussehen nun weniger einschüchternd machte. Keiner würde ihn ernst nehmen, mit so einer Frisur und seiner Einstellung. Aber ein weniger einschüchternder Blake, ist ein netterer Blake.

Ich fragte mich öfters, ob er jemals lächelte. Jeder sollte Freude in seinem Leben haben. Vielleicht versteckte seine Freude sich nur. Vielleicht war Blake kein guter Sucher gewesen, denn ich fand meine Freude immer, auch wenn sie sich in der Dunkelheit versteckte. Oder ich lag komplett falsch und Blake war aus purer Wut gemacht.

Ich sprach nicht gerne mit ihm, aber ich hatte eine Menge Fragen. Die Anderen konnten mir auch nicht helfen, wenn ich etwas über ihn wissen wollte. Blake sprach kaum von sich selbst. Nicht über seine Hobbys, nicht über seine Lieblingsmusik, nicht einmal über sein Lieblingsessen. Nichts. Es war seit Jahren keiner in seinem Zimmer gewesen. Was versteckte er? Eine zweite Identität? Eine Leiche? Kuscheltiere?

»Sprecht mich ja nicht an.«, brummte er und verließ den Raum.

»Ich sollte uns zuerst Frühstück machen.« Asa sah ihm nach und lief dann in die Küche.

»Hey, habt ihr gestern was herausgefunden? Ich bin eingenickt.«, fragte ich und lehnte mich zu Tate.

Orion schüttelte den Kopf und seufzte. Die Nervosität in mir wuchs. Wir alle dachten nach, aber wenn acht Köpfe nicht auf die Antwort kamen, würden wir es je können?

Asa kam mit Toast und gekochten Eiern zurück. Keiner sprach.

»Ich denke, wir sollten alle zur Ruhe kommen und alleine nachdenken.«, schlug Amber vor, »Es ist ja nicht so, als hätten wir ein Zeitlimit. Wir brauchen alle eine Pause.«

Dylan nickte vor sich hin, ohne sie anzusehen.

Vielleicht war eine Pause genau das, was wir brauchten.

8

»Tate, was machst du?« Ich rollte mich zur Seite, um zu sehen, was mein bester Freund gerade machte.

Die Sonne war bereits unter gegangen und der Mond war unser Nachtlicht. Wir benutzten nie die Gardinen. Das in Mondlicht getauchte Zimmer, machte die Atmosphäre viel schöner, außerdem war es einfacher in der Nacht auf die Toilette zu gehen, ohne sich den Fuß an jede Ecke zu hauen.

Tate saß, mit einem Notizbuch, auf seinem Bett. »In mein Tagebuch schreiben. Ich weiß das ist echt *girly*.«, lachte er und sah mich kurz an, »Sag's ja nicht Blake.«

Ich schüttelte den Kopf. »Mach ich nicht. Keine Sorge.« Ich beobachtete ihn, wie er die leeren Seiten mit Wörtern füllte. »Erinnerungen aufzuschreiben, um sie für immer zu verewigen, ist doch nicht *girly*.«

Ich meinte es ernst. Wenn ich die Disziplin hätte ein Tagebuch zu führen, würde ich es machen. Mein Enthusiasmus hielt normalerweise ein paar Tage und mein nächster Eintrag, wäre dann irgendwann im nächsten Jahr. Ich hatte es mal ausprobiert und die Jungs in meiner Schule machten sich lustig über mich.

Tate dachte, ich würde das Selbe mit ihm machen, aber warum ist es *normal, wenn* Mädchen ein Tagebuch haben und *komisch* bei Jungs? Oder, dass es nur bei Mädchen akzeptiert wird, wenn sie Makeup tragen. Ich hatte mal Eyeliner ausprobiert und muss zugeben, ich sah verdammt gut aus. Es verleiht den Augen das gewisse etwas und hebt sie heraus, wisst ihr was ich meine?

»Genau das sage ich die ganze Zeit! Aiden, du bist mein Seelenverwandter.« Tate legte eine Hand auf sein Herz.

»Ich weiß.« Ich machte seine Bewegung nach, bevor wir in Gelächter ausbrachen.

Tate und ich waren wirklich Seelenverwandte. Wir waren so verschieden und trotzdem waren wir gleich. Ich konnte mich auf ihn verlassen, so wie er sich auf mich verlassen konnte.

»Könnt ihr beiden endlich die Klappe halten?« Blake hämmerte gegen die Tür. »Ich versuche hier zu schlafen!«

»Hör auf so zu tun, als wärst du der Boss hier, wenn du der Jüngste von uns bist, Blake.« Tate warf seinen Stift gegen die Tür.

»Geh schlafen, Regenbogen Junge.« Ich gab Tate ein High-five.

»Ich hasse euch alle.«, hörten wir ihn murmeln, gefolgt von dem knallen seiner Tür.

Ich sah zu Tate, der schnell seinen Stift aufhob und lächelnd eine neue Seite beschrieb.

»Ich füge eine Zeichnung von ihm hinzu, mit einem großen, wütenden Kopf, aus dem Rauch rauskommt. Nur damit die Leute wissen, womit ich es zu tun hatte, nachdem ich gestorben bin und dieses Ding als Artefakt des großen Tate gilt.«

Ich schielte auf die Seite, aber konnte nicht entziffern was dort stand. Das war wahrscheinlich auch besser gewesen. Manchmal war ich zu neugierig. Es war egal, was er aufgeschrieben hatte, es ging mich nichts an.

»Hey.« Er hörte auf zu schreiben. »Sollte ich früher sterben als du, verkauf das und mach es zum Bestseller. Ich weiß es hat Potential.«

»Hör auf über's sterben nachzudenken.« Ich runzelte die Stirn und schlug ihn mit meinem Kissen.

»Ich mach nur Zukunftspläne, bro. Hör dir das mal an.« Er räusperte sich und setzte sich gerade hin. »Eines Tages werden wir zwei in einem kleinen Haus wohnen, mit lauter Sachen, wie einem Basketball Feld und einer kleinen Eishalle für dein Eishockey oder so, also wird richtig groß. Besser noch, wir werden in einem riesigen Haus wohnen oder einer Villa. Irgendwo, wo wir alles runterkriegen. Und nachdem wir 60 geworden sind, ist es nur eine Frage der Zeit, wer zuerst stirbt. Ich oder du. Wir können ja jetzt schon wetten.« Beim letzten Satz zuckte er mit den Schultern.

»Hört sich auf jeden Fall nach einem Plan an«, nickte ich, »Was ist, wenn jemand von uns heiratet?«

Er legte den Kopf schief. »Wir beide scheinen nicht wirklich Ehemann Potential zu haben, um ehrlich zu sein.«

Ich deckte mich zu. »Dinge können sich ändern.«

Eine Familie wollte ich irgendwann schon haben. Aber das Tate richtig lag, wusste ich auch. Ich hatte wirklich kein Ehemann Potential. Ich wette, ich würde mit dem Kind im Arm ausrutschen und es zerquetschen oder es aus versehen anzünden. Darüber wollte ich lieber nicht nachdenken.

Tate hörte auf zu schreiben und legte sein Tagebuch zurück unter sein Bett. »Schläfst du schon?«, fragte er.

Ich öffnete ein Auge. »Nein, ich denke nur nach.«

»Über?« Er legte sich hin.

»Das Leben.«

Tate nickte. »Denk ja nicht zu viel nach, in Ordnung? Schlaf gut.«

»Schlaf gut.«

★★★★★★

Egal wie ich mich auch anstrengte und mich hin und her drehte, ich konnte nicht einschlafen. Mein Kopf war zu voll dafür. Voll von Fragen, Aufregung und verschiedenen Gedanken. Dann dachte ich über den Umschlag nach und was er wohl verbirgt.

Je mehr ich darüber nachdachte, desto neugieriger wurde ich. Sogar in den 20 Minuten schlaf die ich hatte träumte ich davon, wie ich ihn öffnete und ein Monster rausprang, dass mich fressen wollte.

Im Inneren hätten sich Informationen befinden können. Wie in Filmen, bei denen eine Person etwas wichtiges bekommt und am Ende deswegen die ganze Welt rettet. Aber das hier war kein Film. Das war

157

die Realität, in der man echte Entscheidungen treffen musste.

Ich setzte mich auf und streckte meine Arme. Neben mir gab Tate Geräusche von sich. Mal waren es tonlose Wörter, dann sanftes Wimmern, dann Schnarchen.

Mein Vater schnarchte auch, aber bei ihm hörte es sich mehr an, wie ein Traktor. Wenn man alle Schnarcher der Welt zusammentut, hätte man wohl die schlechteste Band auf Erden. Denkt mal drüber nach.

Ich schloss meine Augen. Das half mir beim Denken. Es ist immer besser alles von den Augen zu bekommen, bevor man über Sachen nachdenkt. Tates Geräusche wurden lauter und lauter, bis er sich selbst damit aufweckte.

»Aiden! Hast du das gehört?« Er setzte sich, mit halb geschlossenen Augen, auf.

»Das warst du.«

»Red keinen Scheiß.« Tate schüttelte den Kopf und ließ sich wieder fallen. »Das war ein Monster. Glaubst du an Monster?«

Ich nickte und sah rüber zu ihm. »Ich guck mir gerade eins an.«

Sein Kissen traf mein Gesicht so hart, ich schwöre ich konnte Blut schmecken. Ich warf es zurück zu ihm und er legte es sofort wieder unter seinen Kopf, um weiter zu schlafen. Das Verlagen, ihn vom Bett zu schubsen, überkam mich, doch ich hielt mich zurück. Nicht wenn er schlief. Wenn Tate müde war, konnte er von einem Welpen zu einem Löwen werden.

Sobald ich ihn wieder schnarchen hörte, öffnete ich den Nachschrank und holte den Umschlag heraus. Er lag unter einem

Stapel Magazinen.

Meine Hände glitten über das Papier. Ich war nicht gut mit Zahlen, also war es schwer für mich zu erraten, wie alt der Umschlag war. Nicht älter als ich.

Wenn die Zeit gekommen ist.

Keine Ahnung, was er damit meinte. Wann *war* denn die Zeit gekommen? Vor meinem Tod? In zwei Wochen? Morgen? Genau jetzt?

Ich riss an dem Papier herum, aber stoppte, als ich die Ecke eines Fotos sah.

Schnell stopfte ich es wieder in den Schrank. Mein Herz raste.

Wenn die Zeit gekommen ist.

9

»Hast du gut geschlafen?«, fragte ich, als Tate die Augen öffnete.

Ich hatte die ganze Nacht kein Auge zubekommen, also fing ich an zu zählen, wie oft Tate schnarchte und davon wach wurde. Bei 30 hörte ich auf, weil er ein Geräusch machte, bei dem selbst ich mich erschrocken hatte.

Meine Augen brannten und taten weh, wenn sie geöffnet waren und wenn sie geschlossen waren. Eine *lose-lose* Situation.

Tate runzelte die Stirn. »Ich ja, aber was ist mit dir? Du siehst aus, wie ein Geist.«

Ich nickte und legte mein bestes Lächeln auf. Tate sollte sich nicht damit beschäftigen, dass ich nicht schlafen konnte, also tat ich so, als hätte ich wenigstens einige Stunden schlaf gehabt. Tate machte oft, aus kleine Dingen, eine riesengroße Welle und das wollte ich nicht. Hätte ich ihm gesagt, dass ich die ganze Zeit wach gewesen war, wäre er aufgesprungen, hätte mir einen Tee gemacht und mir eine Gute-

Nacht-Geschichte erzählt, bis ich endlich eingeschlafen wäre. Das hatte sich ganz gut in meinem Kopf angehört, aber das wollte ich ihn nicht machen lassen.

Mein Körper fühlte sich taub und schwach an. Ehe wir die Treppe runterkamen, hörten wir Blake reden, jedoch klang es für mich wie Geschrei. Meine Müdigkeit machte alles hundertmal lauter, als es war.

»Kannst du mal ruhig sein? Ich versuche hier Frühstück zu machen.«, schrie Geb, aber Blake hörte nicht auf ihn. Er war damit beschäftigt ein Videospiel zu spielen.

Das kam mir skurril vor. Ich hatte ihn zwar schon spielen sehen, aber in diesem Moment kam er mir vor, wie ein normaler Teenager und fast vergaß ich seine böse Natur. Er lächelte nicht und zeigte auch keine anderen Anzeichen von Spaß. Ich fragte mich, ob er eine andere Emotion besaß außer genervt, gelangweilt oder sauer. Er sah sogar beim spielen teilnahmslos aus. Als würde er nur spielen, weil man es so von ihm erwartete.

Der einzige Grund, warum er überhaupt unten bei uns saß war, weil Dylan ihm gesagt hatte, er solle mehr Zeit mit uns verbringen, aber wir wussten alle, dass er das nicht wollte. Blake wollte immer in Ruhe gelassen werden und wenn man es nicht tat, wurde er schnell mal sauer. Einmal nannte er mich einen dummen Bauer, weil ich einen Witz erzählte. Ich wusste, dass er mich nicht mochte, aber ich versuchte trotzdem nett zu ihm zu sein. Hoffnungslos.

»Was spielst du?« Ich setzte mich vorsichtig neben ihn.

Er antwortete nicht. Ich lernte es zu akzeptieren, wenn Blake einem nicht antwortete. Ich sah auf den Fernseher, um zu sehen, dass er wieder irgendein Ego-Shooter spielte und ich fragte mich, ob er sich so im Inneren fühlte. Das Bedürfnis zu töten.

Im Ernst, dass hätte ich ihm zugetraut. Wie in einem Horrorfilm. Eines Nachts würden wir schlafen und alle sterben und am Ende war es Blake. Aber das war etwas übertrieben.

Ohne Konversation so neben ihm so sitzen, war komisch. Ich versuchte mir etwas zu überlegen. Etwas worüber man reden konnte, aber da war nichts, also sah ich ihm beim spielen zu.

Videospiel-Held. Ich wollte immer ein Videospiel-Held sein. Mächtig, selbstbewusst und groß. Groß war ich ja schon, also hatte ich immerhin eines der Dinge erreicht.

Selbstbewusstsein war ein relatives Ding für mich. Einige Leute denken sie seien Selbstbewusst, wenn sie in Wahrheit die unsichersten Typen sind und manche sind bloß Arschlöcher.

Ich wollte Selbstbewusst sein, weil ich Selbstbewusst bin, wenn das Sinn macht. Selbstbewusst in dem, wer ich bin und wofür ich stehe. Aber ich versuchte mich anzupassen und jedem zuzustimmen. Wenn man so lebt, vergisst man irgendwann wer man eigentlich ist. Man verliert sich in Erwartungen, die anderen an einen Stellen. Anstatt man selbst zu sein, formt man sich zu dem Bild, dass Leute von einem haben, weil man selbst es für sie gemalt hat. Man fängt an es zu glauben und dann wird man unglücklich.

Wenn man zwei verschiedene Arten von Leuten nimmt, kann man immer erkennen, welcher der Glückliche ist und welcher nicht.
Die glückliche Person wird dir davon erzählen, wie schön die Welt ist und sie dir zeigen. Die andere Person wird dir sagen, dass die Welt

grau ist und es keinen anderen Sinn gibt, außer am Leben zu bleiben, bis man stirbt.

Nachdem ich Erwachsen geworden war (mehr oder weniger), habe ich erkannt, dass es das nicht wert ist. Leute hassen dich, Leute lieben dich. Sie verurteilen dich oder sie unterstützen dich. Nichts davon sollte dich interessieren.

Das alles dann in die Tat umzusetzen, war dann doch eher leichter gesagt, als getan. Zumindest für mich. Ich glaubte Tate war ein Profi im Selbstbewusstsein, seitdem er geboren war. Egal was jemand ihm antat, er war immer am Lächeln. Sogar, wenn er schlief. Als wäre er niemals traurig oder wütend.

Nach dem Frühstück, ging ich in den Wintergarten. Wir hatten immer noch keine neuen Fenster, also saß ich vor einem Loch mit übergeworfener Plane. Das Sofa hatten wir auch nicht ersetzt, daher setzte ich mich auf eines der zwei Stühle und starrte auf die grüne Farbe, die meine Sicht blockierte.

Ich fragte mich, ob meine Familie mich vermisste. Ich meine ich hielt Kontakt mit meinen Eltern und auch mit meinem Cousin und sie hatten mir gesagt, sie vermissten mich, aber hatten sie das nur gesagt, weil ich es von ihnen erwartet hatte oder vermissten sie mich *wirklich*?

Und dann war da noch dieser verdammter Umschlag, der mich verrückt machte, weil ich nicht wusste wann ich ihn öffnen sollte. Ich hatte versprochen, auf die richtige Zeit zu warten und ich hielt immer meine Versprechen. Aber trotzdem: Was war dort drin?

Meine Augenlieder fühlten sich schwer an.

»Hey, kommst du? Blake will sich mit Geb anlegen und wir wissen alle, wie das ausgehen wird.«, heulte Tate und stellte sich vor mich.

Sobald er mein Gesicht sah, seufzte er und ließ sich neben mir nieder.

»Du solltest nicht so viel nachdenken, Aiden.«

»Ich denke gerade an gar nichts.« Ich rieb mir die Augen.

»Lüg nicht rum.« Er schlug mit seinen kleinen Fäusten gegen meine Schulter. »Ich weiß, dass du's tust. Dein Gesicht sieht aus, als hätte man deinen Keks geklaut, wenn du zu viel nachdenkst.« Er kannte mich wirklich sehr gut. »Das ist der Grund, warum deine Kraft außer Kontrolle gerät. Du denkst zu viel. Erinnerst du dich, wie du sagtest, dass du alles vermasseln wirst?«

»Das hab ich nie gesagt.«

»Naja, du redest im Schlaf, aber darum geht's hier nicht. Es geht darum, dass du an dich selber glauben musst. Hier.« Er tippte an die Seite meines Kopfes. »Und hier.« Sein Finger wanderte auf meine Brust und stoppte über meinem Herzen.

Ich wusste nicht was ich darauf antworten sollte, also blieb ich still. Er hatte recht. Ich glaubte nicht an mich selbst. Zumindest nicht so viel, wie ich sollte.

»Wie denkst du bin ich so perfekt geworden? Selbstbewusstsein! Und wie erreicht man das? Indem man an sich selbst glaubt! Du musst immer an dich selbst glauben, weil wenn du zu sehr auf andere hörst, fällst du ganz tief. Besonders, wenn Leute wie Blake da sind.«

Ich lächelte. Tate war wirklich die Definition von Motivation. Egal was er tat, ob es peinlich war oder nicht, ihn interessierte es nicht, was andere dachten. Er war sich sicher über alles. Selbst, wenn er nicht wusste was er tun sollte, war er positiv und alles ging zum Schluss so aus, wie er es wollte. Ich fing schon an Panik zu kriegen, nur bei dem Gedanken, dass ich etwas vermasseln, zerbrechen oder verbrennen könnte. Mein ganzes Leben lang hatte ich gedacht, ich wäre die schusseligste Person der Welt, die nichts richtig machen kann. Ich war schlecht darin Freunde zu finden, ich war schlecht in der Schule, ich war sogar schlecht darin zu gehen, weil ich manchmal über meine eigenen Füße stolperte. Aber Tate hätte das alles nicht interessiert, wenn er ich gewesen wäre. Er hätte alles schlechte von sich geschoben und sich auf die guten Dinge konzentriert. Ich wollte etwas mehr wie er sein, aber ich wusste, das konnte ich nicht.

Es war für einige Momente still zwischen uns, bevor er aufsprang und in die Hände klatschte.

»Du und ich, mein Freund, gehen jetzt auf ein Date.«

»Wow, ich fühl mich geehrt. Wohin gehen wir denn?«

»Bowling.«

Ich runzelte die Stirn. Ich war noch nie Bowlen gewesen. Die Kinder in der Schule gingen oft Bowlen. Man wirft einfach und versucht die Pins umzuschmeißen oder? Ich war eher der Eishockey Typ, aber das würde ich nie mit Tate spielen, weil ich ihn zerquetschen würde.

Vielleicht war Bowling genau das Richtige gewesen, um meinen Kopf frei zu kriegen. Nur um ein paar Momente aufzuhören zu denken. Nur Spaß haben, mit meinem besten Freund, wie normale Leute.

Wir nahmen Dylans Auto. Fahren musste ich. Tate hatte noch keinen Führerschein. Er war besser zu Fuß, wiederholte er immer wieder.

Tate gab mir den Weg zur Bowling-Halle vor und für einen kurzen

Moment, wollte ich zu dem Haus meiner Eltern fahren, um mal wieder Hi zu sagen, aber das wollte ich mir dann doch für einen späteren Moment aufbewahren.

Der Parkplatz war fast leer gewesen. Wahrscheinlich, weil die Sonne schien und jeder was besseres draußen vorhatte, als drinnen zu bowlen.

»Warum genau sind wir hier?«, fragte ich, als wir uns die Schuhe anzogen.

»Du bist mein bester Freund, Aiden. Meine andere Hälfte. Ich will bloß Zeit mit dir verbringen.« Wir gingen zu unserer Bahn. »Plus, ich will dich schlagen, weil mein Ego einen boost braucht.« Er zwinkerte, bevor er die erste Kugel nahm und acht Pins umwarf.

Ich lachte. Tate brauchte einen Ego-Boost. Ziemlich unwahrscheinlich.

Ich nahm die Bowling-Kugel in die Hände und sah auf die Bahn. Einfach werfen, nicht zu feste aber auch nicht zu leicht. So, wie Tate es gemacht hatte. Ich seufzte, als die Kugel sich von meiner Hand löste. Mitte, zu weit links, Mitte, zu weit rechts, Mitte, Strike. Meine Kinnlade fiel nach unten und ich drehte mich zu Tate, der mich mit großen Augen ansah.

»Glück.«, flüsterte er.

Meine nächsten Versuchen, waren ebenfalls Strikes. Vielleicht war ich ja ein natürliches Talent oder sowas. Ich konnte meine Glückssträhne kaum glauben. Der Ego-Boost, den Tate haben wollte, ging wohl an diesem Tag an mich.

»Hätte ich gewusst, dass du so gut bist, hätte ich Dylan

mitgenommen. Ich bin hierher gekommen, um eine gute Zeit zu haben, Aiden, und du ruinierst es.«

Ich hatte ihn gehört, aber ich war so beschäftigt damit zu lachen, dass ich nicht bemerkte was da in meinem Augenwinkel passierte.

Nachdem ich mich beruhigt hatte, schaute ich zur Seite und sah, wie uns ein Mann anstarrte. Ich sah ihm in die Augen und er ließ seinen Blick nicht von mir ab. Wenige Augenblicke später, stieß eine Frau zu ihm was den Mann dazu brachte, sich schließlich wegzudrehen. Ich hob eine Augenbraue und sah zurück zu Tate, der leise vor sich hin fluchte. Ein flaues Gefühl breitete sich in mir aus. Ich konnte immer noch Augen auf mir spüren und meine Hand legte sich über mein Symbol.

»Alles in Ordnung?«, fragte Tate und schielte auf meine Hände, »Du brennst jetzt nicht was ab oder?«

Ich schüttelte den Kopf. »Nein, die Phase ist vorbei.«

Ich hatte meine Hand immer noch über das Zeichen gelegt, damit keiner es bemerkte. Tate sah mich an, dann drehte er sich um. Er rückte näher und lehnte sich an mein Ohr.

»Die Kerle da hinten, sehen uns ganz schön oft an.«, flüsterte er.

Ich nickte. Er meinte die zwei Männer, die unauffällig auffällig aussahen. Sie hatten Bowling Kleidung an und Schweißbänder, um ihre Handgelenke. Einer von ihnen trug eine Sonnenbrille. Sie sahen immer wieder zu uns rüber.

»Ich geh sie ausspionieren.«

»Bist du verrückt?« Ich schüttelte den Kopf und griff nach seinem Arm.

Wir wussten nicht, was sie wollten. Was wäre, wenn sie gefährlich gewesen wären? Am Ende nickte ich ihm nur zu und ließ ihn James Bond spielen. Ich versuchte mich, so normal wie möglich zu verhalten, also spielte ich etwas an meinem Handy, während Tate in Richtung Toilette ging und sich dann hinter einer Theke versteckte.

Die Männer sprachen ganz gebannt miteinander und ich konnte kaum abwarten, bis Tate wiederkam und mir erzählte worüber.

Als er dann endlich neben mir auftauchte, griff er meine Schulter und zog mich nach oben.

»Lass uns gehen. *Jetzt.*«

»Warum? Was ist los?«, fragte ich.

»Lass uns gehen, Aiden.«

Ich runzelte die Stirn und wir gaben die Schuhe ab, ehe wir rausgingen. Die kalte Luft traf mein Gesicht und ich schauderte. Es hatte angefangen zu regnen. Ich hatte nicht einmal Zeit, mir die Jacke anziehen, weil Tate mich zum Auto zog.

»Was sollte das gerade?« Ich schloss die Autotür und rieb mir die Hände.

»B.« Er schnappte nach Luft. »Ort B.«

»Was ist damit?«

»Sie haben davon geredet! Die zwei Männer!« Er sah nach draußen, als würde jemand uns folgen. »Sie haben darüber geredet wo er ist.«

Mein Herz schlug schneller und ich wurde ungeduldig, während ich darauf wartete, dass Tate weiterredete, aber er war noch dabei seine Atmung zu regulieren.

»Sie haben gesagt er ist in Brüssel.«

»Belgien?«, quietschte ich.

Meine Hände umklammerten das Lenkrad.

»Sie sagten irgendwas von *Warehouse B ist ein idealer Ort, aber ich bin mir nicht sicher, ob die Kinder es finden werden.*« Tate trockene sein nasses Gesicht mit seinem Ärmel. »Los, los, los, Aiden! Wir müssen es Dylan erzählen.« Er schlug immer wieder auf meine Schulter, bis ich das Auto startete.

»Denkst du, das war Zufall?«, fragte ich.

»Keine Ahnung, aber mir ist gerade echt übel.«

Ich versuchte, so schnell wie möglich, in dem Regen zu fahren und wir schafften es sogar wirklich, ohne einen Unfall, zu Hause anzukommen. Tate sprang aus dem Auto, bevor ich überhaupt geparkt hatte und verschwand schnurstracks im Haus. Ich rieb meine Hände an meiner Hose ab. Sie waren schwitzig und meine Beine waren schwach.

War das nicht ein komischer Zufall? Das mit den Männern? Ich machte mir Sorgen. Sorgen um uns alle. Mein Kopf bildete alle möglichen Szenarien und eigentlich wollte ich nicht soweit denken, wir hatten ja kaum etwas besprochen, aber ich konnte nicht anders. Die ganze Sache machte keinen Sinn für mich.

Ich blieb noch ein bisschen in dem Auto sitzen und lauschte dem Regen, wie er auf das Auto prasselte. Nachdem ich mich dann wieder gesammelt hatte, stieg ich aus und ging ins Warme.

Tate hatte die Vordertür aufgelassen und die Regentropfen bildeten schon eine kleine Pfütze am Eingang.

»Bist du dir sicher?«, fragte Dylan.

»Ja, ich hab alles mit meinen eigenen Ohren gehört!« Tate sah sofort zu mir, als ich in das Wohnzimmer kam.

»Hast du es auch gehört?« Dylan runzelte die Stirn.

Ich schüttelte den Kopf. »Nein, aber ich glaube 100% das, was Tate sagt.«

Tate war ein guter Geschichtenerzähler, aber er war kein Lügner. Vor allem nicht, in so einer ernsten Situation. Dylan war am nachdenken, Tate starrte ihn an und ich spielte mit den Autoschlüsseln, in meiner Hosentasche.

»Weißt du was. Ich glaube dir.«, nickte Dylan, »Ich denke nicht, dass irgendeiner von uns einen Grund hat zu Lügen.«

»Bin ich wieder der Einzige, der das Ganze dämlich findet?«, fragte Blake.

Natürlich war es dämlich. Sehr sogar. Mein erster Gedanke war, dass diese Männer uns ausspioniert haben müssen, aber was auch immer sie wollten, wir kamen da nicht mehr raus, wie Dylan sagte.

Dylan wartete einen Moment und klopfte Tate dann auf die Schulter. »Amber sollte davon erfahren.« Dann verschwand er.

»Ich frag mich, was sie sagen wird.« Tate setzte sich auf das Sofa. »Meinst du, sie wird mir glauben?«

»Klar.« Ich lehnt mich gegen die Wand. »Sie hat ja nicht wirklich eine andere Wahl oder?«

Das meinte ich so, wie ich es sagte. Keiner von uns hatte eine Wahl. Wir mussten uns aufeinander verlassen und uns vertrauen. Auch wenn das manchmal schwer war.

»Und ihr glaubt das war Zufall?«, fragte Geb.

Ich schüttelte den Kopf. »Nein, aber vielleicht eine Art Hilfestellung?«

»Jetzt werden wir auch noch beobachtet. Wow.« Blake trank kopfschüttelnd seinen Tee.

Wir warteten, bis Dylan zurückkam, aber er ließ sich ausreichend Zeit. Geb war im Wintergarten und versuchte ein paar Dinge, die ich zerstört hatte, in Ordnung zu bringen und Blake saß, wie sonst, in seinem Zimmer, also waren Tate und ich alleine und es war das erste Mal, dass wir nicht miteinander gesprochen haben.

»Fühlst du dich auch beobachtet?«, fragte Tate.

Ich nickte. »Ja, aber das ist nur Einbildung.«

»Das will ich wohl hoffen.«, murmelte er.

Meine Augen wanderten zum Fenster. Wer wusste schon, wer oder was sich hinter den Bäumen versteckte?

»Sie sagte, sie bucht für morgen die Tickets.«, informierte uns Dylan, als er durch die Tür kam und sein Handy auf den Tisch legte.

Tate seufzte. »Hört das alles denn nie auf?«

★★★★★★

Unser Flug ging um vier Uhr morgens. Ich versuchte, ein paar Stunden schlaf zu kriegen, aber lag hellwach da und starrte an die Decke. Nachdem Tate sich mehrmals hin und her gewälzt hatte, drehte er sich zu mir um.

»Kannst du auch nicht schlafen?«, fragte er.

171

Ich schüttelte den Kopf. »Zu viele Gedanken.«

»Worüber denkst du denn nach?« Er setzte sich in einem Schneidersitz hin.

Ich biss mir auf die Unterlippe. »Darüber, ob ich nicht lieber hier bleiben sollte.«

Tate hob eine Augenbraue. »Was meinst du damit? Natürlich kommst du mit.«

Ich zuckte mit den Schultern. »Ich mach mir nur Sorgen.«

»Das tun wir doch alle. Ich dachte, dieses Gespräch hatten wir schon.«, lächelte er.

»Ja, aber hast du nicht darüber nachgedacht, das uns irgendetwas passieren kann?«

Das war alles, an das ich denken konnte. Daran, dass irgendeinem von uns etwas schreckliches passieren könnte. Es bereitete mir Bauchschmerzen.

»Eigentlich hab ich davor keine Angst, weil ich genau weiß, dass nichts passieren wird. Vertrau mir.«

»Ich versuch's-«

»Noch einmal: Du denkst *viel* zu viel. Hast du es schonmal mit Meditieren versucht? Das soll helfen. Hat mir Asa zumindest gesagt. Er meinte irgendwas von *befreitem Geist* oder sowas.«

»Du glaubst, das würde helfen?« Ein Lächeln breitete sich auf meinen Lippen aus.

»Klar. Ich meine, wenn du deine innere Mitte findest, wird sie dir wahrscheinlich genau das Gleiche sagen, wie ich eben.« Tate zwinkerte. »Mach dir keine Sorgen.«

******

Tate und ich waren die Ersten im Wohnzimmer. Wir hatten kaum ein Auge zubekommen, aber es gab genug Zeit, um zu schlafen, wenn wir im Flugzeug waren. Wartend saßen wir am Tisch und frühstücken. Blake kam als letzter runter. Wer hätte das erwartet?

Aus irgendeinem Grund, konnte ich nicht aufhören ihn anzusehen, als er die Treppe runterkam. Er sah aus wie ein Prominenter. Blake trug eine Jeans, ein schwarzes T-Shirt, kombiniert mit einem karamellfarbigen Mantel, und einen Schal. Es ließ ihn so erwachsen wirken, auch mit Regenbogen Haaren. Seine Outfits waren immer so stylish, es machte mich fast eifersüchtig. Wenn ich mich anzog, schmiss ich irgendwas zusammen.

»Gut, also sind wir jetzt alle da. Wir treffen die Anderen, am Flughafen.«, sagte Dylan und griff nach seiner Tasche.

Wir gingen raus und ich sah ein letztes Mal zum Haus, mit der Hoffnung, dass wir schnell wieder zurück kommen würden.

Es war überraschend, dass wir unser ganzes Gepäck in Dylans Auto packen konnten, aber *uns* alle hineinzukriegen, war eine andere Sache.

Ich musste mit Geb und Tate hinten sitzen, weil Blake den Beifahrersitz sofort beschlagnahmt hatte. Ich war etwas größer als er, also hätte *ich* vorne sitzen sollen, aber ich beschwerte mich nicht, auch wenn die Fahrt zum Flughafen mindestens eine Stunde dauerte. Sobald meine Beine wieder auf dem Boden standen, stöhnte ich so laut, dass andere Leute mich schon ansahen. Aber das interessierte mich nicht. Ich war frei. Die Anderen hatten bereits eingecheckt und warteten auf uns. Es waren nicht viele Leute am Flughafen, aber es war ja auch erst drei Uhr am Morgen.

Wir hatten also noch eine Stunde Zeit und jeder beschäftigte sich anders. Tate und ich liefen durch den Flughafen, beobachteten andere Flugzeuge beim abheben und sahen uns die Sachen in den Schaufenstern an. Dann fand ich etwas, dass nach Spaß aussah. In der Ecke standen einige Kofferwägen. Ich griff Tates Ärmel und zog ihn mit mir.

»Hüpf drauf.«, grinste ich.

Tate schielte auf den Wagen und dann zu mir. Mit einem Schulterzucken stieg er auf.

»Los! Bring mich dahin, wo das Essen ist!« Er zeigte vor sich.

»Klare Sache. Nächster Halt: Essen.«, rief ich und fing an den Wagen zu schieben.

Mit jedem Schritt, den ich beschleunigte, klammerte sich Tate fester an das Metal, um nicht zu fallen. Er fing an laute Motorengeräusche nachzumachen.

»Leute, kommt her.«, rief Dylan zu uns, wie ein Vater zu seinen Kindern.

Wir beendeten unsere kleine Fahrt und gingen zurück zu unserer Gruppe.

Es war Zeit für uns an Board zu gehen.

10

Die Sonne war bereits unter gegangen, als wir in Brüssel landeten. Je näher wir an den Boden kamen, desto leichter wurde der Griff von Tate an meinem Handgelenk. Ich hätte nie gedacht, dass er Angst vor dem Fliegen hatte.

»Das ist es. Wir werden sterben.«, wimmerte er immer wieder, bei leichten Turbulenzen.

»Das war ein normales Geräusch oder? Es soll das machen, richtig?«, fragte er, wenn das Flugzeug ein Geräusch machte.

Irgendwann gab ich ihm einen meiner Kopfhörer in der Hoffnung, dass Musik ihn ablenken würde. Mit einem Ohr hörte er der Musik zu, mit dem anderen den Geschichten, die ich ihm erzählte. Wie ich, zum Beispiel, mal in einer Band war und Rockstar werden wollte. Das brachte ihn zum Lachen. Natürlich.

Das klappte alles sogar ganz gut, bis das Flugzeug, für kurze Zeit, von Seite zu Seite schwang.

»Aiden, ich bin zu jung um zu sterben!« Er verdeckte seine Augen mit der linken Hand und griff mit der Rechten nach meinem Handgelenk.

Warum hatte ich ihn am Fenster sitzen lassen?

Die Frau neben uns rollte ihr Augen. Ich lächelte sie an und entschuldigte mich, aber sie schüttelte nur ihren Kopf. Ich schlug Tate vor, er solle versuchen etwas zu schlafen, aber seine Augen waren die ganze Zeit weit offen.

»So schlimm war der Flug nach Lyon aber nicht. Ich will nie wieder fliegen.«, seufzte er, als die Räder auf den Boden kamen.

Ich tätschelte seinen Kopf. »Wir müssen noch zurück.«

Sein rechtes Auge öffnete sich. »Da schwimm ich lieber durch den Ozean oder halte mich an Ambers Beinen fest, mein Freund.«

Ich lachte. »Komm schon.«

Ich stand auf, um meinen Sitz zu verlassen, nur um von Blake wieder zurück geschubst zu werden.

»Ich zuerst.«, schnappte er und quetschte sich durch den Gang.

»So habe ich dich nicht erzogen, Kind.«, rief Tate, was Blake dazu brachte sich zu beeilen, weil ihn nun jeder ansah.

Ich biss mir auf die Unterlippe. Tate war wieder da.

»Nichts ist besser, als dieses Kind zu beschämen.« Er streckte sich mit einem Lächeln. »Da fühlt man sich gleich besser.«

Wir stiegen aus dem Flugzeug und trafen den Rest, an der Gepäckausgabe. Flughäfen sind immer so voll und jedesmal hatte ich Angst, dass mein Koffer verloren ging. Der Stress war dann auch wieder vorbei, als wir an die frische Luft kamen.

Nächte sind wunderschön. Es ist fast schon beruhigend, diese Dunkelheit. Es lässt einen unsichtbar machen, wenn man zulässt, dass sie dich verschlingt.

»Dunkelheit nervt.«, murmelte Tate und stellte sich neben mich.

»Sind alle da?«, fragte Dylan und zählte uns durch, wie ein Lehrer auf einem Klassenausflug.

Amber war bereits seit zwei Stunden hier. Flug ist eine coole Kraft. Es war meine Interpretation von Freiheit. Überall hinzufliegen, wohin und wann immer man möchte.

»Unser Taxi sollte bald hier sein.«, meinte Amber.

Warten hatte sich noch nie länger angefühlt. Ich war müde und alles was ich tun wollte, war ins Bett zu fallen und zu schlafen. Wir bekamen eines dieser Bus-taxis, damit wir alle gleichzeitig reinpassten. Natürlich war es wieder Blake, der vorne saß, aber das war nicht so schlimm, weil das Taxi so groß war, dass selbst meine Beine genug Platz hatten.

Die Fahrt dauerte gute 30 Minuten. Aus dem Fenster heraus, sah ich hoch in den Himmel, aber die Lichter der Stadt ließen die Sterne verblassen.

Das Hotel sah aus, als wäre hier lange nicht richtig geputzt worden und es war bestimmt schon mehrmals Ort eines Verbrechens gewesen, aber wir würden ja nicht lange bleiben.

Sobald wir unsere Schlüssel, von der sehr unfreundlichen Dame an der Rezeption bekamen, verabschiedeten wir uns von einander für die Nacht und gingen auf unsere Zimmer.

Tate und ich waren ja daran gewöhnt uns ein Zimmer zu teilen. Das hier war nur ein vorübergehender Tapetenwechsel. Aber dieses Mal, musste Blake sich sein Zimmer teilen. Und zwar mit Asa. Ich glaubte nicht, dass das eine so gute Idee war, nachdem er seine Haare zerstört hatte. Unser Zimmer war nur ein paar Türe von ihrem entfernt. Asa winkte uns zu, bevor er mit Blake in das Zimmer verschwand.

Ich hatte Probleme damit die Tür aufzukriegen. Ich war in Hotels an Karten gewöhnt, hier hatten wir normale Schlüssel. Ich meine, ich war nicht blöd, ich wusste wie Türe funktionierten, aber diese rührte sich nicht.

»Das ist ein Zeichen. Vielleicht sollten wir nicht reingehen.« Tate schubste mich leicht. »Wahrscheinlich ist da drin eine Leiche.«, flüsterte er.

Ich lachte. »Ich versuch's ein letztes Mal.« Hatte nicht geklappt. Ich dachte wirklich, beim letzten Versuch würde es klappen.

»Was soll der Mist. Ich bin müde.« Tate trat gegen die Tür.

Dann öffnete sie sich. Aber nicht, weil Tates Tritt so stark war, nein, jemand aus dem Zimmer öffnete sie. Ein bärtiger Mann sah uns, aus einer klein gehaltenen Türspalte, an.

»Wer seid ihr und was wollt ihr?«, fragte er.

Meine Augen weiteten sich, als ich auf den Schlüssel sah. 217. Die Tür, vor der wir standen, hatte die Nummer 213.

»Oh Gott, es tut uns so leid.«, entschuldigte ich mich.

Ich konnte bereits fühlen, wie mir Hitze in den Kopf stieg. Tates Kinnlade viel runter und der Mann warf die Tür wieder zu.

»Ihr seid solche loser.«, lachte Blake, der mit gekreuzten Armen hinter uns stand, »Soll ich euch zu eurem Zimmer eskortieren oder denkt ihr, ihr könnt die Nummern jetzt lesen, wie richtige sechs Jährige?«

Ich ignorierte ihn und ging vorbei zu unserem wirklichen Zimmer. Tate kam mir nach. Dieses Mal funktionierte der Schlüssel, wie erwartet, und wir traten in einen kleinen Raum, ohne Fernseher. Ich wiederhole: Ohne Fernseher. Als wäre es nicht genug gewesen, dass wir hier kein Internet hatten.

Tate warf seinen Koffer auf eines der Betten und öffnete ihn. Er nahm einige Sachen heraus und ging in Richtung Badezimmer.

»Ich check die Dusche aus!«, rief er und schloss die Tür hinter sich.

Ich stellte mein Gepäck in eine Ecke und sprang auf das Bett. Es war nicht das gemütlichste der Welt und es quietscht enorm unter mir, aber solange ich darin schlafen konnte, war es okay.

Das Wasser im Badezimmer fing an zu laufen, gerade als ich mein Handy aus der Hosentasche zog und die Bildergalerie öffnete. Ich sah mir Fotos von mir und meiner Familie an. Es beruhigte mich. Es gab mir das Gefühl von Sicherheit. Als wären sie da gewesen und hätten mir gesagt, dass alles gut werden würde.

Tate kam aus dem Badezimmer raus, da wäre ich schon fünfmal mit Bilder schauen fertig gewesen, und stoppte vor dem Spiegel.

»Von ein bis zehn Punkten, würde ich mir eine 20 geben.«, prustete er, während er sich selbst betrachtete, »Ich liebe dich, Tate.«

Ich lachte und schüttelte den Kopf. Dann fragte ich mich, ob er je an seine Familie dachte. Und wie er dazu kam, zu Dylan zu ziehen. Wir redeten viel, aber es gab immer noch Dinge, die ich nicht wusste.

»Hey, Tate? Denkst du eigentlich oft an deine Familie?«, fragte ich.

179

»Klar.« Sein Gesicht wurde ernster, als er sich neben mich setzte. »Sehr oft, um ehrlich zu sein. Du weißt ja, meine Mom ist auch gestorben.« Er sah mich mit großen Augen an. »Und meinen Vater kenne ich nicht. Meine Oma hat mich großgezogen. Tolle Frau. Aber auch, wenn sie die tollste Frau der Welt ist und alles für mich getan hat, war ich Nachts oft wach und hab an meine Eltern gedacht. Wie sie wohl waren und so.«

Ich saß schweigend neben ihn. Tate und ich hatten uns schon so einige Geheimnisse erzählt, aber das war das erste Mal, dass er über seine Familie sprach. Er sah beinahe schon traurig aus. Seine Augen hingen und seine Mundwinkel bogen sich abwechselnd hoch und runter, wenn er sprach.

»Das Einzige, was ich noch von meiner Mom weiß, ist das Gutenachtlied, dass sie mir immer vorgesungen hat.« Er fing an eine Melodie zu summen. »Ich erinnere mich immer daran, wenn ich traurig bin oder angst hab. Es hilft.« Tate sah mich an und stand auf. »Und meinen Vater kenn ich nicht. Ich weiß nicht, warum er gegangen ist oder wann, aber es ist mir auch egal.« Er nahm ein Kissen in die Hand. »Weißt du was?«

Ich sah hoch zu ihm. »Was?«

»Lass uns Party machen.«, murmelte er mit tiefer Stimme und schlug mir dann ein Kissen ins Gesicht.

Ich fiel lachend vom Bettrand und riss ein anderes Kissen mit mir. Wir sprangen umher, schlugen uns und lachten wie Wahnsinnige. Es gab einfach keine traurigen Momente mit Tate. Sogar, wenn wir über ernste Themen sprachen. Er würde Traurigkeit nie bei uns zulassen.

Zusammen waren wir immer glücklich.

★★★★★★

Ich war immer noch müde, als wir am Frühstückstisch saßen. Mühsam begab ich mich zum Essen, packte mir ein Brot mit Marmelade auf den Teller und setzte mich wieder hin.

Eigentlich hatte ich gar keine Lust etwas zu essen. Ich überlegte, es mir einzupacken und mitzunehmen.

»Iss. Du brauchst die Energie.«, sagte Tate und stopfte mir ein Stück Brot in den Mund.

»Danke.«, versuchte ich zu sagen.

»Ich glaube.«, fing Amber an, »Es ist offensichtlich, dass wir alle zusammenbleiben müssen, wenn wir da sind.«

Dylan nickte. »Wir wissen nicht, was uns erwartet.«

»Wir werden gegenseitig auf uns aufpassen.«, lächelte Asa und sah zu Blake, der seinen Kopf in die andere Richtung drehte.

Ich fragte mich, ob Blake der Einzige von uns war, der sich nicht in die Hosen machte. Was wir hier taten, war schon ziemlich verrückt und mich verließ dieses Gefühl nicht, dass Amber und Dylan auch nicht so recht wussten, was wir hier sollten. Dann fing das Rattern in meinem Kopf wieder an. Wir haben alles auf dem Manuskript getan. Das Manuskript von Mark, Dylans Hüter. Wir folgten ihm blind und ich wusste nicht, ob das eine so gute Idee war.

★★★★★★

»Mit einem Taxi zu einem verbotenen Ort fahren. Sehr schlau.«
Blake kreuzte die Arme, während wir vor dem Hotel warteten.

»Du kannst von mir aus auch laufen.« Raiden schubste ihn.

Es war viel zu früh am Morgen, um zu streiten. Mein Gehirn
funktionierte noch nicht ganz. Mir war es egal, ob Warehouse B
verboten war. Ich wäre ganz sicher nicht, wegen Blake, dorthin
gelaufen. Es war eine mindestens 20 Minuten Fahrt.

Ich schloss die Augen und gähnte.

»Nicht schlafen, Aidi.« Tate stieß mir leicht in die Rippen.

»Mach ich nicht.«, gähnte ich erneut, die Augen immer noch
geschlossen.

Ich schlief für ein paar Minuten im Stehen, denn das nächste, an
das ich mich erinnern kann war, dass Tate mich schüttelte, weil das Taxi
vorgefahren ist.

Wir stiegen ein und dieses Mal saß ich vorne. Ich hatte nicht
darüber nachgedacht, sondern stieg einfach ein. Blake murmelte
etwas und ich wusste, dass er sich beschwerte, aber das war mir egal.
Dieses Taxi war etwas kleiner, als das am Flughafen und die
Beinfreiheit stand ausnahmsweise mir zu.

»Wir möchten zu Warehouse B, bitte.«, sagte Amber.

»Wohin?« Der Fahrer sah sie im Spiegel an.

»Warehouse B.«, wiederholte sie.

Der Fahrer runzelte die Stirn und schwieg, als würde er nähere

182

Erklärungen erwarten. Ich sah Blake in seine Hosentasche greifen und kurz darauf, zog er ein kleines Stück Papier aus der Tasche, dass er dem Fahrer reichte. Er entfaltete es und blickte nur kurz darauf. Mit einem nicken, startete er den Wagen.

Alle sahen zu Blake, der nur mit den Schultern zuckte. »Ich hab's doch gesagt. *Ich* hab mich informiert. Irgendwo hinzufahren, ohne die Adresse zu kennen, ist schon ziemlich dumm.«, zischte er.

Ich lehnte mit dem Kopf an die Scheibe und sah nach draußen. Fast schon krampfhaft, versuchte ich nicht einzuschlafen. Die Route führte durch das Stadtzentrum. Mit meinem Handy versuchte ich flüchtig Fotos zu machen. Die Meisten kamen verschwommen raus. Das machte aber nichts, ich hatte alles fest in meinem Kopf gespeichert.

»Dürfte ich fragen, was ihr dort wollt?«, fragte der Fahrer, »Das Gelände ist für unbefugte eigentlich nicht zugänglich.«

»Geschäftliche Angelegenheiten.«, lächelte Amber ihn an.

Er nickte und hoffte wahrscheinlich, dass wir keine Drogendealer waren. Er hielt in einer schmalen Straße. Die Autos parkten dicht beieinander und keine Seele lief umher.

»Hinter dem Tor ist es.«, meinte der Fahrer und nahm Amber das Geld ab.

»Dankeschön.«, sagte sie und wir stiegen aus.

Da standen wir nun, vor einem verschlossenen Tor. Ich drehte mich um und sah mir die Häuser an.

Backsteinhäuser, die gefühlt alle die selben weißen Gardinen hatten. Ich verschränkte die Arme.

Sollten wir vorhaben durch das Tor zu gehen, war ich mir sicher, dass jemand uns gesehen hätte. Zwischen den Häusern und dem Tor, lagen vielleicht fünf Meter.

»Da kriege ich aber Flashbacks.«, murmelte Tate.

Raiden rüttelte am Tor. »Das kriegen wir ganz leicht auf.«

»Hinter uns sind Häuser, aus denen Leute uns beobachten könnten und die wiederum, werden die Polizei benachrichtigen, willst du das?«, sprach Blake.

Zum ersten Mal war ich froh, dass er redete.

»Wo sollen wir denn sonst rein?«

»Folgt mir, Unwissende.«, grinste er und ging voraus.

Wir folgten ihm am Tor vorbei, um die Ecke in eine Seitenstraße. Dort standen wir vor Büschen.

»Ab da rüber. Keiner wird uns sehen.«, meinte er.

Nacheinander kletterten wir über den kleinen Gitterzaun, der uns in den Büschen begegnete. Wir kamen auf einen kleinen Hof aus Kieselsteinen, vor uns ein großes Gebäude, dass mich an einen alten Bahnhof erinnerte.

Blake seufzte. »Diese Symmetrie.«

»Sieht echt traurig aus hier.«, flüsterte Orion.

»Es ist ja auch verlassen.«, sagte Blake, bevor er näher an das Gebäude ging, »Der offizielle Eingang ist zu, aber kommt mir hinterher.«

Wieder gingen wir ihm nach. Warum kannte er sich hier so aus?

»Sag mal, warst du schon mal hier oder was?« Orion runzelte die Stirn und fragte das, was ich nicht aussprechen wollte.

»Wie wärs mit, ich hab mir im Internet die Umgebung angesehen.«

Er schielte zu Orion. »Schonmal was von einer Suchmaschine gehört?«

»Was hast du noch mal gesagt, Blake? Es wird auch *das Gefängnis* genannt? Scheint zu passen.«, sagte Carly, als wir durch eine Nebentür in das Gebäude kamen.

Es gab mehrere Etagen und einen großen Innenhof, der mit Glas überdacht war.

Wir teilten uns auf und durchsuchten die Räume nach etwas auffälligen. In den Räumen, in denen wir gesucht hatten, fanden wir nur leere Flaschen und einen toten Vogel. Alles sah so gleich aus, dass wir irgendwann nicht mehr wussten, wo wir schon reingeschaut hatten und wo nicht. Als wir uns wieder trafen, hatte keiner von uns etwas zu berichten.

»Hier ist nichts.« Raiden schüttelte den Kopf. »Gar nichts.«

»In einem Teil waren wir noch nicht.« Dylan sah zu Amber.

»Der Keller.«, nickte sie.

Wir sahen uns um und suchten nach der Treppe. Schließlich fanden wir sie und Asa bestand darauf, als Erster zu gehen, um uns im Notfall beschützen zu können.

Der Keller war heller, als ich dachte. An den Seiten waren Zellen. Das Licht kam durch die kleinen Fenster, an ihren Wänden.

Blake meinte, im zweiten Weltkrieg wurden diese Hallen als Gefängnis verwendet. In diese Zellen zu sehen, brachte ein komisches Gefühl in mir hoch. Er interessierte sich wirkliche für merkwürdige Dinge.

»Glaubst du, hier sind Leute gestorben?«, fragte mich Tate.

Ich zuckte mit den Schultern. Genau wissen, wollte ich es auch nicht.

Tür hinter Tür erwartete uns ein neuer Gang, mit neuen Räumen, aber als wir am Ende angekommen waren, hatten wir hier auch nichts gefunden. Ich seufzte und setzte mich auf einen umgedrehten Eimer.

»Vielleicht hab ich mich doch verhört.«, murmelte Tate, sodass nur ich es hörten konnte.

Ich schüttelte den Kopf. »Das glaube ich nicht.«

Tate fasste sich an den Kopf. »Ich hab uns hierher gebracht, wegen nichts.«

»Jetzt beruhige dich mal.«, sagte ich.

»Hier ist noch eine Treppe.«, rief Orion, »Sollen wir da auch runter? Sieht aber nicht einladend aus, das sag ich euch.«

Wir gingen rüber zu ihm und sahen die Treppe herunter. Viel sahen wir nicht, also streckte Tate seinen Arm aus.

»Hat das auch ein Ende?« Carly hob eine Augenbraue.

Noch sah es aus, als würde die Treppe in ein schwarzes Loch führen.

»Finden wir es heraus.«, nickte Amber und sah Tate an, der mit ihr die ersten Stufen herunterging.

Diese Treppe hatte kein Ende. Stufe nach Stufe und kein Boden in Sicht.

Orion seufzte und als ich mich zu ihm umdrehte, saß er. Ich sah schnell zu den anderen, die weitergingen und uns langsam im dunkeln ließen.

»Was ist los?«, fragte ich.

»Wir gehen seit zwei Minuten eine Treppe runter. Das ist doch nicht normal.«

Dann wurde es dunkel. Kurz ballte ich meine Hände und entfachte ein Feuer. Es war nicht so hell, wie Tates Licht, aber genug, um Umrisse zu erkennen.

»Ich glaube, es ist nicht mehr weit.«, rief Tate, »Ja, da unten ist's vorbei.« Ich hörte ihn schneller die Treppen herunterspringen.

Ich spürte eine Hand auf meiner Schulter und zuckte. Ruckartig drehte ich mich herum und sah in Asas Gesicht.

»Ist bei euch alles in Ordnung? Ich hab mir Sorgen gemacht. Ihr wart nicht mehr hinter mir.« Er sah zu Orion, der wieder aufstand.

»Alles gut.«, sagte er, »Ich dachte nur, wir finden das Ende nicht.«

Wir stolperten den Weg heile herunter. Unten fanden wir einen Gang. Tate streckte den Arm.

»Da hinten ist irgendwas. Irgendwas funkelndes.«, meinte er, »Dafür brauchen wir etwas mehr Licht.«

Tate nahm den Arm runter und für eine kurze Zeit, befanden wir uns in kompletter Dunkelheit, bevor sein ganzer Körper anfing zu leuchten, wie eine menschliche Lampe.

»Cool.«, flüsterte ich.

»Fällt dir das erst jetzt auf?«, zwinkerte er.

Ich ging mit ihm voraus. Je näher wir an das Funkeln kamen, desto besser konnten wir es erkennen. Es waren Symbole. Unsere Symbole. Sie hingen an einer Wand.

»Super, eine Sackgasse.«, stöhnte Blake.

»Und was machen wir jetzt?«, fragte Orion.

Ich ging näher an die Wand. Die Symbole sahen aus, wie ein

großes Kunstwerk, das jemand in die Wand gemeißelt hatte. Sie waren detaillierter, als die auf unseren Handgelenken. Ich strich mit meinen Fingerspitzen über mein Symbol, dass sich in der Mitte befand.

Eine kleine Flamme sprang von meinen Fingern und das Symbol, an der Wand, sowie das auf meinem Handgelenk, fing an zu leuchten. Ich sprang zurück und sah zu Tate, dem beinahe die Augen rausfielen.

»Was hast du gemacht?«, fragte Dylan.

»Ich hab's nur angefasst.«, erklärte ich.

Carly sah mich an und stellte sich neben mich auf Zehenspitzen. Ihre Finger berührten ihr Symbol, dass ebenfalls anfing zu leuchten.

Sie lächelte. »Das ist brillant. Einfach brillant.«

Jetzt trat jeder hervor, um das Gleiche zu tun. Als alle Symbole leuchteten, traten wir ein paar Schritte zurück und beobachteten das Spektakel. Die runden Symbole drückten sich in die Wand und schoben sich zur Seite. Vor uns erstreckten sich Wände so hoch, dass ich das Ende nicht erkennen konnte.

»Ist das endlich das Ende?«, fragte Blake, »Ich kann nicht mehr laufen.«

Amber verschwand im nächsten Gang und kam ein paar Sekunden später wieder zurück. »Scheint, als müsstest du noch eine sehr lange Weile laufen.« Sie sah Dylan an. »Ein Labyrinth.«, hob sie hervor, als hätte sie es schon erwartet.

»Wir gehen da doch nicht wirklich rein oder?«, seufzte Orion.

»Naja, offensichtlich müssen wir, um auf die andere Seite zu kommen.«, sagte Blake, »Außerdem ist das Gebäude offiziell, ohne Erlaubnis, nicht betretbar. Entweder wir gehen da rein oder die Polizei findet uns.«

»Woher weißt du das?«, fragte Orion.

»Ich, für meine Teil, informiere mich und laufe nicht in verlassene Gebäude, ohne etwas zu wissen. *Ich* bin nicht naive. Die Polizei kommt hier öfter vorbei.«

Ich konnte nicht darüber hinweg kommen, wie gemein Blake immer war. Es störte mich, aber ich hatte nicht die Courage, es ihm zu sagen. Orion war der Älteste von uns allen gewesen. Blake hätte etwas mehr Respekt zeigen können. Orion schluckte immer alles runter. Oder ihn interessierte es nicht, was Blake zu sagen hatte.

»Irgendwie gefällt mir das alles nicht.«, flüsterte Tate mir zu.

»Mir auch nicht.«, flüsterte ich zurück.

»Lasst uns einfach gehen. Was soll schon passieren.«, meinte Raiden.

»Beeindruckender Optimismus.«, murmelte Geb.

Ich wusste nicht, worauf wir uns da eingelassen haben. Bis jetzt, war ja alles schön und gut gewesen, aber ein Labyrinth? Ernsthaft?

Amber und Dylan waren die Ersten, die hinein traten. Der Rest von uns, blieb dicht hinter ihnen. Es dauerte nicht lange, bis wir zu der ersten Abzweigung kamen. Es gab drei Richtungen: geradeaus, links, rechts.

»Wohin sollen wir gehen?«

»Am besten teilen wir uns auf. Keiner sollte alleine gehen.«, schlug Dylan vor.

»Ich geh mit Aiden.«, rief Tate und griff nach meinem Arm.

»Alles klar, von mir aus. Geb, du gehst mit Raiden, Orion mit Carly und Blake mit Asa.«, sagte Amber.

Blake rollte seine Augen, als Asa mit einem breiten Grinsen zu ihm ging.

»Dann mal los.«, sagte Dylan und sah zu Amber, dann zu uns, »Bitte passt auf.«

Blake & Asa

Ich konnte nicht glauben, dass ich mit Asa gehen musste. Nachdem er meine Haare zerstört hatte und ich aussah, als wäre ich durch einen Regenbogen gelaufen oder so.

Keine Ahnung was zur Hölle er benutzt hat, aber es war hoffnungslos meine alte Farbe zurückzubekommen. Er fühlte sich nicht einmal schuldig dafür.

Asa versuchte mich non-stop glauben zu lassen, wie toll alles war, wie fröhlich, wie positiv. Ich wusste, dass nichts toll oder positiv war. Er hat meine Haare zerstört. Wenn ich irgendwo Spliss gefunden hätte, wäre er dran gewesen.

Wir gingen kaum 20 Minuten und wieder redete er über die *schönen* Blumen, die aus den Lücken der Wände wuchsen.

Ich ging, mit gekreuzten Armen, hinter ihm her. Alles was ich sehen konnte, waren graue Wände, einen grauen Boden und farbige Flecke zwischendurch. In diesem Szenario, waren die Blumen kein Teil meiner

Ästhetik.

Asa musste sich gefühlt haben, als wäre er durch eine Blumenwiese gelaufen. Er war ständig am Lächeln. Es machte mich verrückt. Dieses ununterbrochene Lächeln.

Ich pustete Wind gegen ihn, um ihn zum stolpern zu bringen. Es war offensichtlich ich gewesen, aber er dachte, er wäre über einen Stein gestolpert.

Ich riss ein paar Blumen aus den Lücken, einfach weil ich es wollte, aber er nahm sie mir aus der Hand oder hob sie vom Boden auf, dann zauberte er herum und schon waren sie wieder am Leben.

Was für ein Angeber.

»Was denkst du, Blake?« Asa sah mich an.

»Mich interessieren deine Blumen nicht. Sie sind nutzlos.«

»Sie können mehr, als du glaubst. Machen sie dich nicht auch so glücklich?«

»Weißt du was mich glücklich macht? Ruhe und normale Leute.«

Ich schloss meine Augen und wünschte mir woanders zu sein, mit jemand anderen. Asa war das komplette Gegenteil von mir und damit konnte ich nicht umgehen.

Er war immer so selbstlos, freundlich und verantwortungsvoll. Ich war egoistisch, ignorant und kalt. Asa war jemand, den man gerne seinen Eltern vorstellt und ich war derjenige, von dem man seinen Eltern nichts erzählt. Nicht, dass es mich interessierte. Ich würde sowieso nicht die Eltern von irgendwem treffen wollen. Wenn man die Eltern von Leuten trifft, verurteilen sie dich, sobald du reinkommst. Sowas brauchte ich nicht. Nur Zeitverschwendung. Ich musste keinen beeindrucken, außer mich selbst.

An jeder Ecke versuchte ich mit Asa um den Weg zu streiten, weil ich eine etwas spannendere Konversation haben wollte, aber er lächelte bloß und stimmte mir, bei allem was ich sagte, zu.

Links geht es lang. *Ich glaube dir.*

Ich bin mir 100% sicher, wir müssen geradeaus. *Du wirst richtig liegen, Blake.*

Versteht mich nicht falsch, ich fand es gut den Anführer zu spielen. Jedesmal musste ich auf das hören, was Dylan sagte und ich war es wirklich leid. Ich genoss es, mal die Kontrolle zu haben und jemanden, der auf mich hörte und das tat, was ich ihm sagte. Es ist so ermüdend, wenn man Führungsqualitäten hat, aber nie die Chance sich zu beweisen.

Während wir liefen, fokussierte ich mich auf den Staub auf dem Boden, mit dem Versuch Asas Gelaber zu ignorieren. Er redete ohne Punkt und Komma und alles was ich tun wollte, war ihn in die Luft zu jagen, aber ich wusste, das würde mir Ärger bringen und Raiden würde mich braten.

Raiden beschützte seine kleinen Freunde so sehr. Als wären sie Familie oder sowas. Ich war froh, dass ich keine emotionale Bindung zu irgendwem hatte. Sie gaben mir ja auch nicht gerade Grund dazu. Dylan war schwach, Tate war nervig, Geb hatte zwei Gesichter und Aiden war ein Trottel. Ich kann aber nicht behaupten, dass sie mich nicht amüsierten.

Ich fing an einen Schritt schneller zu gehen und hoffte ich verlor Asa irgendwo, aber als ich beschleunigte, beschleunigte er auch.

»Ich finde es wirklich toll, dass wir Zeit miteinander verbringen, Blake.« Ich fühlte seine Hand auf meiner Schulter.

Ich schüttelte sie runter. »Nicht anfassen.«

Asas Mund formte ein O. »Sorry, ich war wohl in deiner Komfortzone.« Immerhin hatte er von einer Komfortzone gehört.

Nach einiger Zeit, glaubte ich rückwärts zu gehen oder mein Kopf spielte mir einen Streich. Alles um mich herum sah gleich aus. Ich hörte auf zu gehen, was Asa dazu brachte, gegen mich zu laufen.

»Sorry, alles in Ordnung?«, fragte er.

Ich presste meine Lippen aufeinander und drehte mich ein paar Mal um. Mein Orientierungssinn schien mich verlassen zu haben. Ich wusste nicht wo wir waren. Es war nicht so, dass ich es je wusste, wir waren immerhin in einem Labyrinth.

»Geht es dir gut?«

Ich versuchte meine Verwirrung unerkennbar zu machen. »Ja, natürlich. Was denkst du denn?«

»Du siehst nur so durcheinander aus.«

»Bin ich nicht. Das ist das Gesicht, dass ein schlauer Mann macht. Ich hab überlegt, in welche Richtung wir gehen sollen.« Ich kreuzte meine Arme und hoffte er würde mir glauben.

»Ich denke, wir sollten geradeaus gehen.«, nickte er und lächelte.

»Das wollte ich auch vorschlagen.« Ich biss die Zähne zusammen und ging weiter.

Am Ende des Ganges, erstreckte sich ein größerer Platz, der drei neue Wege offenbarte. Drei neue Wege, eine neue Entscheidung.

»Hey, ich glaube wir sollten geradeaus gehen.« Ich drehte meinen

Kopf zu Asa, aber er war nicht da.

Ich hob eine Augenbraue. Meine Augen suchten nach ihm. Die ganze Zeit, hatte er mir am Arsch geklebt und das eine Mal, wo es angebracht war, verschwand er. Was ging bloß in seinem Kopf vor? Wahrscheinlich gar nichts.

»Asa!«

Nichts. Nicht ein Geräusch. Ich war alleine. Das Labyrinth schluckte jeden Ton.

»Asa!«

Besorgt oder genervt, ich konnte mich nicht entscheiden, aber meine Lippen waren trocken und mein Magen schmerzte. Ich wollte den Punkt, an dem ich stand, nicht verlassen. Das Risiko die Orientierung zu verlieren war zu hoch, auch wenn ich mich nur drehen würde. Egal wo Asa war, hätte ich meine Orientierung verloren, wären wir beide am Arsch gewesen. Ich zeichnete ein X in den Staub beiseite. Seufzend, ging ich den Weg zurück.

»Asa!«, rief ich, »Sag peep!« Vielleicht versuchte er verstecken zu spielen. Bei diesem Jungen wusste man nie. Er hatte in den unmöglichsten Zeiten Lust zu spielen. Er war wie ein Kind, mit der Weisheit eines alten Mannes.

An der nächsten Ecke blieb ich stehen. Asa war nirgendwo aufzufinden, daher entschied ich mich, von nun an alleine zu gehen.

Anstatt and der Gabelung geradeaus zu gehen, wie ich es vorhatte, ging ich nach rechts.

Keine fünf Minuten später, sah ich etwas auf dem Boden liegen. Es war Asa. Schnell ging ich auf ihn zu und kniete mich neben sein

Gesicht.

»Asa?« Ich sah ihn an. Seine Augen waren geschlossen. »Hey!« Ich schlug meine Hand leicht gegen seine Wangen. »Asa. Mach deine verdammten Augen auf! Keine Zeit zum schlafen!« Ich hielt kurz inne und beobachtete seinen leblosen Körper vor mir. »Ich schöre bei Gott, wach verdammt nochmal auf.« Meine Stimme brach. »Was ist passiert?«

Ich sah in sein Gesicht. Seine Augen waren zu und seine Lippen zusammengepresst. Es war das erste Mal, dass er traurig aussah und ich mochte es nicht.

»Okay, du hast mich erwischt. Das war sehr lustig. Jetzt steh auf.«

Ich stand auf und versuchte ihn mit mir hochzuziehen, aber sein Körper rutschte mir aus den Händen und fiel zurück auf den Boden. Mein Magen drehte sich um und meine Finger glitten über seine gehärteten Gesichtszüge.

Meine Hände fühlten über seinen Körper. Nicht auf die komische Weise natürlich, ich suchte nach Wunden, aber da waren keine. Seine Haut war unversehrt. Ich legte seinen Kopf vorsichtig auf den Boden. Mit dem Rücken an die Wand gelehnt, starrte ich ihn an.

Eine Hälfte von mir hoffte, er alberte nur rum. Seit dem Tag, an dem wir uns trafen, versuchte dieser Idiot mich zum Lachen zu bringen. Aber das war nicht lustig. Ich hatte vielleicht einen bizarren Humor, aber so auch wieder nicht. Leute, die sich weh tun, sind lustig. Nicht Leute, die sich tot stellen.

Meine Fußspitze tippte auf seine Schulter. Ich sagte ihm, er solle aufhören und aufstehen.

Für eine Sekunde wurde ich von Licht geblendet. Ich stöhnte und sah nach oben. Es war Tates Licht.

Der Strahl, war nicht allzu weit von meinem Standpunkt entfernt gewesen und ich hätte ihn in wenigen Minuten erreicht. Ich sah zurück zu Asa und seufzte.

Es gab nun drei Optionen. Da bleiben und wahrscheinlich selbst sterben. Ihn mitnehmen und vielleicht sterben oder alleine gehen und leben.

Das Licht wurde schwächer. Ich fing an zu laufen.

Dylan & Amber

Das war niederschmetternd. Einfach nur niederschmetternd.

Dylan und ich gingen seit einer Ewigkeit umher und es fühlte sich an, als würden wir im Kreis laufen.

Ich bereute es, mit ihm gegangen zu sein. Also ich bereute es nicht mit *ihm* gegangen zu sein, es war nur so, dass wir beide ziemlich stark waren, wenn es zu Gefahren kommen würde oder andere Schwierigkeiten und ich war der Meinung, wir wären besser dran, wenn wir mit jemanden gegangen wären, der vielleicht etwas unsicherer war, wie Aiden.

»Wir hätten mit anderen gehen sollen. Mit den schwächsten, zum Beispiel.«, seufzte ich.

Ich musste es ansprechen. Ich wollte wissen, was er dachte.

Aber Dylan kniff die Augen zusammen und kratzte sich an der Nase. Das tat er immer, wenn man ihn mit etwas konfrontierte oder, wenn er gestresst war. In diesem Moment war er wahrscheinlich beides.

Egal wie seine Stimmung war oder wie er sich fühlte, er brauchte es mir nicht zu sagen Ich wusste es. Als wir jünger waren, habe ich ihn oft beobachtet. In der Schule oder wenn wir etwas unternommen haben. Meine Mutter sagte es war, weil ich in ihn verknallt war, aber die Wahrheit ist, dass Dylan eine interessante Person war. Da war immer etwas los in seinem Kopf und das machte sich an seinem Körper bemerkbar. Ich konnte an seinem Gesicht ablesen, wie er sich fühlte und an seinem Körper, ob er gestresst oder entspannt war. Und das hatte sich nie geändert. Er war immer noch der Selbe, wie damals. Ich konnte beinahe seine Gedanken lesen, nur wenn ich ihn ansah. Aber was mich an ihm störten war, dass er sich kleiner machte, als er war. Dylan hatte das Potential die ganze Welt zu beherrschen, aber die kleine Stimme in seinem Kopf hielt ihn auf.

»Lass uns einen Weg hier raus finden.«, nickte er.

Ich rieb mir dir Augen. Wir hatten keine Ahnung, wie lange wir bereits im Labyrinth herumirrten. Es konnte sich nur um ein paar Stunden halten. Das glaubte ich zumindest.

Ich versuchte meinen Körper mit mir mitzuziehen. Leider war das kein Labyrinth, dass man auf manchen Jahrmärkten findet. Diese Wände waren so hoch, keiner würde uns schreien hören.

An der nächsten Abbiegung gingen wir links, dann rechts, dann wieder links. Auch wenn wir abwechselnd gingen, fühlte ich mich, als würden wir jedes Mal wieder an den Anfang gelangen.

Das Beste war, darauf zu hören, was mein Gehirn mir sagte. Gefühle können einen oft in die falsche Richtung leiten. Ich durfte mir keine Risiken erlauben.

»Kannst du nicht eben hoch fliegen und gucken wo lang wir gehen müssen?« Dylan stoppte und lehnte sich mit geschlossenen Augen an die Wand.

Ich nutzte den Moment, um mich ebenfalls kurz auszuruhen und lehnte mich neben ihn.

»Unsere Kräfte funktionieren hier nicht. Das weißt du. Ansonsten wären wir hier in zwei Minuten draußen gewesen.« Ich schlug seine Schulter, um ihn am einschlafen zu hindern.

Seine Augen öffneten sich und schlossen sich direkt wieder. Ein Schläfchen konnten wir uns nicht leisten. Es gab keine andere Option. Ich wusste, dass er erschöpft war, aber das war ich auch. Und wenn ich das schaffen konnte, konnte er es genau so.

»Komm schon, Opa.« Ich zog ihn von der Wand weg und er streckte sich mit knackenden Knochen.

Wir gingen weiter. Mein Tempo beschleunigte sich, also drehte ich mich jede paar Sekunden um, um sicher zu gehen, dass Dylan noch hinter mir war. Er sprach nicht mit mir, sondern zog sich weiter, wie ein Zombie. Ich hatte Angst, dass er mir zusammenklappen würde, also stoppte ich ihn.

»Okay, ruh dich aus. Ich seh mir die nächste Gabelung an und komm dich dann holen.« Ich half ihm sich zu setzen und ging weiter.

Es war nicht weit, also passte ich auf, dass ich Dylan immer im Blickfeld hatte, falls etwas passieren würde.

Meine Augen wanderten von links nach rechts, dann wieder nach links. Genauso wie ich es erwartet hatte: Alles sah gleich aus. Wieder musste ich mich auf meinen Kopf verlassen: Er sagte rechts. Ich drehte mich zu Dylan um, der immer noch an der Wand gelehnt saß mit offenem Mund und einer langsamen Atmung. Er schlief.

Ich rollte meine Augen, aber ich war nicht sauer auf ihn. Er konnte nichts dafür, dass sein Körper die ganze Sachen nicht mehr mitmachen wollte.

Ich lief zurück zu ihm und schüttelte seinen Körper »Wach auf.«

Er zuckte. »Oh Gott, ich bin eingeschlafen.« Er runzelte die Stirn und ich half ihm auf. »Sorry.«

»Ist schon okay. Komm schon, lass uns hier gleich rechts gehen.«

»Bist du sicher? Wir haben den rechten Weg schon ziemlich oft genommen.« Dylan presste die Lippen aufeinander.

»Vertrau mir.« Ich legte eine Hand auf seine Schulter.

Er nickte und folgte mir. Ich hatte wirklich doppelt so viel Energie wie er, wenn nicht dreifach so viel und es nervte mich. Ich wollte so schnell wie möglich weiter und raus aus dieser Hölle. Die ganzen Wände bereiteten mir Kopfschmerzen.

Es kam mir so vor, als würden sie mit jedem Schritt näher kommen, aber das ignorierte ich. Es war mein Kopf, der Spielchen mit mir spielte. Stress kann einige verrückte Dinge mit dem Körper anstellen.

Ich merkte, wie ich beschleunigte. Meine Füße trugen mich schneller und schneller, bis ich Dylans Rufe hörte. Ich blieb stehen und drehte mich um. Er war weg. Mein Herz schlug schneller und ich beschloss zu warten. Aber er kam nicht.

Ich rieb mir die Augen und seufzte. Einige Male drehte ich mich im Kreis und fand mich dann zwischen den Wänden wieder. Sie berührten mich fast. Meine Hände fingen an zu schwitzen, als ich weiterlief. Ich lief weiter und die Wände kamen immer näher.

Ich quetschte mich durch, Tränen liefen meine Wangen herunter und meine Hände zitterten. Der Gang hatte kein Ende, nur zwei Wände, die mich jeden Moment platt machen würden.

Ein stechender Schmerz schoss mir durch den Kopf, bevor mir schwarz vor Augen wurde. Als ich wieder aufwachte, fand ich mich auf dem Boden wieder.

Da war etwas kaltes an meinem Hinterkopf, etwas flüssiges, als läge ich in einer Pfütze. Mein Magen brummte und es fühlte sich an, als müsste ich mich jeden Moment übergeben.

Ich kniff die Augen zusammen, damit der Schwindel besser werden würde. Mein Herz schlug so schnell, dass ich dachte, es würde zerspringen.

Jemand kam auf mich zugelaufen, also öffnete ich meine Augen. Alles drehte sich. Ich hörte Dylan schreien. Er rannte auf mich zu. Ich erkannte sein Gesicht, aber es war verschwommen. Er kniete sich neben mich und versuchte mich hochzuheben, aber er war schwach.

Ich sah, wie sein Mund sich bewegte, aber alles hörte sich wie murmeln für mich an. Ich sah umher. Wieder versuchte er mich hochzuheben und versagte. Mein Körper war taub und es war, als wäre er nicht meiner.

In der Ferne war ein Licht. Licht, dass ich kannte. Licht, dass mir Hoffnung gab. Dieses Mal versuchte ich, mich mit meinen Armen nach oben zu drücken, aber ich fiel und alles wurde schwarz.

Ich hatte das Licht verloren.

Carly & Orion

»Schon wieder eine Sackgasse.«, brummte ich und trat die Wand.

»Nicht so aggressiv, bitte.«, lachte Orion.

»Glaubst du, das hier ist ein Spiel?«

»Du musst dich mal ernsthaft entspannen, Carly.«

Ich war in allem gut, außer im *entspannen*. Ich konnte Orions Gedanken nicht lesen, also war ich mir nicht sicher, ob er dachte, das würde ein gemütlicher Sonntagsspaziergang werden.

Es hätte uns in jedem Moment etwas angreifen und lebendig fressen können, aber er war so locker, dass es mich wütend machte und die Sackgassen halfen nicht gerade.

Ich war mir sicher wir liefen im Kreis und Orions Begründung war, dass sei nunmal ein Labyrinth, natürlich würde alles gleich aussehen und uns verwirren. Ein Stein sah aus wie der andere und ein Weg sah aus wie der nächste.

Orion lief hinter mir und sah von Wand zu Wand, als wäre er auf einer Sightseeing tour. Aber lasst mich euch eins sagen: Das war alles andere, als eine Sightseeing tour. Außer man hat noch nie graue Wände gesehen.

»Du musst einen klaren Kopf bewahren, also *chill* jetzt endlich.« Orion griff meine Schulter, um mich zum stehen zu bringen. »Atme langsam ein und aus. Ganz langsam.«

Ich verdrehte die Augen, aber nahm seinen Vorschlag an.

Einatmen und ausatmen. »Ich werde dich umbringen.«

Einatmen und ausatmen. »Während du schläfst.«

»Siehst du. Jetzt bist du entspannt.« Er klopfte mir auf den Rücken.

Ich sah ihn an, während er lachte und weiter ging. Orion konnte sich glücklich schätzen, dass ich im wahren Leben nicht gewalttätig war. Einen Schlag, hier und da, fing man sich schon ein, wenn man mich reizte, aber ansonsten war ich nett, würde ich behaupten. Klugscheißer, wie Blake, könnten dann aber einen der härteren Schläge abbekommen.

»Hast du das gesehen?«, fragte Orion.

»Was?« Ich stoppte und drehte mich zu ihm um.

»Da ist Eis an den Wänden.« Er runzelte die Stirn und glitt mit dem Fingern über die gefrorene Fläche.

»Fass das nicht an, du Idiot.« Ich schlug auf seine Hände. »Beweg dich lieber weiter.«

»Aber ist das nicht - komisch?«

Ich sah mir die Wand genauer an. Die graue Fläche war komplett bedeckt von einer Eisschicht, die sich bis nach oben erstreckte.

»Es ist auf jeden Fall kälter als vorher.« Ich rieb mir die Hände aneinander. »Aber das kann und darf uns jetzt nicht ablenken. Der Ort hier ist verrückt. Das wundert mich eigentlich gar nicht, dass von irgendwo her Eis kommt.«

Ich ging weiter. Orion versuchte mit mir mitzuhalten. Wir durften hier nichts anfassen und auch keine Souvenirs mitnehmen. Dafür waren wir nicht hier. Das Einzige, das wir tun sollten, war laufen. Laufen, bis wir den Ausgang gefunden hatten.

»Du musst schon sagen, dass das nicht normal war.«

»Wir sind in einem Labyrinth, irgendwo im Keller einer verlassenen Lagerhalle, in Brüssel. Was ist schon normal, Orion.« Ich zuckte mit den Schultern.

Es war mit egal, um ehrlich zu sein. Da war Eis auf den Wänden, na und? Dieser Ort war gruselig ich wäre nicht überrascht gewesen, wenn hier irgendwo ein sprechender Minotaurus rumlaufen würde.

Man Vater meinte immer, *nichts ist gefährlich oder komisch, bis du glaubst, das es das ist'*. Und ich wusste, er lag verdammt nochmal richtig. Warum sollte ich jetzt ausflippen? Wir hatten größere Probleme. Solange hier kein Eis-Monster rumlaufen würde, war alles in Ordnung und ich glaubte daran, dass wir den Ausgang finden würden. Naja, ich glaube *ein bisschen* daran.

Orion und ich machten zwischendurch ein paar kurze Pausen, aber er war trotzdem am jammern. Seine Beine taten ihm von Minute zu Minute mehr weh und ich versuchte ihm klar zu machen, dass wir nicht zu viel Zeit mit sitzen verschwenden konnten. Ich hatte auch schmerzen gehabt. Manchmal muss man eben die Zähne zusammenbeißen.

Ich willigte schließlich zu einer längeren Pause ein. Still saßen wir nebeneinander, während Orion sich die Waden massierte.

»Ist ziemlich kalt hier, findest du nicht?«, fragte er.

Ich schüttelte den Kopf. »Ich schwitze.«

»Und müde bin ich auch.« Er schloss die Augen.

»Hey!« Ich schlug ihn leicht ins Gesicht. »Wehe du machst jetzt ein Schläfchen. Wir haben keine Zeit für sowas.«

Ich hörte ein knirschen neben uns und bemerkte, dass sich das Eis weiter an den Wänden entlangzog und ausbreitete.

Orion öffnete ein Auge. »Was kriege ich dafür, wenn ich aufstehe?«

»Keine Ahnung. Du wirst leben? Komm einfach.« Ich sprang auf und reichte ihm eine Hand.

»Carly, Carly, Carly.«, seufzte er und ließ sich von mir hochziehen.

Endlich ging es wieder voran. Weiter und weiter, ohne ein Ende in Sicht. Aber Orion hörte auf zu jammern.

Nach einiger Zeit, spürte ich die Kälte, von der Orion geklagt hatte. Gänsehaut breitete sich auf meiner Haut aus und ich schauderte.

»Ich glaube, wir wurden in die Eiszeit katapultiert.«, seufzte ich und wickelte meine Jacke enger um mich.

»Das ist wirklich alles andere, als spaßig.« Orion rieb seine Hände aneinander, die für mich ungewöhnlich blau aussahen.

»Ich hab dir gesagt, du sollst eine Jacke mitnehmen.«

Er versuchte mein Tempo zu halten. »Ich wusste ja auch nicht, dass ich anfangen würde zu frieren.«

»Wie kann das eigentlich sein?«, fragte ich, »Ich dachte, du kannst keine Kälte empfinden?«

»Kann ich normalerweise auch nicht.«

Ich runzelte die Stirn. »Möchtest du dich noch einmal ausruhen?«

»Ich will einfach nur raus hier.«

Wir liefen so weit mittig, wie es ging, denn das Eis reichte nun bis zum Boden.

»Ich fühle mich komisch.«, murmelte Orion.

»Hast du zu viel gegessen?«, fragte ich.

»Ne.« Er schüttelte den Kopf.

Das war wieder einer seiner Witze. Er wollte mich verrückt machen. Das machte Orion immer. Zu Hause saß er immer auf meinem frisch gemachten Bett, weil er genau wusste, dass ich sowas hasste. Er brachte mein Make-up durcheinander, obwohl alles perfekt geordnet war. Das war seine Natur. Meine Geduld zu testen. Ich merkte, dass er immer langsamer wurde, also ging ich etwas vor. Ich wusste wie müde er war. Irgendwann wurde er mir dann aber zu lahm.

»Carly, warte.«

»Ich dachte, du willst schnell raus hier?« Ich verdrehte die Augen und drehte mich zu ihm um.

Orion sah mich mit breiten Augen an, dann sah er auf seine Füße. Mein Kinnlade fiel nach unten, als ich merkte, dass seine Beine an den Boden gefroren waren. Ich rannte zurück zu ihm.

»Was ist passiert?«

»Sieht es so aus, als wüsste ich das?«, kreischte er.

»In Ordnung, alles ist in Ordnung. Ich krieg dich da schon raus.« Ich nickte und sah mich um.

Es gab nichts, mit dem ich hätte arbeiten können. Unsere Kräfte funktionierten hier nicht.

»Okay, lass mich sehen.« Ich kratzte mich am Hinterkopf.

Das Eis war nun bei Orions Brust angelangt. Ich trat dagegen mit dem Versuch, es zu brechen. Dann traf Licht meine Augen. Helles Licht, nicht sehr weit von uns.

»Das müssen Tate und Aiden sein.« Orion war beinahe erleichtert.

»Wir müssen hingehen.« Meine Hände fuhren über das Eis.

Ich versuchte, das etwas dünnere Eis weiter oben, anzubrechen, aber das Einzige was ich damit bewirkte war, meine Hände zum frieren und zum bluten zu bringen.

»Scheiße!«, schrie ich immer und immer wieder, während ich mit aller Kraft versuchte Orion zu befreien.

»Carly.« Er stoppte mich.

»Was?« Ich sah ihn schwer atmend an.

Das Eis schloss sich langsam um seinen Hals.

»Geh schon.«

»Bist du verrück geworden? Ich lass dich doch nicht hier.«

»Ich sagte *geh*! Es spielt keine Rolle mehr. Unsere Kräfte funktionieren nicht.«

Ich sah ihn an. Ich sah ihn länger an, als ich es je getan habe. Er hatte Angst, aber gleichzeitig lag Ruhe in seinen Augen. Orion öffnete den Mund, aber das Eis umschloss bereits sein Gesicht.

»Es tut mir leid.«, flüsterte ich.

Kurz starrte ich seinen eingefrorenen Körper an und versuchte die Tränen zurück zu halten.

»Ich komme wieder.«

Ich drehte mich um und folgte dem Licht.

Raiden & Geb

»Ist das nicht lustig?«, grinste Raiden.

»Gefangen in einem Labyrinth? Sicher.«

Raiden nahm die Situation leichter als ich. Nicht, dass ich Panik schob, nein, eigentlich war ich die Ruhe in Person. Nicht einmal Raidens *Maze-Monster* konnten mich aus der Fassung bringen.

Wenn er mal nicht versuchte mich zu erschrecken, machte er sogar nützliche Vorschläge. Ab und zu. Er machte es sich zur Aufgabe, mich zum lachen zu bringen oder mich zu erschrecken.

Dem Anschein nach, liebte er Herausforderungen. Aber das Einzige was er tat, war nerven. Raiden hörte nicht auf zu reden und es bereitete mir Kopfschmerzen. Dabei hatte ich immer gedacht, Tate wäre nervig gewesen.

Der Einzige Grund, warum Raiden keine Bekanntschaft mit meiner Faust machte war, weil er mich lebendig grillen konnte, wenn er es wollte und dafür war mir mein Leben zu kostbar.

Und der Einzige Grund, warum ich Tate nicht verprügelte war, weil er stets damit drohte, mich mit dem Video zu blackmailen, auf dem ich wegen Cartoons heulte. Das war mir viel zu peinlich. Keine Ahnung, warum ich die Sache überhaupt erwähne. Zurück zum Labyrinth.

Also jetzt ernsthaft, wer würde nicht glauben, dass man hier drin angegriffen werden würde? Man müsste schon ziemlich verrück sein, wenn man hier durch spazieren würde, ohne einer Spur von Angst.

Ich versuchte mehrmals die Wand zu durchbrechen und keine Ahnung aus welchem magischem Material das Ding gebaut worden ist, aber es war nicht zu zerstören. Das Labyrinth war ein kalter und trauriger Ort. Ich wünschte, wir wären nie reingegangen. Jeden Schritt, den ich machte, machte ich mit Vorsicht.

»Hier kommt das Monster!«, schrie Raiden und schubste mich nach vorne.

Ich stolperte und dachte, mein Herz rutscht mir in die Hose und wäre ich nicht gewesen, wie ich nunmal war, hätte ich ihm sofort eine reingehauen.

»Das war nicht lustig.«, murmelte ich.

»Ich fand's zum schreien.«

Ich rollte die Augen. Warum gerade ich mit ihm gehen musste, war mir Schleierhaft gewesen. Mit jemanden, der die Wichtigkeit dieser Situation nicht verstand. Wir hätte sterben können und er wollte Witze machen. Selbst *das* hätte er lustig gefunden. Ich versuchte ihn, für den Rest des Weges, zu ignorieren.

Ich ließ ihn reden, aber hörte nicht zu. Mich interessierten nicht einmal seine Vorschläge zum Weg. Ich entschied selbst und er folgte mir. Nach einer Weile von Stille, hatte Raiden die Message erhalten und verstummte. Ich war dankbar für die ersten fünf Minuten, aber dann wurde es nur zur peinlichen Stille, die fast unerträglich war. Ich konnte ihn nicht atmen hören, so ruhig war er.

Unsere Kräfte funktionierten hier nicht, das verstand ich mittlerweile, aber ich konnte trotzdem die Wellen im Boden spüren. Ich wusste ganz genau, wo die Anderen waren, wohin sie gingen und wie schnell sie es taten. Dann aber verschwanden zwei der Wellen.

»Was ist?«, fragte Raiden.

Ich kniete mich hin und legte meine Handflächen auf den Boden.

»Kriegst du jetzt einen Nervenzusammenbruch?« Er hob eine Augenbraue.

»Tate und Aiden sind verschwunden.«

»Wie meinst du das?« Er nahm einen Schritt zurück.

Ich konnte die zwei nicht mehr spüren. Sie standen für einige Zeit still und waren nun - weg.

»Du weißt doch, wo sie zuletzt waren. Vielleicht sollten wir nach ihnen sehen.«, schlug Raiden vor, »Bestimmt machst du dir Sorgen.«

»Ob das etwas bringen wird.«, murmelte ich und stand auf.

»Versuchen sollten wir es. Was meinst du?« Er hob die Augenbrauen.

»Wir sollten uns erst auf unsere Sicherheit sorgen.« Ich ging weiter. »Möglicherweise haben sie den Ausgang gefunden.«

Raiden folgte mir, doch er hörte nicht auf mich dazu zu drängen, Aiden und Tate aufzusuchen. Es war ein gutes Gefühl, dass ich nicht der Einzige war, der sich Gedanken um sie machte, aber er sah sich ständig um, als würde uns jemand folgen. Ich wusste, dass das Schwachsinn war. Ich würde es spüren, wenn jemand hinter uns wäre, also ließ ich mich davon nicht verrückt machen. Zwei Leute, die den Verstand verlieren, würde tot bedeuten.

Raiden spielte mit den Schnüren seines Pullovers und stoppte mich.

»Könnten wir eine Pause machen?«, fragte er.

Ich zuckte mit den Schultern. »Klar. Könnte uns gut tun.«

Wir ließen uns auf den Boden fallen und da war sie wieder: Peinliche Stille. So gut wie möglich versuchte ich, mit ihm über irgendwas zu reden, aber mir viel nichts ein. Small-talk war nicht so mein Ding.

»Denkst du, wir sind bald am Ausgang?« Raiden sah zur nächsten Gabelung.

»Wie gesagt, keine Ahnung.« Ich legte eine Hand flach auf den Boden. »Immer noch keine Spur von den beiden.«

»Denkst du, ihnen ist was passiert?«

Ich seufzte. »Warum interessiert es dich?«

Raiden zuckte mit den Schultern. Ich glaubte ihm nicht, dass es wirklich um das Wohlbefinden der zwei bangte.

Dann sprang er auf. »Ich geh etwas voraus, in Ordnung? Warte hier.«

Ich runzelte die Stirn. »Bist du bescheuert? Du gehst nirgendwo alleine hin.«

»Nein, es ist besser, wenn du hier bleibst. Ich check nur wie's weiter vorne aussieht. Langsam werd ich ungeduldig.« Er klopfte mir auf die Schulter. So schnell, wie er verschwand, kam ich nicht hinterher.

»Warte!«, rief ich, aber er war schon weg, »Ist jetzt nicht dein scheiß ernst oder?!«, stöhnte ich.

Ich rannte den gleichen Weg entlang, den er genommen hatte. Was dachte er, was das hier war? Dachte er, er könnte den Weg leicht zurückfinden, ganz alleine? Nein, das hier war ernst und einer von uns hätte sich verletzen können oder schlimmeres.

Zusammenzubleiben war eines der höchsten Prioritäten und er hat diese Message anscheinend nicht bekommen. Ich rannte, bis ich erneut an eine Gabelung kam.

»Raiden!«, rief ich, aber bekam keine Antwort.

Ich schloss meine Augen, beruhigte meinen Puls und lauschte. Ich konnte ihn spüren. Er war rechts gegangen und er rannte nicht mehr und auf dem Rückweg, war er auch nicht. Er plante auch nicht wieder zurückzukommen. Warum war er überhaupt weggerannt?

Raiden sagte, ich sollte auf ihn warten, aber in Wahrheit wollte er, dass ich in diesem Labyrinth verrotte.

Ich machte einen Schritt nach links und wurde von einem Geräusch in der ferne gestoppt. Ein heller Lichtstrahl schoss nach oben und ich sah zum ersten Mal, wo die Wände aufhörten.

Es musste Tate sein. Ging es ihnen gut? Waren sie verletzt? In Gefahr?

Ich nahm den rechten Weg und rannte.

213

Aiden & Tate

 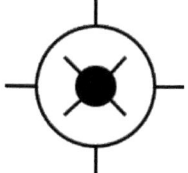

»Ich bin mir zu 100% sicher, da ist ein Monster hinter dieser Ecke.«, grinste ich Aiden an, »Du zuerst.«

Er verbeugte sich leicht und ging langsam um die nächste Ecke. Ein siegreiches Lächeln, breitete sich auf seinen Lippen aus.

»Nichts. Wie ich vermutet habe.«

»Glück. Warte bis zum nächsten Mal.«, schmollte ich.

Aiden und ich gingen schon seit Stunden und uns wurde so langweilig, dass wir ein Spiel erfunden haben. Wir nannten es *Sei ein Weichei oder stirb - das Spiel, bei dem man immer verliert.*

»100% sicher, hinter dieser Ecke versteckt sich eine gigantische Venus-Pflanze. Du zuerst.«, lachte Aiden und schubste mich leicht nach vorne.

»Pff.« Ich sah zu ihm zurück, bevor ich um die Ecke bog.

Nichts. Wie erwartet. Selbe Wände, selber Staub. Das Spiel macht wenig Spaß, wenn nichts passiert. Wir waren uns nie sicher, aber nach zwei Stunden wurde es langweilig.

»Nichts passiert hier.« Ich warf meinen Kopf in den Nacken und stöhnte.

»Besser, als das uns etwas versucht zu töten.« Aiden zuckte mit den Schultern.

»Stimmt auch wieder.«

Wir hörten auf zu spielen, weil es für uns beide keinen Spaß mehr machte. Ich dachte, das Labyrinth war eine Art Test für uns, aber wahrscheinlich war der Weg das Ziel. Ich war nur hungrig und meine Beine taten weh. Aber vor allem, war ich hungrig.

»Du hast nicht zufällig was zu Essen da oder?« Ich stoppte und ruhte mich eine Minute aus.

Aiden schüttelte seinen Kopf, was seine Harre dazu brachte von Seite zu Seite zu schwingen.

»Du hast bestimmt alles aufgegessen, was du hattest.«

»Gar nicht wahr.«, meinte Aiden, aber ich wusste es besser.

»Deswegen hast du auch schon seit Stunden Schokolade am Mund, du Lügner.« Ich zeigte auf sein Gesicht.

Aidens Augen weiteten sich und er wischte sich schnell die Reste vom Mund. Ich lachte. Böse war ich ihm nicht. Ich hätte das Selbe getan. Nachdem unser Lachen erlosch, bemerkten wir ein anderes Geräusch in der Weite. Schwere Schritte und ich vermutete, es wäre einer der Anderen gewesen, aber dann war da ein Kreischen, das uns dazu brachte uns die Ohren zu bedecken. Es hörte auf - dann wurden die Schritte schneller.

Aiden packte meinen Arm und zog mich hinter sich her. Wir

rannten. Wir rannten so schnell, wie unsere Beine uns tragen konnten. Ich versuchte mit ihm mitzuhalten, da er etwas weiter vor mir lief. Wir bogen nach rechts ab und blieben stehen.

»Wie kannst du nur so schnell laufen?« Ich atmete durch und lehnte mich an die Wand.

»Ich hab lange Beine.«

»Gut, dass du nicht über sie gestolpert bist.«

Man könnte sich fragen, wie ich in der Lage war rumzualbern, obwohl wir fast gestorben waren, aber lasst mich euch eines sagen: Witze machen immer alles besser. Also, wenn man die richtigen Witze macht.

»Tate?« Aiden runzelte die Stirn.

»Was? Sag mir nicht, da ist wirklich ein Monster, weil dann-«

»Guck einfach.«, unterbrach er mich.

Ich brauchte eine Weile, um zu verstehen was er meinte. Am Ende des Ganges war ein schwarzes Loch, dass aussah, als würde es das ganze Licht drumherum schlucken. Eine Dunkelheit, die ich noch nie gesehen habe. Man konnte weder die Wände, noch den Boden oder ein Ende sehen.

»Du dachtest echt, da wäre ein Monster?« Aiden lächelte und hob eine Augenbraue.

»*Nein*? Ich bin nicht bescheuert, Aidi.« Ich rollte meine Augen und sprang an seine Seite. »Was ist das denn?« Ich verenge meine Augen, in der Hoffnung etwas sehen zu können.

»Das Ende vielleicht?«

»Denkst du, wir haben's geschafft?«

»Ich weiß nicht.«

Wir standen einfach nur da und starrten. Keiner von uns traute sich, sich zu bewegen. Ich hatte keine Angst vor der Dunkelheit, aber das war mehr als Dunkel. Das war ultimative Dunkelheit. Als würde der Tod uns schon erwarten. Auch, wenn das unser Weg aus dem Labyrinth hätte sein können, wusste ich nicht, ob ich es herausfinden wollte. Was wäre, wenn wir in ein endloses Loch gefallen wären? So wollte ich nicht enden. Ich musste immer noch mein Leben in dem Haus genießen, dass ich mir mal kaufen würde. Das mit dem Basketballfeld.

Aiden fing an, kleine Schritte nach vorne zu gehen. Ich schielte zu ihm, dann zu dem Loch.

»Bist du sicher?«, fragte ich.

»Nein.«, sagte er und ging weiter.

Im Grunde hatte ich keine andere Wahl, außer ihm zu folgen, wisst ihr, was ich meine? Entweder wäre ich ganz alleine da geblieben oder, an der Seite meines besten Freundes, ins Ungewisse gegangen. Natürlich ging ich mit ihm. Wir waren wie die drei Musketiere, nur das wir zu zweit waren und nicht kämpfen konnten. Ist ja auch egal.

Unsere Schritte brachten uns genau an den Punkt, an dem die Dunkelheit anfing. Wir waren so nah, aber man konnte trotzdem nichts erkennen. Ich streckte meine Hand aus und versuchte Licht ins Dunkel zu bringen, aber es änderte nichts. Ich wusste nicht, ob es Boden oder Wand gab.

Aiden griff mich bei den Schultern und trat mit einem Fuß in die Dunkelheit. »Einen Boden gibt es zumindest.«

»Und eine Wand?« Ich sah zu den Seiten.

Dieses Mal, nahm ich einen Schritt in die Leere und griff nach Aidens Hand. Mit der anderen fühlte ich umher, bis meine Finger die Wand fanden.

»Gott sei Dank.« Ich schloss meine Augen.

»Sollen wir wirklich weitergehen?«, fragte Aiden.

»Lass uns der Wand folgen und sehen, wohin sie uns bringt.«, schlug ich vor.

Aiden seufzte und drücke meine Hand. Ich atmete tief ein und fing an, einen Schritt nach dem anderen zu gehen, meine Hand immer in Berührung mit der Wand. Es wurde dunkler und dunkler um uns und ich fühlte, wie Aidens Hand schwitzte.

»Wir schaffen das. Beruhig dich.«

»Ich versuch's.«

Ich stoppte, sobald meine Finger von der Wand glitten.

»Okay, hier ist eine Ecke.«

Meine Augen bewegten sich mit dem Versuch, dass sie sich an die Dunkelheit gewöhnen würden, aber es war vergebens. Ich zog Aiden nach rechts und nun war auch der schwächste Lichtstrahl verschwunden.

»Das ist ein Albtraum.«, murmelte Aiden.

Wir gingen weiter, bis wir die nächste Ecke erreichten. So machten wir weiter, doch Aiden stoppte mich, nach der vierten Ecke.

»Wir sind jetzt vier mal rechts abgebogen, Tate. Wir laufen im Kreis.«

Ich schlug mir die Hand vor die Stirn. »Na toll. Und wo sind wir jetzt?«

»So ziemlich wieder an der ersten Ecke.«

»Aber wo ist dann der Eingang?« Ich drehte mich um. »Wir hätten am Eingang vorbeikommen müssen.«

Mir wurde schummrig im Kopf und mein Herz raste. Ich spürte, wie Aiden mich nach links zog.

»Hier.«, sagte Aiden, »Hier geht's nach links.« Ich ließ mich von ihm leiten.

Dann traf Licht meine Augen. Ein kleines bisschen Licht in der Ferne. Ich drehte meinen Kopf zu Aiden, obwohl ich ihn nicht sehen konnte. Wir waren entweder zurück am Eingang oder…

Unsere Schritte beschleunigten sich, bis uns das Licht umhüllte.

»Haben wir gerade den Ausgang gefunden?«

Aiden schloss die Augen und lehnte sich gegen mich. »Zum Glück. Ich dachte, wir würden für immer dazu verdammt sein, dieses Spiel zu spielen.«

Ich grinste und zerzauste Aidens Haare. »Wir sollten den anderen irgendwie zu kennen geben, dass wir draußen sind.«, schlug ich vor und sah Aiden dabei zu, wie er seine Haare richtete. Seine Haare waren immer ein Chaos. Ich wusste nicht, was er zu retten versuchte.

Wir waren ans Ende des Labyrinths angelangt. Und die Dunkelheit, die wir gerade durchlebt hatten? Sie war weg. Wir blickten zurück und der Weg sah aus, wie zuvor. Nichts hatte sich verändert. Doch vor uns, lag nun eine Tür.

»Sowas ist doch nicht möglich«, flüsterte Aiden und rieb sich die Augen, »Haben wir uns das gerade eingebildet?«

»Kann nicht sein.« Ich schüttelte den Kopf.

»Oh mein Gott, wir werden verrückt.« Aiden drehte sich einmal im Kreis.

Ich kratzte mich am Hinterkopf und sah nach oben. Die Decke war immer noch nicht zu erkennen. Die Wände waren hoch und reichten weiter, als meine Augen sehen konnten, was merkwürdig war, da allein das außen Gebäude nicht so hoch war. Trotzdem wollte ich wenigstens versuchen, die Anderen zu benachrichtigen.

Ich hob meine Arme in die Luft und sendete einen Lichtstrahl, um unseren Standort zu signalisieren.

Ich hoffte, es ging allen gut.

11

Tate und ich entschieden uns dafür weiter zu gehen.

Es machte keinen Sinn stundenlang zu warten. Wahrscheinlich gab es mehrere Ausgänge und sie waren schneller als wir gewesen. Zumindest hofften wir das.

Unser Weg führte uns durch die einzige Tür, nur um dann in einem langen Korridor zu landen. Tate brachte sich zum leuchten, damit wir etwas sehen konnten. Ich war ganz schön erleichtert ihn bei mir zu haben. Er machte vieles einfacher. Ohne ihn hätte ich mich wahrscheinlich auf den Boden zusammengekauert und gehofft, dass mich einer findet. Außerdem hätte mein Gesicht, in dieser Dunkelheit, ziemlich oft Bekanntschaft mit dem Boden gemacht.

»Ziemlich Klischeehaft.« Tate sah mich von der Seite an.

»Was meinst du?«, fragte ich.

»Lange, gruselige Gänge.« Er sah hinter sich. »Ich wette, gleich jagt uns etwas den Weg runter.«

»Hör auf.«, murmelte ich und trat einen Schritt näher an ihn heran.

Der Gang endete und die Tür führte uns in eine Halle. Eine Halle, die ausnahmsweise beleuchtet war. Am anderen Ende sahen wir eine neue Tür. Tate und ich tauschten Blicke aus, bevor wir auf sie zugingen. Das Geräusch unserer Schritte prallte an den Wänden ab und kehrte dann zu uns zurück. Ich fühlte mich, als steckten wie in einer riesigen Schachtel.

Tate zeigte auf die Tür. »Wenn da hinter wieder ein Flur ist, schrei ich.«

Wir hatten die Hälfte des Weges geschafft, da flog etwas über unsere Köpfe hinweg. Ruckartig drehten wir uns um und erblickten einen Mann, komplett in schwarz gekleidet. Sein Gesicht, war von einer Maske überdeckt.

Er hob seinen Arm und mein Herz fing an zu rasen.

»Hey, hey, hey! Ganz ruhig.«

Ich versuchte den Friedensmacher zu spielen, doch das schien ihn nicht umzustimmen. Er hob seine Arme und kurz darauf, schossen Blitze in meine Richtung. Ich duckte mich, jedoch spürte ich ein Brennen an meinem Oberarm. Mein Körper zuckte und ich zischte, als ich mich wieder fing.

Ich sah zu dem Mann. Er wollte loslaufen, aber seine Maske fiel zu Boden. Als ich sein Gesicht sah, stolperte ich zurück. Seine Augen schlossen sich und ich hörte ein leises *verdammt*. Dann rannte er los. Ich wollte ihm nacheilen, doch ich hörte ein Wimmern hinter mir. Tate.

Zuerst konnte ich ihn nicht erblicken, doch dann sah ich ihn am Boden liegen. Ich rannte zu ihm, so schnell ich konnte, und kniete mich hin.

»Tate!« Ich schüttelte ihn leicht. »Hey!«

Ich fühlte mich benommen, als würde ich jeden Moment bewusstlos werden. Sein T-Shirt fing an sich rot zu färben.

»Bin ich schon gestorben?«, hustete er und öffnete leicht seine Augen.

Ich schüttelte meinen Kopf und zog meine Jacke aus. »Und das wirst du auch nicht. Mach dir keine Sorgen.«

»Wer war es?« Tate hustete nochmals. »Hast du ihn gesehen?«

Ich schluckte, als ich den Stoff auf seine Wunde drückte und Tate das Gesicht verzog. »Raiden. Da bin ich mir sicher.«

»Verräter.«

»Wir müssen hier raus.«, nickte ich.

Ich sah mich um und überlegte, ob ich ihn tragen könnte und wenn ich es könnte, *wohin* ich ihn hätte tragen sollen.

Zurück durch den Gang, aus dem wir gekommen waren, war zu riskant gewesen und der nächste, war ungewiss. Was wäre, wenn Raiden dort auf uns gewartet hätte?

Tate nahm seine Hand, von seiner Wunde, und legte sie auf meinen Unterarm. »Ich hab Angst, Aiden.«

Ich schüttelte den Kopf. »Das brauchst du nicht.«

Mit zittrigen Händen versucht ich, die Blutung zu stoppen.

»Ich bin so müde.«, seufzte Tate und schloss die Augen.

»Hey, schau mich an.« Ich schüttelte ihn.

»Erzähl mir einen Witz, Aiden. Ich will lachend sterben. Du sollst dich nicht so an mich erinnern. Ich seh schrecklich aus.«

Ich lächelte und versuchte meine Tränen zurückzuhalten. »Nein, du siehst so fantastisch aus, wie immer.«

»Ich weiß.«, flüsterte er.

Ich sah Blut aus seinem Mundwinkel fließen und ich schüttelte ihn wieder, um sicher zu gehen, dass er noch bei mir war.

»Na los, ich höre. Und es sollte besser ein sehr, sehr lustiger Witz sein.«

Ich wischte meine Tränen weg. Die Lichter über uns flackerten.

»Ich erzähl dir einen, wenn wir Zuhause sind.«

»Wir wissen beide, dass du lügst.«

Ich presste meine Lippen zusammen.

»Wenn du jetzt anfängst zu weinen, werde ich dich heimsuchen. Lass das hier nicht zu einer Szene, aus einem Film werden, bitte.«

Trotzdem flossen die Tränen meine Wangen herunter. Wie konnte er so ruhig sein?

»Alles wird gut. Ich bring dich hier raus und wir gehen nach Hause und kaufen uns das Haus, dass wir haben wollten und machen alles, was wir geplant haben.«

Tate gab ein dunkles Lachen von sich. »Das war der Witz, den ich hören wollte.« Er griff nach meiner Hand. »Danke, Aiden.«

Er öffnete ein letztes Mal seine Augen, um mich anzusehen, bevor das Licht über uns aufhörte zu flackern und sein Herz aufhörte zu schlagen.

Ich hielt meinen besten Freund in den Armen und wollte schreien. Ich wollte die ganze Welt auseinander reißen. Mir wurde die Luft zugeschnürt.

Das schwache Lächeln auf Tates Lippen ließ mich fast glauben, dass er noch da wäre. Er hatte immer dieses Lächeln auf den Lippen. Als wären seine Mundwinkel auf natürliche Weise nach oben gebogen.

Mein Herz schlug mir bis in die Kehle, meine Lippen zitterten und schmeckten nach salzigen Tränen. Mein Körper fiel nach vorne, dabei zog ich Tate näher an mich heran.

»Danke Tate.«, flüsterte ich, »Dafür, dass du mir gezeigt hast, was Freundschaft ist.«

Ich blieb solange sitzen, bis sein Körper kalt wurde. Vorsichtig legte ich ihn hin und legte meine Jacke über ihn. Mit wackligen Beine hob ich mich vom Boden.

Eine bekannte Hitze formte sich in meiner Magengrube, als ich auf die Tür zuging. Ich fing an zu laufen, ohne zu bemerken, dass ich brennende Fußabdrücke hinterließ. Aber das war mir egal. Mir war es egal, wenn etwas brannte. Völlig egal.

Ich riss die Tür auf und gelang in einen neuen Raum. Gegenüber von mir, auf der anderen Seite, befand sich eine breite Treppe. Vor den Stufen sah ich die Anderen. Sie wurden von Leuten auf die Knie gedrückt.

Ganz oben auf der Treppe, standen drei Leute. Zwei Frauen und ein Mann.

Eine der Frauen sah mir in die Augen und ich spürte, wie mein Körper sich vorwärts bewegte. In diesem Moment bemerkte ich, dass welche fehlten. Asa, Orion und Amber. Wo waren sie?

Sobald ich in erreichbarer Nähe war, griff ein Mann mich am Nacken und drückte mich auf den Boden, sodass ich mich hinknien musste. Ich versuchte ihn am Bein zu berühren, um ihn in Flammen zu setzten, aber ein anderer griff nach meinem Handgelenk und legte mir ein silbernes Armband um.

»Herzlichen Glückwunsch.«, rief eine blonde Frau.

Glückwunsch wofür? Ich sah zu Dylan, der auf den Boden starrte.

»Es scheint, als wäret ihr also die wenigen Auserwählten.«, erklärte sie mit leiser Stimme, »Ich nehme an, ihr seid äußerst verwirrt. Ich nehme es euch nicht übel. All das hier, ist Teil eines Auswahlverfahrens.«

»Was für ein Auswahlverfahren?«, zischte Dylan.

»Um denjenigen mit der stärksten Kraft zu finden.« Sie ging langsam die Treppen herunter, hielt vor Blake an und griff nach seinem Handgelenk. »Wind? *Du* hast es tatsächlich geschafft?«, lächelte sie amüsiert, »Wirklich eine Seltenheit, dass jemand wie du es soweit schafft. Wie hast du es gemacht? Dich wie ein Feigling versteckt und deinen Freund sterben lassen?«

Blake zog seine Hand weg und kniff die Augen zusammen, seine Augen kälter als der Winter. »Leute, wie ich, können gefährlicher sein, als Sie vielleicht glauben. Hätte ich nicht dieses hässliche Armband um, würde ich Sie, in weniger als fünf Sekunden, in einem Tornado auseinander reißen, aber vielleicht würde ich es auch langsamer machen, weil ich Ihnen den Schmerz nicht so schnell wegnehmen möchte. Danke für Ihre Aufmerksamkeit.« Er gab ihr sein berühmtes, provozierendes Lächeln.

Die Frau hob ihre Hand und schlug im so feste ins Gesicht, dass es hallte. Ihre Mundwinkel zuckten, als sie sich weg von Blake drehte, der so überrascht wie nie aussah.

Einer der Männer hob meinen linken Arm an, um die blutende Wunde zu verbinden, die ich vergessen hatte.

»Was ich sagen wollte.«, hustete sie, »Ihr habt, ohne euer Wissen, an einem Auswahlverfahren teilgenommen, in dem entschieden wird, wer unser neue König oder unsere neue Königin wird. Jemand anderes wird es euch detaillierter erklären.«

Aus dem Hintergrund trat ein Mann hervor, der sich neben die Frau stellte. Seine Haltung war Kerzengerade und seine Hände hinter seinem Rücken gefaltet. Er war nicht mehr der Jüngste gewesen. Vermutlich in seinen 50ern.

»Hallo mein Sohn.«, lächelte er.

»Dad?« Dylans Körper spannte sich an, aber seine Augen wurden wärmer.

»Ich nehme an, du bist sehr, sehr verwirrt, über die jetzige Situation.« Er sah kurz in Dylans Augen, bevor er wieder wegsah.

»Du solltest doch tot sein.«, flüsterte Dylan.

»*Show*, Junge, alles Show.« Seine Stimme wurde lauter. »Es war alles Teil deiner Vorbereitung. Das Auswahlverfahren, wie Mrs. Poulter es bereits erwähnt hatte. Phase eins ist hiermit vorbei. Ich gratuliere euch wenigen, die es geschafft haben.«

»Wegen dieser Sache, mussten welche sterben?«, kreischte Carly, während sie versuchte sich loszureißen.

Dylans Vater sah auf den Boden. »Seit Jahrhunderten, wird dieses Verfahren durchgeführt. Einige treten freiwillig an. Aber wenn es keine Freiwilligen gibt, werden sie vom Kongress gewählt. Es traf euch.« Er lächelte leicht. »Und der beste Weg, um euch unwissend hier her zu bekommen.« Er sah zu Dylan. »War die Schriftrolle.«

»Dann hast du das wirklich alles geplant?«, rief Dylan.

Sein Vater nickte. »Seit dem Tag, an dem du geboren wurdest. Dein Potential wurde von Anfang an erkannt. Ich bin stolz auf dich.«

»Amber ist gestorben, Dad.«, zischte er, »Amber.«

Dylans Vater spielte mit seinen Händen und runzelte kurz die Stirn. Für eine Sekunde hatte ich den Eindruck gehabt, dass er bereute, was er uns antat. Aber der Gedanke flog vorbei, sobald er wieder den Mund öffnete.

»Schließt sie ein und lasst keinen von ihnen entkommen, bevor Phase zwei angefangen hat.«, sagte er zu den Männern, die uns auf den Boden hielten.

Sie zogen uns, mit all ihrer Kraft, nach oben. Unsere Kräfte konnten wir nicht benutzen. Sobald einer von uns es versuchen würde, bekamen wir Elektroschocks. Sie zogen uns hinter sich her, durch verschiedene Gänge, und schubsten uns in einen Raum. Ein Raum, der gerade groß genug für uns war. Fenster gab es keine. Noch nicht einmal Tische oder Stühle. Nur ein paar verrostete Betten, mit staubigen Decken und Kissen.

»Was wird jetzt mit uns passieren?«, fragte Carly.

Die Männer sahen sich an und grinsten nur vor sich her, bevor sie die Tür hinter sich schlossen und uns alleine ließen.

12

Die erste Nacht, war die schlimmste Nacht gewesen, die ich je erlebt hatte. Es war dunkel, es war kalt, es war traurig.

Es bereitete mir Bauchschmerzen, wenn ich an Tate dachte. Mein bester Freund starb in meinen eigenen Armen und es gab nichts, was ich hätte tun können, außer zuzusehen.

Wem würde ich denn jetzt Witze erzählen? Wer würde jetzt so tun, als wären diese Witze lustig gewesen und wer würde lachen, nur damit ich mich gut fühlte? Mit wem konnte ich jetzt albern sein und trotzdem ernst? Tate war nicht mehr da.

Das Asa, Amber und Orion nicht mehr da waren, half auch nicht. Asa hätte uns gesagt, dass wir nicht die Köpfe hängen lassen sollen. Amber hätte uns angeschrieben und uns gesagt, wir sollen uns zusammenraufen, sonst reißt sie uns die Köpfe ab und Orion hätte irgendeinen Witz erzählt und mindestens einen zum Lachen gebracht.

Dylan, Carly und Blake hatten uns erzählt, wie sie gestorben waren.

Ambers Panikattacke sei so schlimm gewesen, dass sie vor Dylan weggerannt war und ihren Kopf auf einem Stein aufgeschlagen hatte, Blake fand Asa bereits abwesend auf dem Boden und Orion wurde eingefroren.

Aber was mit Tate passiert war, habe ich nicht erzählt. Nicht direkt zumindest. Das mit Raiden hatte ich ausgelassen.

Ich wusste nicht, warum er das getan hatte und würde ich die Geschichte erzählen, wäre das die erste Frage gewesen.

Warum würde jemand, von dem wir dachten er wäre unser Freund, so etwas tun? War das von Anfang an sein Plan gewesen? Warum gerade Tate? Ich kannte die Antworten nicht, aber ich wollte sie wissen.

Ich hörte Schritte in unsere Richtung kommen und eine Minute später, wurde die Tür aufgerissen und wir vom Licht geblendet. Keiner von uns wehrte sich dagegen, als sie uns aus der Zelle brachten. Keiner versuchte wegzulaufen.

Die Wachen brachten uns in einen Raum, mit einem runden, riesigen Tisch in der Mitte. Je ein Wächter stand hinter einem Stuhl, für den Fall, dass einer von uns auf die Idee kam, etwas dummes zu tun.

Kaum hatten wir uns hingesetzt, kamen mehr Leute, mit Tellern voller Essen, rein. Aber glaubt jetzt nicht, dass wir ein Festmahl bekommen haben. Wir bekamen etwas Brot, Marmelade, Kaffe und Wasser. Es war immerhin etwas besser, als in einem normalen Gefängnis.

»Ich hoffe, ihr habt gut geschlafen.« Ihre Stimme kam von allen Seiten, als sie in den Raum trat.

Diese Frau anzusehen brachte mich dazu, alles wieder ausspucken zu wollen, was ich gerade gegessen hatte. Und das war viel gewesen. Sie war alleine da, aber sie stand stolzer als je zuvor. Sie lächelte jeden von uns an, als würde sie wollen, dass wir es erwiderten.

»Wie ihr vielleicht bereits festgestellt habt, seid ihr nun offiziell bei Stufe zwei angelangt.« Mrs. Poulter fing an, um den Tisch zu gehen. »Und Stufe zwei, wird sehr viel schwerer sein. Diesmal werdet ihr kämpfen, damit wir sehen, wer das gewisse Durchhaltevermögen und die gewisse Stärke mit sich bringt.«

»Wir werden nicht gegeneinander kämpfen, wenn es das sind, was Sie wollen.«, knurrte Dylan.

»Oh, nein, das sicherlich nicht.« Sie blieb stehen, um uns anzusehen. Diese Frau hatte einen fable für lange Pausen, als würde sie versuchen alles spannender zu machen. »Ihr werden gegen euch selbst kämpfen.«

»Das ist komplett unlogisch, Lady.«, fing Carly an.

Mrs. Poulter sah sie an. »Das ist alles andere, als unlogisch. Im Labyrinth befandet ihr euch auch unter zahlreichen Illusionen. Seid euch nicht sicher, dass alles, was ihr dort gesehen habt, echt war. Oder glaubt ihr wirklich, dass die Wände unendlich hoch waren? In Wahrheit, waren sie nicht höher als zehn Meter.« Sie lächelte und sah mich an. »Oder etwa ein finsterer Tunnel.«

Ich schluckte mein Wasser herunter und ließ den Kaffee kalt werden. Die Dinge im Labyrinth waren also Illusionen gewesen. Das hieße, der dunkle Weg, durch den Tate und ich gegangen waren, den gab es gar nicht. Vielleicht war Raiden auch nur eine Illusion gewesen. War Tates Tod nur eine Illusion?

231

Ich kaute auf meiner Unterlippe rum und sah zu Blake, der gegenüber von mir saß. Er ritze mit der Gabel etwas in den Holztisch. Ich versuchte zu entziffern was es war. Dann erkannte ich es. Es war eine Skizze von Mrs. Poulter, mit einem großen, wütenden Kopf. Das Bild erinnerte mich an die Zeichnung, die Tate von Blake gemacht hatte.

Die Wache, die hinter ihm stand, ließ es zu und ich hätte schwören können, einer von ihnen lächelte. Sie schien wohl nicht sehr beliebt zu sein. Mrs. Poulter stand immer noch da und beobachtete uns.

»Wo ist mein Vater?«, fragte Dylan.

»Er ruht sich aus.« Das war alles, was sie ihm erzählte.

»Ich möchte mit ihm reden.«, verlangte Dylan.

»Dafür wirst du noch die Gelegenheit bekommen.«

»Und wann wäre das?«, zischte er.

»Bald.«, behauptete sie, ohne ihn anzugucken.

Sobald wir fertig waren, wurden wir von den Stühlen gezogen und wieder zurück in den Raum verfrachtet.

»Was passiert jetzt?«, fragte Geb.

»Werdet ihr schon sehen.«, sagte einer der Wachen.

»Hört auf zu versuchen alles spannend zu machen, was soll die Scheiße?« Carly rammte dem Mann hinter ihr den Ellenbogen in die Rippen.

»Schutzkleidung.«, sagte er trocken und drückte ihren Arm fester an den Rücken. Carly entwich ein Wimmern.

»Wir holen euch ab, wenn es soweit ist.« Die Tür wurde aufgeschlossen und wir wieder hineingedrückt.

Wut verspürte ich keine. Nur Leere. Mein Körper war taub.

Feuer

Die Wachen zogen mich durch die Gänge. Ihre Hände griffen meine Arme so feste, dass sie blaue Flecken hinterließen.

Ich wusste nicht wohin sie mich brachten. Und ich wusste nicht was ich hätte tun sollen, wenn ich es wüsste.

Uns selbst bekämpfen? Wie sollte das funktionieren?

Meine Füße schliffen über den Boden. Ich war zu schwach gewesen, um sie zu heben. In der Nacht zu schlafen war nicht möglich.

Und dann wiederum, wie viel Uhr war es eigentlich? Im ganzen Gebäude gab es kein einziges Fenster. Nirgendwo. Nur gelblich leuchtende Glühbirnen an den Decken. Die Luft, um mich herum, fühlte sich mit jedem Schritt dicker an. Wir stoppten an einer eisernen Tür. Eine Hitzewelle traf mein Gesicht und ich schauderte.

»Viel Glück.«, lachte einer der Wachen, während er die Tür öffnete.

»Verbrenn dir nicht die Finger.«, meinte der andere und schubste mich hinein.

Ich schloss meine Augen und atmete tief ein, was nicht wirklich half. Die Luft war warm und ich spürte bereits die Schweißperlen auf meiner Stirn.

Der Raum wurde ausschließlich durch Kerzen beleuchtet. Es standen kleinere und größere verteilt auf dem Boden. In der Mitte entdeckte ich eine Pfütze.

Ich runzelte die Stirn. Aus welchen Grund war ich hier? Um die Kerzen auszupusten? Bis zur Mitte, ging ich auf Zehenspitzen und sah mich um.

Die Flammen tanzten, als ich an ihnen vorbei ging. Das Wasser war schmutzig, meine Reflexion konnte ich nur schwach erkennen. Ich hatte Augenringe, meine Haare waren ein Durcheinander und meine Mundwinkel hingen nach unten. Ein Bild von mir, dass ich noch nie gesehen hatte.

Ich schaute nach oben, denn ich hatte genug gesehen. Mein Körper bewegte sich hin uns her und ich blickte über den ganzen Raum. Nichts.

Nur ich, die Kerzen und meine Reflexion. Ich kratzte mich am Nacken und seufzte. Hier gab es nichts für mich zu tun. Wenn es ein Rätsel für mich zu lösen gab, war ich nicht einmal in der Position es zu versuchen. Ich war zu müde. Müde, Leute die mir etwas bedeuten, in Schmerzen zu sehen. Müde, mich selbst in Schmerzen zu sehen.

Ich schloss meine Augen und nahm noch einen tiefen Atemzug. Vielleicht dachte ich, dass das alles ein Traum war und ich gleich aufwachen würde. Als ich sie aber wieder öffnete, sah ich in - *meine Augen*?

Mein ganzer Körper zuckte. Für eine Sekunde dachte ich es wäre nur eine Reflexion gewesen aber, es war *ich*.

Ich blinzelte einige Male und rieb mir die Augen. Bei meiner Erschöpfung konnte ich mir zutrauen, dass ich dabei war durchzudrehen. Zur Probe, machte ich diverse Bewegungen, aber die Figur vor mir kreuzte die Arme. Sein Gesicht war kalt wie Eis.

»Was glaubst du, was du da tust?«

Ich schauderte. Das war zu verrückt für mich, um es zu glauben.

Da stand etwas vor mir, dass genauso aussah wie ich, aber es war nicht ich.

»Lass uns anfangen.«, grinste er und richtete die Ärmel seines schwarzen Pullovers, »Wie wär's, wenn du mir zeigst was du drauf hast und danach töte ich dich sowieso.«

Ich wollte mit ihm sprechen, mich bewegen, kämpfen wenn ich müsste, aber mein Körper war wie eingefroren. Er starrte mich an und wartete auf meine Antwort.

Die Flammen tanzten wieder, aber keiner von uns regte sich. Er tat etwas. Er spielte mit dem Feuer. Er spielte mit ihnen und ich hoffte, er würde sie nicht gegen mich verwenden.

»Ich warte.« Er presste die Lippen aufeinander und neigte seinen Kopf zur Seite.

Alles was ich tun konnte war atmen. Es hätte er sein können, der mich daran hinderte mich zu bewegen oder meine eigene Angst.

Meine Kopie seufzte und kam mir näher. Er sah mir in die Augen und griff nach meinem Handgelenk. Ich spürte, wie seine Fingernägel sich durch meine oberste Hausschicht schnitten und wimmernd versuchte ich, mich aus seinem Griff zu befreien. Es war, als würde ich in ein offenes Feuer geschmissen werden.

»Stottere ich oder was?« Er ließ mich wieder los.

Ich legte meine linke Hand über die blutende Wunde, mit der er mich zurückgelassen hatte. Mein Blick war darauf fixiert. Lieber mied ich seine Augen. Ich wusste, er hätte mich umgebracht, wenn ich mich nicht gewehrt hätte. Wenigstens musste ich so tun, als wolle ich gegen ihn kämpfen.

Angst hatte ich keine vor ihm und auch keine vor dem Sterben. Ich hatte nur Angst vor dem Schmerz. Tränen schossen in meine Augen und meine Kopie griff nach meinem Nacken. Für einen Moment blieb mir die Luft weg. Ich fiel auf den Boden und keuchte. Mir wurde schwarz vor Augen.

Da lag ich nun. Ich bewegte mich nicht. Ich glaube auch nicht, dass ich das wollte.

»Nein, nein, nein. Du darfst noch nicht wegtreten. Wir haben noch nicht mit den lustigen Sachen, angefangen.« Er packte mich an meinen Haaren und zog meinen Kopf zurück. »Kein Wunder, dass Tate tot ist. Du bist so schwach, du kannst nicht einmal dich selbst beschützen.«, lachte er, »Wie war das eigentlich, deinen einzigen Freund sterben zu sehen?«

Ich kniff die Augen zusammen. Egal was er über mich sagte, ich konnte es vertragen, aber ich konnte nicht ertragen, dass er über Tate sprach. Alles war noch so frisch in meinem Kopf. Wie er auf dem Boden lag, wie ich das Blut um ihn herum sah, wie sein Licht ausging.

Ich versuchte mein Bestes, um diese Gedanken auszublenden, aber die Tränen flossen trotzdem meine Wangen herunter.

»Du wirst wirklich nichts tun?« Er ließ meine Haare los. Mein Gesicht schlug auf den Boden auf und ich spürte das Blut aus meiner Nase laufen. »Du bist peinlich.«

Ich hörte ihn um mich herumlaufen, dann stoppte er und einige Sekunden später, fing er wieder an sich zu bewegen. Ich schmeckte Blut auf meiner Zunge.

»Die Art, wie der Blitz Tate getroffen hat.« Er schüttelte seinen Kopf voller Begeisterung. »Schade, dass Raiden nicht dich erwischt hat. Du warst das wahre Ziel gewesen, aber besser einer als keiner, hab ich recht?«

Ich versucht meine Augen noch fester zuzudrücken. Meine Hände waren zu so festen Fäusten geballt, dass ich spürte, wie mein eigenes Blut an meinem Handgelenk herunterfloss.

»Hat es dir nicht Angst gemacht, Aiden?« Er legte einen Fuß auf meinen Rücken, um mich vom aufstehen zu hindern. »Sein letzter Atemzug?« Er wartete auf meine Antwort und trat mir in den Rücken. »Eigentlich hat Tate dich gehasst. Er hat dich gehasst, so wie ich die hasse.« Er ging ein paar Schritte zurück.

Meine Arme fühlten sich an, als hätten sie jeden Muskel in ihnen verloren. Ich versuchte aufzustehen, aber jedes Mal fiel ich wieder auf den kalten Grund. Meine Handflächen schmierten mein Blut auf den Boden, während ich immer wieder den Kopf schüttelte. Ich glaubte nicht ein Wort von dem, was er sagte.

»Komm schon, *kitty-cat*.« Er hockte sich neben mich, ein amüsiertes Lächeln breitete sich auf seinen Lippen aus.

Ich hinterließ eine Blutlinie unter meinem rechten Auge, als ich meine Tränen wegwischte. Tate hasste mich nicht. Wir waren Freunde. Seelenverwandte. Wir waren gleich.

Wir waren Eins.

Ich spürte etwas in meiner Magengrube. Ein brennender Schmerz, der sich in meinem Körper ausbreitete und meine Trauer verschwand.

Nochmals versuchte ich meinen Körper vom Boden zu heben und stützte mich mit meinen Armen. Beim zweiten Versuch schaffte ich es, mit wackligen Beinen, zu stehen.

»Du hast es geschafft aufzustehen, ohne wieder auf deinen Arsch zu fallen.« Er klatschte sich in die Hände, ehe er mir Platz machte. »Ich wette deine Eltern fänden dich süß, wenn sie nicht gestorben wären.«

Ich beobachtete ihn bei jeder Bewegung, für den Fall, dass er mich angreifen würde. Er bewegte sich um mich, wie ein Löwe um seine Beute.

»Weißt du, hätte man ihnen nicht die Kehle aufgeschlitzt, wären sie dich trotzdem losgeworden. Nicht mal deine Großeltern wollten dich behalten. Schade, dass sie jetzt tot sind, sonst hätten sie's dir selbst sagen können. Sie wussten, dass du eines Tages gefährlich sein würdest, also gaben sie dir eine normale Familie und ein normales Leben, damit du nie erfahren würdest, dass du eine Kraft hast. Es wäre besser gewesen, hätten die Anderen dich im Wald gelassen. Ich meine, du hast fast ihr Haus abgebrannt und das Haus von deinem *Hüter*.«

Ich spürte, wie meine Hände brannten, wie an dem Tag im Wintergarten, aber ich hatte keine Angst mehr davor.

Das Brennen ließ mich so lebendig fühlen, als könnte ich die ganze Welt zerstören - oder mich selbst. Adrenalin schoss durch meine Adern, als ich mich ihm näherte.

Meine Kopie lächelte mich an. Er hatte erreicht was er wollte, ich wehrte mich. Mit zitternden Händen umklammerte ich seine Kehle. Er kämpfte nicht dagegen an.

»Sieht aus, als wäre der kleine Aiden doch nicht so ein Weichei.«, lachte er, »Vielleicht wärst du ja ein guter König. Wer weiß. Vielleicht würdest du alles ins Verderben stürzen, aber immerhin mangelt es dir nicht an Tapferkeit.«

»Willst du nicht kämpfen?«, fragte ich.

Sein Körper fing Feuer, jedoch brannte er nicht.

»Würde der echte Aiden kämpfen?« Er hob eine Augenbraue.

Ich sah ihm in die Augen. Er würde nicht kämpfen. Er hatte nie vor gegen mich zu kämpfen. Seine Augen waren nicht mehr wild, sie waren ruhig und sein Körper war entspannt.

»Nein.«, flüsterte ich, bevor er eins mit den Flammen wurde.

Der echte Aiden, würde nicht kämpfen.

Erde

Der Raum, in den ich gebracht wurde, war leer. Er war leer, aber das hielt mich nicht davon ab, mich verteidigen zu können.

Das Praktische an meiner Kraft war, dass ich sie fast überall nutzen konnte. Wer oder was auch immer da auf mich zukommen würde - ich konnte ihm die Stirn bieten.

Meine Familie war immer stolz auf unsere Kraft gewesen, obwohl wir im Königreich vor allem für die Landwirtschaft zuständig sind. Das war zwar eine wichtige Aufgabe, aber angesehen waren nur die, die direkt im Schloss wohnten. Also nicht unsere Leute.

Nun stand ich in der Mitte des Raumes und wartete darauf, das etwas passierte.

»Du bist viel zu bescheiden geworden, Geb.«, hallte eine Stimme, als ich mich weiter im Raum bewegte.

Ich stoppte. Das gedämmte Licht machte es schwer zu sehen und ich wollte meinen Kopf nicht gleich am Anfang verlieren, also trat ich wieder einige Schritte zurück. Mein eigener Atem war das Einzige, das ich hören konnte, aber ich wusste, ich hatte mir die Stimme nicht eingebildet.

Worauf wartete ich hier? Darauf, dass jemand mich anspringen würde?

Ein Gesicht erhob sich aus der Dunkelheit. Das Gesicht gehörte mir. Die Person kam auf mich zu.

Meine Beine zitterten und es wurde stärker mit jedem Schritt den er näher kam. Der Boden unter uns vibrierte.

»Ich hoffe, du hast dich gut vorbereitet.«, sagte er.

Mein Körper stand still.

»Willst du nicht endlich mal dein inneres Biest rauslassen, Geb? Ich weiß du willst es. Ich kann es in deinen Augen sehen.«

Meine Blick glitt zu Boden. Alles war gut, außer, dass er versuchte mich zu provozieren. Ich wollte ihn wortwörtlich steinigen, aber ich riss mich zusammen. Selbstkontrolle und ein klarer Kopf, waren das Wichtigste. Zumindest hatte Carly das gesagt.

Ich kannte mich selbst. Wirklich sehr gut. Meine Stärken, meine Schwächen. Für mich gab es nichts neues mehr. Das machte mich Kugelsicher. Wörter machten mir nichts aus, besonders dann nicht, wenn ich wusste, dass es sich um Lügen handelte.

»Komm schon. Greif mich an. Versuch mir weh zu tun.«, grinste er.

Ich blieb still stehen. Er ging vor und zurück, von Seite zu Seite.

»Muss ich wirklich den ersten Schritt wagen?« Er stoppte und runzelte die Stirn.

Ich beobachtete seine Hände, wie er sie vor sich ausstreckte. Der

Boden bebte und Balken aus Stein stiegen um mich empor, bis ich mich in einer Zelle befand.

»Lächerlich, wenn man darüber nachdenkt, dass du genau das Selbe tun kannst, wie ich.«

Ich stampfte auf den Boden und die Säulen sanken sich wieder. Ich war mir sicher, dass das ein schneller Kampf werden würde, wenn man es einen Kampf nennen konnte. Ich war gar nicht in der Position zu kämpfen. Hört sich vielleicht langweilig an, aber ich wollte nicht sterben. Genauso wie er sagte, wir beide konnten genau die selben Sachen tun. Ich sah keinen Sinn darin zu kämpfen, auch wenn er es wollte. Er wollte, dass ich meine Ruhe verlor. Er wollte, dass ich explodierte.

»Das bist du also geworden, Geb? Eine langweilige Person? Vor ein paar Jahren, konntest du kaum still stehen und jetzt sprichst du nicht einmal?«

Ich biss die Zähne zusammen. Jetzt meine Vergangenheit zu erwähnen, war eine andere Taktik von ihm. Ich würde es nicht zulassen, dass er irgendwas in mir bewegte. Aber stören tat es mich trotzdem. Es brachte mein Inneres zum brennen. Genau das, was er wollte.

»Hab gehört, kochen ist dein neues Hobby geworden. Doch nicht etwa, um dich abzulenken.«

»Hör auf.«, brummte ich.

Was ich vor Jahren getan hatte, sollte in der Vergangenheit bleiben, aber er brachte es in meine Gegenwart, mit einer ganz leichten Erklärung. *Er* war meine Vergangenheit. Er war der Teil von mir, den ich verbannt hatte. Der Teil, den ich in eine Zelle gesperrt habe.

»Das ist wirklich Schade.«, murmelte er und streckte wieder seine Hand aus.

Dieses Mal war ich schneller. Ich bewegte meine Hände und hob eine Steinwand vor mich, um seinen Angriff zu blocken.
Meine Wand zerbracht, aber immerhin wurde ich nicht verletzt.

»Kämpfe endlich!«, schrie er.

Massive Steine hoben sich um ihn herum. Sein Grinsen war verschwunden und sein Atem war schwer.

Er wollte keine Spielchen mehr spielen, er wollte mich töten.

Ich wusste, das war auch der ganze Sinn dieser Sache gewesen. Entweder er oder ich. Nur einer sollte den Raum verlassen.

»Du hattest deine Chance.« Er zuckte mit den Schultern und drückte seine Arme nach vorne.

Ich sprang zur Seite, aber eines der Felsen streifte die linke Seite meines Gesichts. Meine Finger glitten über die Stelle und wurden von Blut bedeckt. Die warme Flüssigkeit floss mein Kinn herunter und tropfte auf den Boden.

»Fühlst du dich jetzt, wie deine Schwester?« Er legte den Kopf schief.

Ich stoppte meinen nächsten Angriff und starrte ihn an. Es widerte mich an, dass er jetzt auch noch meine Schwester erwähnte.

»Erinnerst du dich noch?« Er runzelte die Stirn. »An den Moment, in dem du sie sterben liest?«

Das Brennen in mir wuchs.

»Es war *nicht* meine Schuld.« Ich knirschte mit den Zähnen.

»Die arme, kleine Nia. Vielleicht solltest du das gleiche Schicksal erleiden.«

Ich hörte etwas. Als ich nach oben schaute, sah ich einen Felsen über mir hängen, der 20 mal größer als ich war.

»Bye-bye, Geb.«

»Nein!«, rief ich und kniff die Augen zusammen, während ich darauf wartete zerquetscht zu werden.

Nias Tot war nicht meine Schuld gewesen. Nicht meine Schuld. Wir hatten nur herumgealbert.

Schmerz schoss durch mich, als mein Körper mit dem Boden kollidierte. Ich blutete am Kopf, aber ich war noch am Leben. Ich öffnete meine Augen und sah mich um. Der Felsen zersplitterte zu kleinen Steinen.

Er war weg. Ich war allein.

Wind

»Wohin bringt ihr mich? Ich verlange eine Antwort!«, zischte ich.

Zwei Männer zogen mich den Gang an meinen Armen runter, als wäre ich irgendein Gefangener. Ich hatte bereits mehrere Male versucht, sie zu treten oder mich anders loszureißen, aber sie waren wie Roboter.

Letzten Endes blieben wir vor einer Tür stehen. Einer von ihnen zückte den Schlüssel und öffnete das Tor zur Hölle. Aber dabei war er verdammt langsam. Als wäre da drin ein Geschenk gewesen und er wollte die Spannung bei mir steigern. Ich war nicht gespannt, ich war genervt und müde. So viel Scheiße passierte gerade, dass ich mich meistens nicht einmal konzentrieren konnte. Und dieser lahme Arsch half nicht gerade. Ich wollte das nur noch hinter mich bringen.

Als ich *endlich*, nach 80 Jahren, den Raum betrat, fragte ich mich, wie mein Doppelgänger wohl sein würde, wenn ich, der Echte, nicht gerade liebenswürdig war. Ich meine, es war offensichtlich, dass wir gegen eine genau Kopie von uns kämpfen würden.

Ich sah jemanden im hinteren Teil des Raumes und das war genug für mich, um abhauen zu wollen. Er versteckte sich im Schatten, aber ich wusste, wer es war. Ich meine *natürlich* wusste ich es.

Wer sollte sonst hier sein, außer ich und *ich*?

Ich war sowieso keiner der wegrannte, ich war derjenige, der sich ganz leise in Staub auflöste. Aber das war ja nicht möglich. Die Tür wurde hinter mir abgeschlossen. Danke an Lahmarsch #1 und Lahmarsch #2.

Schaut mal, ich war kein Feigling, falls ihr das nicht wusstet, ich war nur schlau genug mich nicht opfern zu lassen, aufgrund dummer Gründe.

Also da war er nun oder da war ich nun? Egal. Er lehnte sich gegen die Wand, seine Augen waren geschlossen. Was für ein Idiot. Man schließt seine Augen nicht, wenn der Feind in der Nähe ist. Sie haben wohl böse mit dumm vertauscht, als sie ihn zusammengebastelt haben.

Ich bewegte mit näher zu ihm, aber behielt stets eine gewisse Distanz zwischen uns. Er bleib still und bewegte sich keinen Zentimeter. Sobald ich sein Gesicht besser erkennen konnte, blieb ich stehen. Es war, als würde ich in einen Spiegel gucken, nur ohne Spiegel. Und mit der Ausnahme, dass sein Haar weiß war. Jeder Muskel in seinem Gesicht war entspannt, wohingegen meine angespannt waren und mein Kiefer sich anfühlte, als würde er jede Sekunde meine Zähne zermahlen.

Ich hätte mich etwas besser gefühlt, wenn meine Haare nicht ausgesehen hätten, wie Einhorn Kotze. Wisst ihr, das Aussehen ist ein wichtiger Faktor, wenn man einschüchternd wirken will, aber ich sah aus wie ein Clown, der aus dem Zirkus abgehauen war. Das ließ mich wünschen, dass die Kopie von mir seine Augen niemals öffnen würde. Ich würde nämlich jemanden wie mich auslachen und da er, im Grunde, ich war, würde er definitiv das Selbe tun.

Ein Luftzug traf mein Gesicht. Ich schauderte. Er war das gewesen. Ich wollte auf seine Hände schauen, diese waren jedoch in seinen Hosentaschen vergraben. Meine hingen zu meinen Seiten, bereit zum kämpfen.

Die ganze Sache schien mir zu einfach. Sie hätten uns das nicht machen lassen, wenn wir nicht hätten sterben sollen.

Diese Schreckschraube dachte, ich würde es nicht schaffen. Ja, das Wind Volk war vielleicht nicht am Stärksten und ich konnte nicht verstehen, wie zur Hölle Licht stärker war, aber ich war anders. Nein, ich will mich nicht als besonders hinstellen, obwohl ich es war, es ist nur, dass das Wind Volk ihre Kraft nicht wertschätzt. Sie sind daran gewöhnt gegen die Anderen zu verlieren und Schuld daran sind die Vorurteile. Aber nicht ich. Ich hasste verlieren. Ich wollte der Gewinner sein. Immer.

Zurück zu dem Kerl, der vor mir stand. Da waren wir also nun und alles was wir taten war rumstehen. Es nervte mich, dass er so tat, als wäre ich gar nicht da gewesen, also stampfte ich mit dem Fuß und zog meine Schuhsohle über den Steinboden. Sein Mund zuckte und er öffnete seine Augen. Endlich.

»Was für eine hässliche Visage du hast. Gut, dass ich sie nicht all zu lange ertragen muss.«

»Du bist ich. Im Grunde, hast du dich gerade selbst beleidigt, Idiot.« Ich kreuzte meine Arme. »Du siehst aus wie ein Geist, mit dieser

Frisur.«

»Und du siehst aus wie etwas, dass aus dem Hintern eines Einhorns kam, mit dieser Frisur.«

Ich verengte meine Augen. Unhöflich.

Er winkte mit den Armen und schon fühlte ich die Luft meine Lunge verlassen. Ich schnappte und versucht mich vor dem ersticken zu retten, indem ich die Luft wieder einzog, aber es war nicht genug.

»Zu leicht.«, flüsterte er und senkte die Hände, »Sag mir, wie fühlt es sich an, immer Letzter zu sein?«

»Was meinst du?«, keuchte ich und versucht meine Atmung wieder zu regulieren, ohne ihn wissen zu lassen, dass er mich für eine Sekunde gequält hatte.

»Du bist wirklich bemitleidenswert. Du denkst, du bist toll mit deiner ‚Ich brauche niemanden‘ Einstellungen, wenn du eigentlich nur nach Aufmerksamkeit ringst. Du denkst, du wärst besser, als jeder andere, wenn du eigentlich der Schlimmste bist.« Jetzt kreuzte er die Arme und fing an, sich durch den Raum zu bewegen. »Aber ich muss dich auch loben, *Rainbow Boy*. Ich hatte den Eindruck, du würdest schon im Labyrinth sterben. Wirklich beeindruckend.« Er stoppte und tat, als wäre er überrascht. »Oh, warte, nein. Du wärest ja beinahe wirklich gestorben, wenn du bei dem kleinen Heiler geblieben wärst. Aber natürlich hast du wieder nur an dich selbst gedacht und bist gegangen, um ihn verrotten zu lassen.«

Ich ballte die Fäuste. Es war das erste Mal, dass jemand, auch wenn es theoretisch ich war, so zu mir gesprochen hatte. Es waren nicht umbedingt die *Dinge* die er sagte, es war die *Art*.

Nie wurde ich richtig wertgeschätzt. Natürlich wollte ich Aufmerksamkeit. Ich sehnte mich danach, das war keine Schande. Außerdem wusste ich, dass ich Asa im Labyrinth gelassen hatte, auch wenn es mir irgendwo Leid tat, aber ich musste es tun. Er war bereits tot gewesen, als ich ihn fand. Es hat keinen Sinn jemanden zu retten, der bereits verloren ist. Und es machte mich krank, dass Menschen dachten, meine Leute würden es nie weit bringen. Ich war stark genug, um das hier zu schaffen, aber ich hielt zu viel von mir. Ich war schlau, aber ich hielt zu viel von mir. Hat mich das gestoppt irgendwas davon zu tun, was ich getan habe? Nein. Manchmal muss man eben viel von einem halten, um seine Ziele zu erreichen. Vor allem, wenn niemand sonst es tut.

Wir starrten uns an. Ich versuchte sein Gesicht zu studieren, aber alles was ich sah, war ich. Ich kannte mein Gesicht, bis ins kleinste Detail, trotzdem konnte ich nicht erkennen, ob er etwas vor hatte oder nicht. Ich hatte nie viel Mimik in meinem Gesicht und nicht einmal seine Augen verrieten ihn.

»Weinst du manchmal?« Er brach die Stille. »Über wie sehr deine Familie dich hasst? Also, ich meine, wie sehr sie dich *hasst,* weil du so eine Enttäuschung bist?« Er runzelte die Stirn mit einem Lächeln auf den Lippen.

Ich äffte ihm nach. »Siehst es so aus, als interessiert mich meine dumme Familie?«

»Blake, warum kannst du nie was richtig machen?« Seine hochgestellte Stimme brachte mich dazu, meine Ohren zu verdecken. »Der Tot deines Vaters ist allein deine Schuld.«

Wer glaubte er, wer er war? Wie konnte er es wagen? Das Blut in meinen Adern pumpte schneller. Seit dem ich zu Dylan gezogen war, habe ich nicht mit meiner Familie gesprochen und meine Kindheit war nicht gerade etwas, an das ich gerne zurück dachte.

Wenn ihr jetzt eine Herzzerreißende Geschichte erwartet, tut es mir leid. Ich wette ihr fragst euch, warum ich dann so ein Arschloch bin. So bin ich eben. Gemeine *Kids* in Geschichten, haben halt nicht immer eine tragische Hintergrundgeschichte.

Meine Vater starb bei einem Trip auf dem Meer, auf dem ich zufällig auch dabei war. Seit dem Tag hasste meine Mutter mich. Alte Leute, ich sag's euch. Es gab aber mal eine Zeit, in der ich nett war, in der andere Leute mich interessierten. Schlechteste Entscheidung meines Lebens.

Und warum mir meine Familie egal war? Weil diese Leute größere Arschlöcher waren, als ich. Ganz besonders mein Bruder, aber von dem fang ich erst gar nicht an.

Oh, Blake, ich hätte fast gedacht, du wärst zu dumm um überhaupt zu merken, dass du eine Kraft hast. Was auch immer, Mann. Spätzünder sind meistens die, für die du später im Leben putzen wirst.

Aber der Tod meines Vaters, war nie meine Schuld gewesen. Ich erwähn's nochmal. Nie. Warum sollte ich die einzige Person töten, die mich verstand? Die Einzige Person, die sich um mich kümmerte? Es war nie meine Schuld gewesen.

Danke an meine Kopie, die alles wieder aufgrub. Ich fing jetzt nicht gleich an rum zu heulen, die Phase hatte ich hinter mir.

Das Ding mit Familie ist, sie enttäuschen dich genauso sehr, wie Freunde und Liebhaber. Da wir gerade von Liebhabern reden. Schafft

251

euch keinen an. Ich meine, wenn ihr Herzschmerz liebt, dann los. Emotional von jemanden abhängig zu sein, stand nicht auf meiner *Bucketlist*. Warum sollte man sowas überhaupt wollen? Man geht auf Tuchfühlung und dann quengelt man rum und fängt an sich zu vermissen. *Sich zu vermissen*. Man will bei der Person sein, weil man sich sonst einsam und leer fühlt. Oh, bitte, haben Leute nichts besseres zu tun? Zum Beispiel atmen? Komisch, dass so viele Leute mit sich selbst nicht klar kommen und dann verbringen sie Zeit mit jemanden, der meistens noch nerviger ist. Sowas wollte ich nicht.

Ich war Blake. Das ist alles, was ich immer sein wollte. Nur Blake. Nicht Verliebter Blake, nicht Heulsuse Blake. König Blake klang ganz verlockend, aber darum gehts jetzt nicht.

»Du musst jetzt leider sterben, *Rainbow Boy*. Wie soll ich es tun? Deine Lungen mit Luft füllen, bis sie explodieren?«, schlug er vor.

Meine Augen glitten über ihn. Während er über all die Methoden sprach, mit denen er mich hätte quälen können, war ich damit beschäftigt den Staub zu beobachten, den er hinterließ, wenn er sich bewegte. Der Staub entfernte sich von ihm und kam dann zurück. Das hatte ich schon einmal gesehen. Bei dem alten Kerl in Edinburgh. Ich unterdrückte ein Grinsen. Mir war klar, was ich zu tun hatte.

»Ich bevorzuge langsames Töten. Das ist spaßiger.«

Ich klatschte in die Hände. »Weißt du, wie verdammt dumm du bist?« Ich ging auf ihn zu und schickte eine Welle von Wind in seine Richtung, die ein Loch in seinen Körper bohrte. Ich hatte es gewusst. Er sammelte sich wieder und tat, als wäre nichts passiert.

»Du wirst sterben.«, knurrte er.

»Ich glaube nicht.«, lächelte ich und neigte meinen Kopf von Seite zu Seite.

Ich war mir schon sicher, dass ich gewinnen würde. Es war klar. So klar, dass meine Kopie die Stirn runzelte und seine Arme kreuzte. Meine Arme hingen an meinen Seiten. Ich bewegte meine Hände, um einen Windstrudel zu erzeugen.

Bevor ich ihn treffen konnte, beförderte er mich gegen die Wand, auf der anderen Seite des Raumes. Mit einem Stöhnen, fiel ich zu Boden. Ich stand noch nie schneller wieder auf. Die Knochen in meinem Körper knackten und meine nächste Attacke ließ nicht lange auf sich warten. Meine Knie bluteten, aber es interessierte mich nicht. Alles, was mich in diesem Moment interessierte war, zu gewinnen.

»Versuch es lieber nicht.«, lachte er und stieß mich mit einem Windstoß erneut zu Boden.

Wieder stand ich auf. Ich spannte meine Arme, bevor ich sie ruckartig nach vorne stieß und meinen Doppelgänger gegen die Wand pustete. Er prallte auf, aber anstatt Schmerz zu empfinden, grinste er. Wenn ich viel von mir hielt, hielt er noch viel mehr von sich.

»Du bist stärker, als ich dachte.« Er versuchte sich aufzurichten, aber ich stand schon vor ihm.

»Natürlich bin ich das.«, grinste ich und mit einem starken Windzug, war er verschwunden.

Telekinese

Ich war bereit zu kämpfen, sobald ich in den Raum kam. Egal was passieren würde, ich versprach mir, dass ich nichts einstecken würde. Taktik war der Schlüssel. Taktik ist immer der Schlüssel.

Der Feind war nicht in Sicht, also nutzte ich die Zeit, um mich nach etwas umzusehen, mit dem ich kämpfen konnte. Ich wusste, nur einer kam lebend wieder raus und ich wusste, das würde ich sein.

Meine Kraft machte mich stolz, aber um jemanden richtig in den Arsch treten zu können, braucht man Material zum arbeiten. Ich konnte jemanden, mit einem kleinen Stein, ein Loch in den Schädel bohren, das hätte gereicht, doch hier war nichts. Nichts außer Staub.

»Guten Abend.«, hörte ich.

Ich drehte mich zur Seite und runzelte die Stirn. Die Stimme, die ich hörte, war meine eigene.

»Kannst du mich nicht sehen?«

Ich drehte mich umher, aber keiner war in Sicht.

»Hallo, ich bin genau hier.« Die Stimme war genau hinter mir.

Als ich mich ein letztes Mal drehte, nahm ich sofort einen Schritt zurück. Da stand *ich*. Und mein anderes *ich*, hatte gar nicht gesprochen. Sie hatte Telepathie genutzt. Ich kannte Gedankenkontrolle, aber ich wusste nicht, dass wir *das* auch machen konnten. Faszination, sowie Misstrauen, breiteten sich in mir aus. Sie war jetzt schon eine bessere Version von mir.

»Willkommen.« Sie stoppte vor mir und verbeugte sich. »Zu deinem Ende.«

»Du bist nichts. Du kannst mich nicht töten.«, zischte ich.

»Da ist jemand ziemlich überzeugt von sich.« Sie hob eine Augenbraue.

Ich kreuzte meine Arme und starrte ihr in die Augen. Natürlich wusste ich, dass ich überzeugt von mir war. Ich wusste was ich drauf hatte und das war auch richtig so.

»Oh, du gibst mir also *den Blick*?«, lachte sie, »Hör zu Süße, ich werde nicht mit dir kämpfen. Komm und setz dich.« Sie klopfte auf einen Stuhl, bevor sie sich auf den anderen setzte.

Mein Hals war trocken. Die Stühle waren vorher aber nicht da gewesen. Sie spielte ein Spiel und ich wollte nicht daran teilnehmen. Ich leckte mir über die Lippen, ging langsam auf sie zu und blieb neben dem Stuhl stehen.

»Wir sollen kämpfen. Was hast du vor?«

»Ich habe überhaupt nichts vor.«, lächelte sie und legte ihre Hand über ihr Herz.

Mein Magen brummte, als ich mich hinsetzte, meine Augen verließen nie die ihre. Sie aus meinem Blickfeld zu haben, hätte den

Tod für mich bedeuten können.

Sie lehnte sich zurück und kreuzte ihre Beine. Ich traute der ganzen Sache nicht. Wisst ihr, ich will jetzt nicht angeben, aber ich war schon ziemlich schlau. Mit jemanden nur reden zu wollen, den ich töten soll, schien mir sehr absurd. Sie wollte nicht mit mir reden, nein, sie wollte mich verwirren. Mich einschüchtern, um dann ihren diabolischen Plan durchziehen zu können.

Mein Vater hat immer gesagt, traue niemanden, nicht einmal dir selbst. Diese Situation war mehr, als ein bildliches Beispiel dafür, findet ihr nicht?

»Du denkst, du bist sehr schlau, hm?«, fragte sie.

»Ich *weiß*, dass ich schlau bin.«

»Wie möchtest du sterben?« Sie legte den Kopf schief.

»Warum willst du das wissen?«, ahmte ich ihr nach, »Soll ich mir etwa aussuchen, was du mit mir anstellst?«

»Keineswegs. Ich bin bloß neugierig. Sag's mir.«

Ich runzelte die Stirn. Das war, wie eine Sitzung beim Psychiater gewesen. Wir sollten *kämpfen,* verdammt. Ich verstand nicht, was sie vorhatte. Wozu das alles? Es machte mich beinahe zu vorsichtig.

Mich überkam das Gefühl, sie im Auge zu behalten, aber gleichzeitig auch alles andere, um mich herum. Ich wusste, hier war niemand außer uns beiden, trotzdem spürte ich eine andere Präsenz. Einen anderen Atemzug.

»Wer ist noch hier?«, fragte ich.

»Niemand. Nur du und ich, *Schwester*.«

»Du lügst. Ich kann es spüren.«

Langsam sah sie über ihre Schulter und seufzte. »Wir können sie nicht reinlegen, Liebling. Komm zu uns.«

Ich atmete tief ein und lauschte den Schritten, die auf uns zukamen. Sie waren schwer, die Person musste groß sein.

Der Schatten kam ins Licht. Das Gesicht gehörte jemanden, den ich kannte. Groß, schwarze Haare, gut gebaut, gutaussehend. Meine Kinnlade fiel nach unten. Der Körper gehörte Alec.

Alec war meine große Liebe, während meiner Schulzeit gewesen, aber das hatte ich ihm nie gesagt. Ich dachte, wenn er mich näher kennen würde, würde er mich ignorieren, wie jeder andere auch. Der Einzige, der mein altes Ich kannte und trotzdem mit mir auf ein Date ging, war Orion. Es war nur ein Date gewesen, aber ich hatte mich noch nie besser und verstandener gefühlt. Ich erinnerte mich daran, dass ich an diesem Abend geweint hatte. Nicht aus Trauer, aber vor Freude.

Als die anderen Kinder rausfanden, wer ich war, fingen sie an Sachen an meinen Spind zu schreiben oder alle möglichen Dinge nach mir zu werfen. Sie beleidigten mich, bis zu dem Punkt, dass mein Vater mich von der Schule nahm, um mir Privatunterricht zu geben. Leute können so grausam sein.

»Erinnerst du dich an ihn?«, fragte sie.

Alec stand neben ihr, seine Augen durchbohrten mich. Er sah nicht glücklich aus, sondern wütend.

»Du hast diesen Jungen geliebt oder?« Sie griff nach seiner Hand und schaute hoch zu ihm. »Was sagst du dazu?«

»Dich könnte ich niemals lieben. Du widerst mich an.«

Meine Hände zitterten und Hitze stieg mir in den Kopf.

»Du wurdest als Junge geboren, aber läufst rum wie ein Mädchen. Was hattest du denn erwartet? *Liebe* von jemandem wie *ihm*? Du armes Ding.« Sie legte den Kopf schief.

Tränen schossen mir in die Augen, aber ich hielt sie zurück so lange ich konnte. Alec hatte einen Arm um sie gelegt, während beide mich auslachten. Ein Lachen, dass ich niemals aus meinem Kopf kriegen würde.

Ich schloss meine Augen und als ich sie wieder öffnete war sie anders. Sie war mein altes Ich. Mein altes Ich, mit breiter Kleidung und kurzen Haaren.

»*Das* ist was du bist, *Jake*.«

Ich ballte meine Fäuste und spürte den Knoten in meinem Magen verschwinden.

»Jake ist nicht und war nie ein Teil von mir.«

Meine Beine zitterten und ich kniff die Augen zusammen. Ich konnte jetzt nicht die Kontrolle über mich selbst verlieren. Ich musste mich zusammenreißen und die Sache durchziehen, auch wenn es mich innerlich zerriss. Meine Gedanken sind meine Domäne. Das wiederholte ich immer wieder.

»Du bist komisch, hässlich und nutzlos.« Ihre Augen brannten vor Hass.

Ich sprang von Stuhl auf.

»Hör auf!«, schrie ich, warf sie von ihrem Stuhl runter und ließ eine Glühbirne zerplatzen.

Die feinen Glassplitter regnete auf mich herab, während ich in purer Dunkelheit stand.

»Wo bist du?« Ich tastete den Boden nach ihr ab, aber sie war schon weg.

»Carly?«, hörte ich in meinem Kopf, »Viel Glück.«

Wasser

Mir war egal, was sie mit mir machen wollten. Konnte es denn wirklich schlimmer werden? Wahrscheinlich, aber soweit wollte ich nicht denken.

Es kam auch nicht drauf an, ob ich überleben würde oder nicht. Die Anderen mussten es. Das war alles, was zählte. Einer von ihnen sollte der neue König werden. Egal, wer es werden würde, ich wäre stolz und beruhigt gewesen.

Nun standen wir an einer Tür. Was auch immer dahinter war, war gefährlich. Ich schloss meine Augen und wartete darauf, dass sie geöffnet wurde. Einer hielt meinen Arm, der Andere durchsuchte seine Taschen.

»Ach, scheiße.«, zischte er, »Ich hab die Schlüssel vergessen.«

»Du verdammter Idiot. Dann geh sie holen.«

Der Mann drehte sich um und rannte den Flur herunter. Das Geräusch seiner Schritte verwand in der Dunkelheit.

»Was ist dahinter?« Ich sah den Mann neben mir an.

Zuerst widmete er mir keinen Blick, aber dann drehte er seinen Kopf. »Wirst du sehen.«, sagte er und begann wieder die Wand anzustarren. »Mann, ich hasse es, was diese Leute euch antun.«, seufzte er, »Es ist mein erstes Mal hier als Wache und ich hasse es, um ehrlich zu sein.«

»Warum bist du dann hier?«

»Stabilität.«, lachte er und zuckte mit den Schultern, »Ich konnte keine Arbeit im Königreich kriegen, meine Frau wollte mich verlassen. Ich hatte keine andere Wahl. Jetzt können wir uns ein eigenes Haus leisten.« Sein Griff an meinem Arm lockerte sich. »Egal, wo du auf diesem Planeten lebst, manchmal musst du eben Jobs erledigen, die du hasst, um zu überleben. Bedeutet aber nicht, dass ich das dir und deinen Freunden antuen möchte.«

»Ich verstehe.«, nickte ich.

Ich verstand immer die Absichten anderer Leute oder zumindest versuchte ich es.

Er nahm seine Hand weg von mir. Das war meine Chance gewesen , um wegzulaufen, aber ich stand still neben ihn. Ich hatte gerade sein Vertrauen gewonnen, das wollte ich nicht gleich ausnutzen. Ich hatte uns in diese Situation gebracht, also mussten wir auch dadurch.

In der Ferne, hörte ich wieder Schritte auf uns zukommen, gepaart mit dem klingeln von Schlüsseln.

»Ich hab sie!«, rief der Mann und warf dem Anderen die Schlüssel zu.

Er machte sich nicht die Mühe den Weg zu uns zu gehen und lehnte sich gegen die Wand. Der Mann neben mir seufzte, als er aufschloss. Ich sah in einen leeren Raum. Einen Raum der nicht beleuchtet war. Es gab kein Zurück mehr.

»Viel Glück.« Er schloss die Tür bis zur Hälfte. »Übrigens, mein Name ist Luke.«

Meine Augen versuchten sich an die Dunkelheit zu gewöhnen. Ich trat in den Raum und nahm einen Schritt nach dem anderen, aus Angst über irgendwas zu stolpern oder irgendjemanden. Meine eigenen Schritte hallten und die Wände warfen die Geräusche zurück zu mir.

Irgendwann stoppte ich und versuchte zu lauschen. Da war ein dumpfer Schlag, gefolgt von hellem Licht, dass in mein Gesicht schien. Ich drückte meine Augen zusammen.

Als ich sie wieder öffnete merkte ich, dass ich in einem Kreis aus Licht stand. Ein Scheinwerfen schien auf mich herunter.

Schritte kamen, aus der Ferne, auf mich zu, jedoch konnte ich nicht zuordnen, aus welcher Richtung. Ich ballte meine Fäuste und drehte mich immer wieder im Kreis. Kleine Schweißperlen formten sich auf meiner Stirn.

»Mann, siehst du scheiße aus.«, hörte ich jemand vor mir lachen.

Dann trat er ins Licht. Meine Kopie. Ich starrte ihn an, als würde ich mich selbst nicht erkennen, als würde ich jemand Fremdes betrachten. Mein Brustkorb hob und sank sich dreimal schneller als sonst.

»Also, sag mir, wie fühlst du dich?« Er bewegte sich um mich herum, seine Augen auf mich fixiert. »Du siehst nervös aus.«

Ich starrte auf seine Hände, für den Fall, dass er mich angreift.

»Und wie war es, deinen Vater wieder zu sehen?«, fragte er und wartete nicht auf meine Antwort, »Er sollte tot sein und jetzt ist er hier und bringt dich dazu zu kämpfen. Er weiß ganz genau, dass du das hier nicht überleben wirst.«

»Du weißt gar nichts.«, brummte ich.

Ich wusste, dass ich nicht sterben würde. Nicht nach Jahrelangem Training. Auch, wenn ich meinen Vater nicht mehr kannte und er nicht der Selbe wie früher war: Er hatte mich trainiert. Und er wollte, dass ich gewinne oder? Er wollte, dass ich der nächste König werde oder?

»Beweis mir das Gegenteil.« Sein Grinsen wuchs. »Aber was gibt's da für einen Sinn? Wenn ich du wäre, würde ich mir wünschen zu sterben. Wenn ich wüsste, dass ich meine eigenen Freunde auf dem Gewissen hätte.«

Ich schüttelte den Kopf. »Ich achte auf sie.«

Es war wahr, ich hatte Fehler gemacht. Fehler, die ich mir nie verzeihen würde, aber ich hätte nichts besser gemacht, wenn ich kleinbeigegeben hätte.

»Oh echt? Vier deiner Freunde sind gestorben und einer hat euch verraten. Nennst du das acht geben?«

Ich schluckte, als ich an Amber dachte, die vor meinen Augen starb. An Tate, Asa, Orion und Raiden. Aber wer war der Verräter unter uns gewesen?

»Was meinst du? Wer ist ein Verräter?«

»Hat Aiden es dir nicht erzählt? Raiden ist der Grund, warum Tate sterben musste.«

»Raiden.« Der Name blieb mir im Hals stecken.

263

Ich wollte weinen, schreien und rennen. Für mich machte es keinen Sinn, warum Raiden so etwas tun würde.

Meine Augen fanden die meines Doppelgängers, den meine Emotionen amüsierten. Ich wollte ihn ertränken, aber dafür brauchte ich Wasser.

Ich sah mich in der Halle um. Es gab keine Wasserquelle.

Er wartete, auf meinen nächsten Schritt mit der Sicherheit, dass er gewinnen würde. Zu sicher. Leute, die sich zu sicher sind, fallen oft tiefer. Ich versuchte mich daran zu erinnern, was mein Vater mir gesagt hatte. All die Techniken, die ich seit Jahren nicht benutzt hatte: Wellen, Tsunamis, Wasserbälle, Blutkontrolle.

Eine Schockwelle durchfuhr meinen Körper und ein Lächeln schlich sich auf mein Gesicht. Ich war mir nicht sicher, ob es von Erleichterung kam oder von dem plötzlichen Sturm an Selbstbewusstsein.

Das war es, was ich tun musste. Blutkontrolle. Die Fragte war aber: Hatte dieses etwas vor mir Blut im Körper? Mir blieb nichts anderes übrig, als es auszuprobieren.

Ich entspannte meine Fäuste und ließ sie an meinen Seiten hängen.

»Warum so lässig, Dylan?« Meine Kopie kreuzte die Arme und hob eine Augenbraue.

Ich zuckte mit den Schultern und konzentrierte mich auf meinen Blutstrom und meinen Puls. Ich sah meine Kopie an und begann die Hände zu bewegen. Es passierte nichts. Ich versuchte es nochmals, aber er lachte nur.

»Was versuchst du da? Ich bin keine echte Person. Was auch immer du da tust, es wird nicht funktionieren.«

Blutkontrolle funktionierte also nicht. Erneut sah ich mich im Raum um. Dadurch, dass das Licht nur auf uns schien, konnte ich kaum etwas erkennen.

Jetzt war er dran. Mein Kopie hob seine Hand, aber anstatt Blutkontrolle zu benutzten, füllte meine Lunge sich langsam mit Wasser. Ich keuchte und versuchte das Wasser wieder auszuspucken, aber stattdessen wurde mir schwarz vor Augen. Dann fiel ich auf den Boden.

»Nein!«, hörte ich jemanden rufen, bevor das ganze Wasser wieder aus meinen Mund floss.

Hustend kniete ich auf dem Boden und blinzelte, bis ich wieder klar sehen konnte. Meine Kopie war weg. Er war nicht mehr da, aber dafür jemand anders. Mein Vater.

Ich stand wieder auf und legte meine Hände auf meine Knie. Es fühlte sich an, als hätte ich seit Jahren nicht geatmet.

»Ich konnte dich in der letzten Sekunde noch retten.«, sagte er, »Gut, dass ich da war.«

Ich streckte mich und versuchte größer als er zu wirken. »Danke *Dad*.«, zischte ich.

»Was machst du? Du sollst gewinnen. Du sollst der neue König werden.«

»Vielleicht möchte ich das nicht.«

»Oh, du wirst.« Er ging einen Schritt auf mich zu. »Ich habe dich nicht umsonst trainiert.«

Ich runzelte die Stirn. Das war nicht mein Vater. Gut, ja er war es, aber es war nicht *er*. Mein Dad war anders. Wir lachten zusammen und alberten herum. Der Mann vor mir, war besessen. Besessen von der Idee, dass ich der neue König sein sollte. Vielleicht war das der Grund, warum er Jahre lang so getan hatte, als würde er mich lieben. Damit der Plan nicht auffällt.

»Es interessiert mich nicht, was du willst.« Ich trat einen Schritt zurück.

»Dann denke ich, es ist in deinem Interesse zu wissen, dass ich nicht dein echter Vater bin.« Er legte den Kopf schief und steckte die Hände in die Hosentaschen seines Anzugs.

Ich kniff die Augen zusammen. »Du lügst doch.«

»Du warst nie mein Sohn. Ich habe dich nur aufgezogen. Wir wussten, dass du das Potential zum König hast, schon als du klein warst. Der Rat nahm dich deinen Eltern weg und dann gaben sie dich an mich weiter.«

Ich schüttelte meinen Kopf. »Ich glaube dir kein Wort.«

Die Welt um mich begann zu verschwimmen.

»Ich habe dich nie wirklich geliebt.« Seine Augen hätten nicht kälter sein können.

Es war, als würde jemand genau durch mein Herz stechen. Ich schloss meine Augen und versuchte die Tränen aufzuhalten.

»Du warst ein Mittel und ich sollte dich auf den richtigen Weg bringen. Ich habe gute Arbeit geleistet. Du bist stark geworden.«

Ich zuckte mit den Schultern. »Ich war dir also immer egal gewesen.« Ich vermied die Augen des Mannes, der nun zum Fremden für mich wurde. »Gab es nie einen Moment, wo du dich um mich gesorgt hast?«

»Nie. Ich wäre für ein paar mehr Jahre für dich am leben gewesen, wenn du nur nicht immer so am jammern gewesen wärst.«

Ich biss die Zähne zusammen.

»Immer dieses Gefrage, wo denn deine Mutter sei.«

»Du sagtest mir, sie wäre nach meiner Geburt abgehauen.«

»Lügen. Aber du wolltest immer mehr über sie und das Königreich wissen. Irgendwann wusste ich mir nicht mehr zu helfen. Diese ganze Fragerei. Du bist wirklich ein neugieriger Junge.« Er schüttelte den Kopf und lachte. »Naja, ich weiß, dass du mich töten wirst und ich werde nicht dagegen ankämpfen. Ich habe meine Aufgabe erfüllt.«

Ich hob meinen Kopf, um ihn anzusehen. Tränen formten Linien auf meinen Wangen. Ich konnte sie nicht mehr zurückhalten. Ich wollte ihn töten, dass war klar, aber ich konnte meine Gedanken kaum verarbeiten. Wie konnte der Mann, der mich aufgezogen hatte, sich in Wahrheit nie um mich gesorgt haben?

Ich schüttelte den Kopf. »Das werde ich nicht tun.«

»Tu es.« Er ging einen Schritt auf mich zu. »Zeig mir, dass du die ganze Arbeit wert warst. Zeig mir, dass der Rat dich mir nicht ohne Grund aufgedrängt hat.« Er stand vor mir und legte meine Hände um seinen Hals. »Zeig mir, dass wir deine Eltern nicht umsonst umgebracht haben.« Tränen flossen meine Wangen herunter und mir wurde schlecht.

Dann schloss ich meine Hände um seinen Hals. Fester und fester, bis er keuchte und schließlich zu Boden fiel.

Ich ließ von ihm ab und stolperte nach hinten. Schwer atmend sah ich ihn mir ein letztes Mal an.

Er lächelte.

13

»Ihr habt Stufe zwei bewältigt. Ein Jammer, dass es alle geschafft haben. Das wird euch noch einige Schwierigkeiten in Stufe drei bereiten.« Mrs Poulter ging ein paar Stufen herunter.

Ich wollte sie keinen Schritt näher haben. Sie brachte so viel Schmerz über uns, dass ich sie so weit weg wie möglich haben wollte.

Sie ging an mir vorbei und blieb dann vor Blake stehen. »Es ist wirklich sehr fraglich, wie du es geschafft hast. Du bist entweder ein Phänomen oder ein Betrüger.«

»Ich bin nicht hier, um mit Ihnen über Ihre bescheuerte Vorstellung zu reden, dass meine Leute schwach sind.« Blake starrte ihr in die Augen, als würde er versuchen, sie mit einem Blick zu töten.

»Das werden wir in Stufe drei sehen.«, flüsterte sie.

Der einzige Grund, aus dem ich nicht völlig ausflippte war, weil alles viel zu schnell passierte. Jedesmal, wenn ich versuchte eine Sache zu verdauen, kam sofort die Nächste. Ich wollte schreien, weinen oder etwas kaputt machen, aber ich konnte nicht. Erst recht nicht, mit diesen Armbändern am Handgelenk.

Dylans Kopf fiel mit einem Lachen nach vorne. Ich war mir sicher, er verlor langsam den Verstand.

Seit dem er gestern, als Letzter, wieder in die Zelle gebracht worden war, hatte er nicht mit uns gesprochen.

Er war immer etwas ruhig, aber das war nicht er gewesen. Keiner von uns erzählte wirklich, was genau wir erlebt haben, aber dafür hatten wir über andere Dinge geredet. Nur Dylan hatte sich sofort in sein Bett gelegt.

Das Lachen war das Erste, dass ich von ihm seit Stunden gehört hatte. Was auch immer mit ihm passiert war, es musste schlimmer gewesen sein, als das, was wir erlebt hatten.

Ms Poulter drehte sich von Blake zu Dylan um. »Was ist denn so lustig Dylan? Du hast deinen eigenen Vater getötet oder nicht?«

»Er war nicht mein Vater.«

Ich schauderte. Sogar seine Stimme klang anders. Sie brachte dich nicht mehr dazu bei ihm zu bleiben, sondern einen Schritt zurück zu gehen.

Sie ging eine Stufe hoch. »Wie auch immer. Die letzte Stufe, Stufe drei, wird fürs Erste ein Geheimnis bleiben. Ihr könnt euch für den Rest es Tages ausruhen und morgen werden wir die Überraschung lüften.«

»Ich hasse Sie.«, höhnte Blake.

»Und du bist bald tot.« Sie sah ihn an, bevor sie nach oben ging. »Hoffentlich.«

Ich sah sie in, was auch immer dort oben war, verschwinden. Ein

Raum? Freiheit?

»Kommt schon.« Einer der Wachen griff mich am Kragen und schubste mich nach vorne.

Ich dachte darüber nach, ihn zu treten. Ich hätte ihn treten können. Ich hätte ihn treten sollen. Aber ich ließ es, um Schmerzen zu vermeiden.

»Nehmt eure verdammten Hände weg von mir. Ich schlitz euch die Kehlen auf.«, hörte ich Carly hinter mir rufen.

Nur Dylan ging ruhig neben der Wache her. Er hielt ihn nicht fest und sie unterhielten sich.

Warum unterhielten sie sich?

Zurück in der Zelle, zurück im Dunkeln. Als wäre das nicht schon Folter genug gewesen. Wenigstens brachten sie uns ins Badezimmer, wenn wir fragten. Ich ging mehrmals, obwohl ich nicht musste, ich wollte bloß Licht sehen.

»Was soll die Scheiße überhaupt.«, murmelte Geb, als er sich neben mich auf den Boden fallen ließ.

»*Um unseren neuen König oder Königin zu finden.*« Carly imitierte die Stimme von Ms. Poulter.

Geb seufzte. Er war müde. Wir waren alle müde.

Wenn keiner redete fühlte ich mich, als wäre ich allein. Es fühlte sich an, als gäbe es keine Zeit. Wir hätten dort für Minuten sitzen können, für Stunden oder für Tage, aber wir wussten es nicht, es war uns auch egal. Alles war uns in diesem Moment egal.

Ich wusste, dass das nächste Mal, wenn diese Tür aufgehen würde, sie uns zu Stufe drei bringen würden und das wollte ich nicht. Ich wäre ja schon in Stufe zwei fast gestorben.

Dylan hatte immer noch nicht mit uns gesprochen, Geb schien nicht zu atmen, Blake murmelte tonlose Worte, Carly schliff ihre Schuhsohlen auf dem Boden ab und ich schluchzte vor mich hin. Es gab für uns nichts anderes zu tun, als sich mit unserer eigenen Trauer zu beschäftigen.

Die Momente in dieser Zelle waren die Einzigen, in denen ich kurz nachdenken konnte. Aber ob ich das auch wollte, war eine andere Frage.

An Tate wollte ich nicht denken. Das Einzige, was mir aber ständig im Kopf kreiste war, dass ich Tate liegen lassen hatte und ich nicht wusste, was mit ihm geschehen war. Ob er immer noch dort war, an diesem schrecklichen, kalten Ort oder sie ihn gefunden und weggebracht haben. Es zerfraß mich innerlich und, obwohl ich so sehr versuchte es zu verdrängen, bohrte es sich immer wieder in meinen Kopf.

»Ich kann nicht glauben, dass ich ihn alleine gelassen habe.«, flüsterte Carly.

»Was glaubt ihr, was Stufe drei ist?«, fragte ich.

»Vermutlich müssen wir kämpfen.«

»Hat bei Stufe zwei ja gut geklappt.«, murmelte Blake.

Carly seufzte. »Du bist echt ein Idiot.« Sie lehnte ihren Kopf gegen die Wand. »Bei Stufe zwei ging es nicht ums kämpfen. Es ging darum, unsere Psyche zu testen. Wie wir reagieren, wenn wir mit unserer Vergangenheit konfrontiert werden oder mit sonstigem Trauma. Da das jetzt vorbei ist, werden wir als nächstes wohl körperlich herausgefordert. Logisches denken.«

Es war, als würde die Hölle sich wieder für uns öffnen, als ich die Tür quietschen hörte, aber das Licht in das wir getaucht wurden, fühlte sich mehr an, wie der Himmel.

»Endlich.«, hörte ich jemanden seufzen.

»Was zum Teufel?«, murmelte Blake.

Jeder redete durcheinander, nur meine Augen mussten sich noch gewöhnen. Ich dachte, von all dem Dunkel-Hell Wechsel, würde ich noch blind werden.

Langsam konnte ich eine Person an der Tür erkennen, die nicht zu den Wachen gehörte. Eine kleine Person.

»Es war schwer euch zu finden, Leute. Tausende Räume und fast alle davon leer. Wer würde so einen sinnlosen Ort bauen?«

Meine Augen weiteten sich, als ich erkannte wer es war. Mein Herz schlug schneller und entfachte einen Funken Freude in mir.

»Wie jetzt?« Blake stand von Boden auf und stolperte über Gebs Beine. »Asa, wie?«

»Die Blumen. Ich roch an den wunderschönen Blumen. Sie haben mich ohnmächtig gemacht. Als ich wieder aufgewacht bin, warst du weg, also bin ich wieder zum Ausgang gegangen, vor dem mein Hüter mit einer Kanne Tee gewartet hat, ist das nicht verrück? Und als ihr nicht nachgekommen seid, dachte ich wir kommen und suchen euch.«, lächelte Asa.

Blake schüttelte den Kopf und umarmte ihn. Ich hob meine Augenbrauen. Das war das erste Mal, dass ich bei Blake eine andere Emotion sah, als kalt. Den anderen Gesichtern nach zu urteilen, war ich nicht der Einzige, der überrascht war.

»Scheint, als würdest du dich doch um mein Wohlbefinden sorgen.«

Blake lächelte. Das erste Mal, dass ich ihn lächeln sah und das wegen Asa.

»Du solltest öfter lächeln.« Carly stieß Blakes Schulter, als er Asa losließ.

»Du solltest öfter die Klappe halten.« Er verdrehte die Augen.

»Du bist ernsthaft zurück gegangen, hast draußen gewartet und Tee getrunken?« Dylan starrte ihn an und lachte.

Asa runzelte sie Stirn. »Warum? Haben sie hier keinen Tee? Wenn ich das gewusst hätte, hätte ich euch welchen gebracht.«

»Nein, sie hatten definitiv *keinen* Tee hier.«

»Gut das du lebst.« Ich stand auf und legte einen Arm um Asas Schulter.

Ich sah zu Dylan, der noch auf dem Boden saß.

»Komm schon, lass uns gehen.« Ich versuchte zu lächeln und reichte ihm eine Hand.

»Gehen?« Er sah mich mit roten Augen an. »Als wäre das so einfach. Denkst du wirklich, wir können hier raus spazieren, als wäre nichts gewesen? Das sie und gehen lassen? Glaubst du, *ich* werde einfach so gehen, nach alldem, was sie uns angetan haben?«

»So sieht's aus. Mein Hüter, weißt du er ist ziemlich cool, wir haben sie auf unserem Weg platt gemacht. Natürlich nicht mit kämpfen, er sagte, sowas würde er nicht vertreten. Er hat ihnen manipulierten Pfefferminztee gegeben. Jetzt schlafen sie für einige Zeit. Wer denkt denn an bösen Pfefferminztee.« Asa lächelte Dylan an, der die Augen schloss und tief einatmete.

Ich runzelte die Stirn. Um ehrlich zu sein, das alles schien wirklich viel zu leicht. Ich wusste, das war kein Film. Es musste nicht in einem großen Kampf enden. Es musste nicht und darüber war ich dankbar. Ich hätte nicht noch mehr Schmerz ertragen können.

»Wir können nicht einfach raus spazieren.« Dylan stand endlich auf.

»Wir können es wenigstens versuchen.«, sagte eine Stimme aus dem Flur, »Ich hab einige von ihnen auf meine Art erledigt und sie gefrostet. Und Asa hat Recht, sein Hüter ist wirklich cool.«

Wir sahen uns alle an.

»Orion hat sich in eine Art Superheld verwandelt. Er hat jeden, der uns im Weg stand, in Eisblöcke verwandelt.«

Orion sah um die Ecke in die Zelle. »Habt ihr mich vermisst?«

»Wie hast du das überlebt?« Carlys Kinnlade fiel nach unten, »Du warst komplett eingefroren!«

»War ich, ja. Ich hab's geschmolzen. Ein Junge, den ich in Stuttgart kennengelernt habe, hat mir gezeigt wie's geht. Cool oder? Das braucht nur eine Weile, also wollte ich, dass du schon gehst.« Orion lachte und umarmte Carly. »Lasst uns diese Hölle endlich verlassen.« Er ließ sie wieder los und sah sich um. »Hey, wo sind Tate, Raiden und Amber?« Das Lächeln auf seinem Gesicht verschwand, als er in unserer Gesichter sah.

Es war gut, dass er es sofort verstand. Wieder alles erzählen zu müssen, brachte ich nicht übers Herz.

»Wir sollten gehen.«, nickte Asa.

Ich sah zu Dylan, der nun bereit dazu aussah uns in die Freiheit zu folgen. Die Flure draußen sahen alle gleich aus. Die Lichter waren gelblich und ich wollte die Sonne wieder auf meinem Gesicht spüren. Ich wollte wieder Wärme spüren und ich wusste, wir waren kurz davor. Kurz davor frische Luft zum atmen und den Wind um uns zu spüren.

Ich merkte nicht, dass ich ganz vorne mit Orion lief. Eigentlich war ich kein Fan davon, so weit vorne zu stehen. Jemand hätte irgendwo rausspringen können, aber Orion gab mir ein sicheres Gefühl. Er lächelte. Ich wusste nicht, ob er wegen etwas speziellem lächelte oder aus dem Grund, weil er am Leben war. Ich war noch nicht bereit dazu zu lächeln. Noch nicht.

Asa holte uns ein und blieb stehen. »Hier muss es sein.«, nickte er und ließ seine Hände über die Wand gleiten, »Wisst ihr, hier sind überall versteckte Türen.« Er berührte einige Steine und warf sich dann mit voller Wucht dagegen, bis sich eine Tür öffnete.

Vor uns war eine Treppe so lang, wie die, mit der wir hier runter kamen.

»Es tut mir wirklich leid, dass ihr jetzt so viele Stufen gehen müsst. Ich wünschte, ich könnte euch alle tragen.«, sagte Asa stirnrunzelnd.

»Ist schon in Ordnung.« Blake klopfte ihm auf die Schulter und ging voran.

Dylan zog sich als Letzter die Stufen hoch und ich hatte Angst, er würde zurück bleiben. Hin und wieder schielte ich nach hinten zu ihm, aber ohne Tate, war es schwer in der Dunkelheit zu sehen.

Geb tippte mir auf die Schulter. »Aiden, könntest du vielleicht.«

Ich wusste was er meint und nickte. Diesmal benutzte ich eine etwas größere Flamme, um den Weg zu beleuchten.

»Wir sind fast draußen!«, rief Orion von vorne.

Dann traf warme Luft mein Gesicht. Es war dunkel. Nacht. Ich konnte den klaren Nachthimmel sehen, den Mond und die Sterne.

»Wartet mal kurz. Also wir gehen jetzt? Einfach so?« Blake stoppte uns. »Kein großer finale Kampf oder so? Du hast gesagt, dein Hüter hat dir geholfen, aber wo ist er jetzt?« Er kreuzte die Arme.

Ich war müde. Ich wollte nichts von Blake Theorien hören, keiner wollte das, aber ich hörte trotzdem zu.

»Wenn er uns wirklich helfen wollte, würde er jetzt hier sein. Er ist wahrscheinlich ein Verräter und sobald wir zu Hause sind, werden wir explodieren.«

»Er meinte, wir sollen gehen. Wir sollen gehen und zu Hause alles zusammenpacken. Er hat gesagt, er will mit uns an einen Ort, an dem es uns besser gegen wird.«, sagte Asa.

»Der Himmel oder was?«, höhnte Blake.

»Lasst uns einfach gehen. Ich will nur nach Hause.« Dylan ging an uns vorbei.

Wir folgten ihm. Ohne Orientierung versuchten wir, unseren Weg zurück in die Stadt und zu unserem Hotel zu finden. Es dauerte zwar keine Tage, bis wir wieder Gebäude sahen, an die wir uns erinnern konnten, aber lange genug, dass meine Beine komplett nachgaben.

Als der Morgen kam, wurde der Himmel zu einem orange-rotes Meer. In diesem Moment waren wir alle gefangen in unseren eigenen Gedanken.

Sobald wir unser Hotel erreicht hatten, holten wir unsere Schlüssel an der Rezeption ab. Wir hatten sie vorher abgegeben für unseren *kurzen Trip außerhalb der Stadt.*

Ich saß alleine auf dem Bett und hörte der Stille zu. Meine Augen glitten rüber zu Tates Koffer. Minutenlang starrte ich auf den Haufen Klamotten, bevor ich mich daneben kniete und alles zusammenfaltete. Ich stellte beide Koffer an die Tür und verschwand dann im Badezimmer, um zu duschen. Die beste und längste Dusche, die ich jemals hatte.

Wir verließen das Hotel noch am selben Tag. Unsere alten Tickets waren überfällig gewesen, aber Asa meinte, sein Hüter, Ying, hätte uns neue besorgt.

Ich fragte mich, was es mit ihm auf sich hatte. Er kannte uns nicht, trotzdem bemühte er sich so sehr uns zu helfen.

Vielleicht hatte Blake ja recht mit den Sachen, die er gesagt hatte. Er *hätte* etwas geplant haben können. Etwas, dass wir für ihn tun sollten, da wir jetzt *in seiner Schuld standen.* Oder vielleicht wollte er uns doch umbringen. Für mich war mittlerweile alles möglich gewesen.

Nach der Dusche, zog ich mir saubere Kleidung an und fühlte mich so entspannt, wie seit Tagen nicht mehr. Dann klopfte es an meiner Tür.

»Bit du fertig?«, hörte ich Geb fragen.

Ich sprang vom Bett, mehr oder weniger, und öffnete die Tür. »Jetzt schon?«, fragte ich.

»Wie? Willst du hier nicht endlich weg?«, lächelte er.

Ich sah nach links zu den Koffern.

»Klar, lass uns gehen.«, nickte ich und nahm beide mit.

14

Ich saß im Wohnzimmer. Endlich wieder in unserem Wohnzimmer. In meiner vertrauten Umgebung. Aber es war anders. Es war still und kalt.

Ich rief nach Wochen wieder meine Eltern an und erzählte ihnen von meinem *Urlaub*. Natürlich musste ich lügen und ich fühlte mich schlecht deswegen, aber sie mussten glauben, dass es mir blendend ging.

Dylan war oben und packte meine Sachen zusammen, weil ich mich weigerte in unser Zimmer zu gehen. Ich starrte auf den Tisch und stellte mir vor, irgendwo anders zu sein. Ich wollte Tates Sachen nicht sehen. Ich stellte mir vor, er wäre oben in seinem Bett und schlief. So müde, dass er leider nicht mit uns fahren konnte.

Aber wohin wollte Ying mit uns fahren? Die Spekulation war zu viel neue Aufregung, die ich lieber nicht gehabt hätte. Aber wir schienen einzuwilligen, ohne wirklich darüber nachzudenken.

Egal wohin wir gehen würden und was auch immer geschehen mag, ich konnte es nicht mit Tate teilen. Ich konnte ihm Nachrichten schicken und so tun, als würden sie ihn erreichen und er würde sie lesen, sobald er aufwacht.

Ich atmete tief ein und schloss die Augen. Alles was ich liebte, wurde mir früher oder später weggenommen. Als wollte jemand meinen Willen glücklich zu sein testen.

Mein Kopf drehte sich und ich wollte mich übergeben. Warum musste das alles passieren?

Auch wenn ich die Anderen von oben reden hörte, war das Haus ruhig. Die Freude fehlte. Das Lachen. Das Einzige was blieb, war Gemurmel.

Es fiel etwas in meinen Schoß. Ich öffnete die Augen und sah in Dylans Gesicht.

Er zwang sich zu lächeln. »Hab das in den Schubladen gefunden.« Er klopfte mir auf die Schulter und ging schnell wieder nach oben.

Ich schaute nach unten. Tränen schossen mit in die Augen, als ich die Sachen auf den Tisch legte. Der Umschlag und Tates Tagebuch. Beides Dinge, die ich beinahe vergessen hatte. Ich wollte keines von beiden lesen, noch wollte ich sie sehen, also stopfte ich sie in meine Tasche, die Dylan an der Treppe abgestellt hatte. Ich kauerte mich wieder auf dem Sofa zusammen, bevor ich kurz darauf beschloss spazieren zu gehen.

Die ganze Zeit herumzusitzen brachte mir auch nichts, also hinterließ ich Dylan eine Notiz und ging nach draußen. Ich hatte schon einen Ort im Kopf. Ich schloss die Tür hinter mir, steckte meine Hände in die Hosentaschen und fing an zu gehen. Wohin ich ging, schrieb ich nicht. Ein geheimer Ort muss geheim bleiben, unter allen Umständen.

Ich saß auf dem gleichen Platz, auf dem ich letztes Mal saß.

Meine Hand ruhte da, wo Tate saß, während ich die Aussicht genoss. Ich schloss die Augen und lauschte dem Wind. Hin und wieder schniefte ich, aber er kamen keine Tränen mehr. Alles war bereits ausgeweint.

Ich wünschte, ich hätte weinen können. Wenn man weinen will und es nicht kann, ist das nur noch schlimmer.

Ich wusste, ich musste diesen Ort zurücklassen. Ich wusste nicht, wie lange, vielleicht für immer, aber ich wollte nicht gehen.

Ich war nicht gut darin Dinge loszulassen oder Leute. Es war die Veränderung, die damit kam. Die Veränderung, die ich so sehr hasste. Veränderungen kommen immer dann, wenn man sich am wohlsten fühlt.

Dylan erwartete mich schon, als ich zurück kam. Sie warteten alle auf mich. Ich nahm meinen Koffer und stieg als erster ins Auto. Keiner Fragte mich etwas, als sie einstiegen. Sie wussten sie sollten nicht.

»Ying wartet auf uns am Bahnhof.«, sagte Asa.

»Und wohin wird er uns bringen?«, fragte Geb.

»Natürlich zum Königreich, ihr Dummerchen.«

»Was?«, riefen wir alle im Chor.

»Ich dachte, das hätte ich euch erzählt.«, Asa runzelte die Stirn.

»Du sagtest nur, er bringt uns zu einem Ort, an dem es uns besser gehen wird.«, merkte Blake an, »Und außerdem, sind es nicht die Leute aus dem Königreich, die uns töten wollten?« Blake hob eine

Augenbraue.

»Er meinte, wir werden dort sicher sein.«, nickte Asa.

»Ich vertrau ihm nicht.«, sagte Blake, »Wovor will er uns denn angeblich beschützen?«

»Ich vertrau ihm aber.«, lächelte Asa, »Und er vermutet, dass sie nach uns suchen werden, weil wir abgehauen sind.«

Ich schloss meine Augen und wünschte, ich könnte mein ganzes Leben verschlafen. Das fehlte noch, dass nach uns gesucht wird.

»Das sind doch auch Leute aus dem Königreich. Sollte das dann nicht bedeuten, dass wir gerade *nicht* im Königreich sicher sind?«

Blake war wirklich die misstrauischste Person der Welt, aber oft machte er auch Sinn. Die Leute, denen wir das Chaos zu verdanken hatten, kamen aus dem Königreich. Wäre das nicht der erste Ort, an dem sie suchen würden?

******

»Wach auf.« Geb schüttelte mich. »Wir sind da.«

Ich öffnete meine Augen und sah mich um. Wir waren am Bahnhof. Die Anderen waren schon dabei, den Wagen zu entladen.

»Ich bin so, so froh, dass es euch allen gut geht.« Ying stieß zu uns und umarmte Asa.

»Euch *allen* stimmt nicht ganz.«, sagte Dylan trocken.

»Nun.« Sein Lächeln verschwand und er sah zu Asa. »Bist du aufgeregt?«

Asa nickte. »Ich habe gehört, der Schlossgarten ist der schönste der Welt.«

Ying lachte. »Ist er. Schöner und größer, als du dir vorstellen kannst.«

Ich rieb mir die Augen und stieg aus dem Auto, um mich zu strecken. Mein Koffer war noch im Kofferraum, also nahm ich ihn raus und setzte mich darauf.

Asa sprach mit Ying, Dylan durchsuchte das Auto, Geb lehnte sich an die Hintertür und laß ein Magazin über die neusten Backrezepte und Blake - ich wusste nicht wo Blake war. Er war nirgendwo zu sehen. Ich sah mich um.

»Hey, wo ist Blake?«, fragte ich laut genug, damit alle mich hören konnten.

Dylan zuckte und schlug seinen Hinterkopf gegen das Auto, als er mich angucken wollte.

»Die Prinzessin steht da hinten, unter dem Dach.« Geb nickte in die Richtung des Eingangs.

Ich drehte mich um und da war er, am Eingang, unter dem Dach.

Nur um das klarzustellen: Der Himmel war blau, keine Wolke war in Sicht und es war so warm, dass die meisten von uns T-Shirts und Shorts trugen.

Außer Blake. Er rannte in einem Khaki Shirt und Bomberjacke herum, kombiniert mit einer schwarzen, zerrissenen Skinny Jeans und einer Baseballkappe auf der Stand, *I don't care.*

Er klopfte mit den Füßen auf den Boden und sah uns dabei an. Der Junge hatte nicht einmal seinen eigenen Koffer mitgenommen, also nahm Asa ihn auf dem Weg zum Eingang mit.

»Hast du Angst vor der Sonne oder was?«, fragte Geb.

»Entschuldigung, hast du meine Haut gesehen? Sehe ich so aus, als stelle ich mich mit meiner Milch-farbeben Haut in diese pralle Sonne? Nein.«

Geb rollte die Augen. Manchmal glaubte ich, Blake war ein Vampir. Er versteckte sich immer vor der Sonne mit der Ausrede, es wäre nicht gut für seine Haut. Klang schon etwas auffällig, wenn man mich fragt.

»Deine Haut ist wirklich perfekt.«, nickte Asa und nahm seine Hand, um sie zu begutachten.

»Ja, ich weiß.« Blake zog sie zurück und steckte sie in seine Hosentasche.

»Ich hasse dich.«, sagte Carly.

Ich sah sie an. Carly hatte die ganze Zeit kein Wort gesagt, aber das wollte sie wohl unbedingt loswerden.

»Und wer hat dich nach deiner Meinung gefragt?«, fragte Blake und tippte auf seine Kappe.

Carly streckte ihre Zunge raus und trat ihm auf seinen Schuh, als sie an ihm vorbeiging. Ich hörte Blakes Zähne knirschen.

Das war ein Moment, der sich beinahe normal anfühlte. Als wäre alles wie vorher. Aber ich wusste, das war es nicht. Nichts war normal und es würde auch nie wieder normal werden.

Der Bahnhof war nicht voll. Zum Glück. Ich hasste volle Plätze. Leute rennen einen um, man muss jede zwei Sekunden auf seinen Koffer achten und die Sitze waren überall besetzt.

Unser Zug war bereits da, also mussten wir immerhin nicht auf ihn warten. Er war nicht rappelvoll, aber die meisten Sitze waren belegt. Was sonst.

Wir fanden einen Abteil und ich schloss die Augen, sobald ich mich hinsetzte. Als ich sie wieder öffnete, war die Sonne fast unten.

»Ich war noch nie ein Fan von diesem Ritual. Junge Leute dazu zu bringen zu kämpfen, nur um einen Anführer auszuwählen.« Yings Augen wurden dunkler. »Anführer sollten Weise vom Volk gewählt werden. Gemessen an Intelligenz und Führungspotential, nicht an Kraft.«

Ich hatte keine Lust ihm dabei zu zuhören, wie er über dieses Thema sprach, also versuchte ich mich auf etwas anders zu konzentrieren.

Die Landschaft zog vorbei. Grüne Wiesen und Berge in der Ferne. Ich lehnte meinen Kopf an das Fenster, eine Hand um meine Tasche geklammert, die ich nicht zu den anderen Koffern gepackt hatte. Ich wollte sie nah bei mir haben. Ich konnte den Umschlag spüren. Meine Finger drücken auf ihm herum, in dem Versuch zu erraten, was drin war. Es brannte in mir vor Aufregung, aber ich ließ ihn in der Tasche. Ich wollte ihn öffnen, aber ich wusste nicht, ob die richtige Zeit schon gekommen war. Was wäre, wenn der richtige Zeitpunkt noch nicht gekommen war und ich alles ruiniert hätte? Der richtige Moment hätte auch schon vorbei gewesen sein können. Ich beschloss, den Umschlag solange bei Tates Tagebuch zu lassen, bis ich alleine war. Nichts von dem, was bis passiert war, war fair. Keiner von uns hatte so etwas verdient. Aber nichts im Leben ist fair. Nie.

»Ihr müsst wissen.« Ying begradigte sich. »Diese Art von Wahl, ist

285

eine sehr alte Tradition.«

»Eine verdammt beschissene Tradition, wenn man mich fragt.«, sagte Blake und bekam einen Schlag von Carly.

»Das ist, wie Könige oder Königinnen gewählt werden. Es war schon immer so.«, er seufzte.

»Sehr schlau sich nicht zu updaten und stattdessen im Mittelalter fest zu stecken.« Blake bekam noch einen Schlag.

Ying lachte. »Nun ja, ich muss dir da zustimmen. Aber vor allem du müsstest wissen, wie die Leute im Königreich denken.«

»Leider«, murmelte Blake.

Ich drehte meinen Kopf und beobachtete meine Reflexion im Fenster. Meine Mundwinkel hingen nach unten und meine Augenringe waren stärker, als vorher. Mein Inneres fühlte sich so leer an, wie meine Gedanken. Ich fühlte mich, als wäre ich gar nicht da. Als wäre ich in einer Blase. Meine eigene, kleine Blase, die niemand durchbrechen konnte.

Meine Hände spielten mit dem Zugticket, bis jemand es mir wegschnappte.

»Hör auf, das macht mich nervös.« Carly gab Dylan mein Ticket.

Ich seufzte und faltete meine Hände in meinen Schoß. Sie waren warm, aber trotzdem kalt. Keiner sprach. Eine schwere Wolke von Stille hing über uns.

Blake, Carly und Orion schliefen. Asas Gesicht klebte an dem Fenster, Ying beobachtet ihn, Geb hörte Musik und Dylan starrte ins Nichts.

»Wann sind wir da?«, fragte ich.

»Ist da jemand ungeduldig?« Ying hob eine Augenbraue. »Noch eine Stunde. Dann werden wir wohl etwas wandern müssen.«

Ich nickte, aber wollte schreien. Eine Stunden war eine Stunden zu viel gewesen.

»Ying?«, fing ich dann an.

Er sah mich fragend an.

»Als ihr uns holen gekommen seid, habt ihr da jemanden gesehen? Jemanden der - tot war?«

Ying lehnte sich stirnrunzelnd zurück. »Einen kleinen, blonden Jungen vielleicht?«

Ich nickte.

»Er war der Grund, warum ich nicht sofort mit euch mitgekommen bin.«

Mein Herz machte einen Sprung. »Hast du ihn geheilt?«

Er schüttelte den Kopf. »Ich habe es versucht, aber er war schon zu lange weg.«

Ich nickte und rieb mir die Augen.

»Aber, ich konnte ihn nicht liegen lassen und da ich wusste, dass er einer von euch war, werde ich eine Beerdigung für ihn im Königreich organisieren.«

Eine kleine Welle von Erleichterung breitete sich in meinem Körper aus und ich erzwang mir ein lächeln.

»Danke, Ying.«

»Dank mir nicht. Das ist das Mindeste was ich tun kann.«

Zu wissen, dass Tate nicht alleine an diesem Ort zurückgeblieben war, gab mir beinahe ein Gefühl von Glückseligkeit.

******

»Wir werden bald ankommen. Seid ihr aufgeregt?«, lächelte Ying.

Mit jedem Meter dem wir dem Königreich näher kamen, schlug mein Herz schneller.

Wie würde es wohl dort aussehen? Wie würden die Menschen sein? Wie würden *meine Leute* sein? Über das Feuer Volk hatte ich nicht so gute Dinge gehört. Ich hoffte, sie würden mich akzeptieren. Nach meinen Vorstellungen, waren sie alle groß. So wie ich. Aber es war immer noch zu früh, um sich über so etwas Gedanken zu machen.

»Glaubst du, jetzt wird es uns besser gehen?«, fragte ich Dylan.

»Da bin ich mir ganz sicher.«

Dann lächelte er das erste Mal seit Tagen. Und es war ein aufrichtiges Lächeln.

ENDE DES ERSTEN TEILS

Danksagung

Zuallererst möchte ich dem Duden dafür danken, dass er existiert.

Ohne ihn wären jetzt noch mehr Fehler im Text.

Danke an die Internet Memes, die mich stets bei Laune gehalten

haben, während ich am verzweifeln war.

Danke an Rossella und meine Klasse an der Euro Akademie, für

emotionalen Beistand.

E-mail: j.banaszek@gmx.de

Blog: xlokasennax.wordpress.com

Instagram: x_lokasenna_x

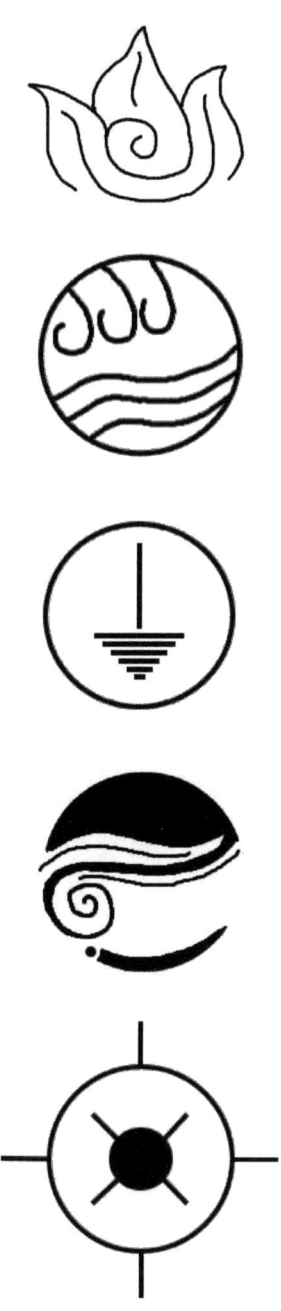